아내에게 쓰는 편지

KB193042

아내에게 쓰는 편지

발행일	2025년 4월 1일		
지은이	조자룡		
펴낸이	손형국		
펴낸곳	(주)북랩		
편집인	선일영	편집	김현아, 배진용, 김다빈, 김부경
디자인	이현수, 김민하, 임진형, 안유경, 최성경	제작	박기성, 구성우, 이창영, 배상진
마케팅	김회란, 박진관		
출판등록	2004. 12. 1(제2012-000051호)		
주소	서울특별시 금천구 가산디지털 1로 168, 우림라이온스밸리 B동 B111호, B113~115호		
홈페이지	www.book.co.kr		
전화번호	(02)2026-5777	팩스	(02)3159-9637

ISBN   979-11-7224-565-8 03810 (종이책)   979-11-7224-566-5 05810 (전자책)

결혼 30주년

아내에게
쓰는 편지

조자룡 지음

 북랩

결혼 30주년 선물

가장 좋은 삶은 하고 싶은 일을 하면서 부와 명예를 누리며 사는 것이다. 사람이라면 누구나 꿈꾸는 바지만, 꿈이 꿈인 이유는 비현실적이라는 데 있다. 수많은 자기계발서는 하고 싶은 일, 가슴 뛰는 일을 하라고 주장하지만 그건 독자를 유혹해서 책을 팔아먹으려는 얄팍한 상술이다. 독자한테 솔깃하지 않은 말은 아무리 훌륭한 진실이라도 무의미하기 때문이다. 성공한 사람이 자기계발서대로 살았는지는 모르지만 그렇게 산다고 성공하는 건 아니다.

원하는 일을 하면서 부와 명예를 누리는 자가 누구인가? 부모에게 엄청난 유산을 물려받았거나 천재적인 재능을 타고난 극소수뿐이리라. 보통 사람은 꿈도 못 꾼다. 아니 꿈은 꾸더라도 현실에서 이루는 건 불가능하다. 나는 그 불가능에 도전하였다. 도전이라기보다는 그저 하고 싶은 일을 하고 싶다. 나는 프리랜서 작가다. 하는 일이 읽고 쓰는 게 전부다. 그런 나를 어떤 사람은 백수라고 한다. 썩 듣기 좋은 평가는 아니지만, 완전히 틀린 말은 아니기에 반박하지 않는다.

젊어서 거창한 꿈이 없던 바는 아니지만, 그 모든 게 부질없는 허영이었다는 걸 깨달은 순간 삶은 소박해졌다. 먹고사는 데 지장이 없는 한 주변 사람과 평화롭게 공존하고, 다른 사람에게 피해를 주지 않으면서 조금이라도 도움이 되는 사람으로 살고 싶다. 아내와 텃밭이나 가꾸면서 유유자적 살고 싶었으나 그것도 쉽지 않다. 약간의 소득이라도 생긴다면 몇 군데 세계 명소를 여행하고, 텃밭에서 채소를 가꾸는 전원생활을 소망한다.

2025년이 결혼 30주년이다. 살면서 아내에게 특별히 준 선물이 없다. 연일 명품 찾는 뉴스가 보도되지만, 아내는 관심이 없다. 좋아하는 음식도 나물류가 전부다. 그런 소박한 태도가 마음이 들어서 결혼했을 테다. 나도 비슷하다. 허례허식보다는 실질을 숭상한다. 그러다 보니 선물할 게 마땅찮다. 등산과 여행을 좋아하기에 세계 여행이 제격이지만 그럴만한 형편이 안 된다.

아내의 등산 중 발목 부상으로 결혼 25주년도 헛되이 보낸 터다. 결혼 30주년 6개월 전인 지난 10월 15일 아내에게 외식하자고 했다. 세상에 결혼 29.5주년 기념이 어디 있냐며 아내의 반응은 시큰둥했다. 겨우 요양원에 계신 장모님과 해물칼국수 식사하는 것으로 대신했다. 처가 식구와 먹은 해물칼국수가 맛있었지만 적지 않은 과제를 떠안았다.

'6개월 뒤 30주년에는 무엇을 해야 하나? 장거리 혹은 장기 해외여행은 곤란하다. 가까운 중국 황산이나 장가계, 백두산을 다녀올 것인가, 소박하게 설악산이나 한라산이라도 다녀올까? 비싼 옷이나 음식을 마다하니 어떤 선물이 아내를 감동하게 할 것인가?'

아내는 영리하고 다재다능하다. 서툰 재능으로 한 우물만 파는 나와는 딴판이다. 현재 내가 누리는 평화와 행복은 아내의 노력에 힘입은 바 크다. 세 아이를 훌륭하게 키워냈고, 복잡한 형제와의 갈등을 푸는 일도 아내 몫이었으며, 부모님이 쓰러지자 7년이나 혼자서 뒷바라지하였다. 나로서는 아내와 행복한 여생을 보내는 게 꿈이며 그렇게 노력할 테다. 생업에서 물러나 삶을 관조하는 요즘 이제껏 제대로 챙기지 못한 아내 기념일을 챙겨주고 싶다.

이 책은 고심한 결과다. 30년 동안 나와 가족의 행복을 위하여 이바지한 아내에게 어떤 선물이 가장 좋을지 고민 끝에 내린 결정이다. 아무리 비싼 선물이라도 부유한 사람이 보기에는 하찮으리라. 아내에 관한 책을 써서 선물한다면 아무나 할 수 없는 귀한 선물이 되리라. 작가인 내가 유일하게 할 수 있는 선물이기도 하다. 이 책은 결혼기념일 29.5주년에 기획한 사랑하는 아내에 대한 헌사다.

나는 결혼하면서 아내 생일이나 결혼기념일에 편지를 쓴다. 결혼기념일인 4월 15일과 아내 음력 생일은 비슷한 시기다. 먼저 다가오는 날짜에 맞춰 편지를 쓴다. 핸드폰이 생기기 전에는 손편지요, 이후에는 문자메시지 형태로 보냈다. 아내뿐만 아니라 내 세 아이에게도 생일 축하 편지를 쓴다. 최근에 쓴 아내와 아이들에게 보낸 편지를 모았다. 다른 사람은 별 감흥이 없을지라도 가족에게 는 뜻깊으리라. 특히 30주년 결혼기념일 선물로 받는 아내에게는 특별하리라. 아내가 기뻐할 모습을 그리며 글을 쓰고 편집했다.

사랑하는 나의 반쪽 안삼숙 님, 그동안 동고동락에 감사하오. 나와 가족에게 베푼 봉사와 헌신 영원히 잊지 않으리다. 죽을 때 까지 당신의 행복을 위해서 노력할 걸 다짐하는 바요. 최근 쓴 글 을 다듬어서 낸 이 책을 당신에게 바칩니다. 보잘것없는 선물이지 만 모쪼록 마음에 들기를 바라는 바요. 사랑합니다! 오늘도 행복 한 하루 ~

2024년 3월

목차

2022

아내 생일 축하 편지

새로운 출발, 결혼

연일 포근한 날씨가 이어지니, 마치 세상이 푸르러지는 4월이나 5월 같은 기분이오. 꽃샘추위가 기승을 부려야 할 3월 초에 말이오. 꽃이 만발한 어느 날 당신이 이 세상에 왔으니 곧 생일이 다가오리다. 우리 결혼기념일도 뒤따라 찾아오겠지. 미리 축하하오. 생일을 축하합니다.

세상 물정 모르는 초롱초롱 새싹 같던 때 만났는데, 어느새 세월의 무게가 얼굴에 가득한 중년이오. 올해 쉰여섯이 되는데 결혼 28주년이 다가오니 당신과 함께한 세월이 내 인생의 딱 절반이오. 처음 만난 게 엊그제 같은데 세월은 이렇게 빨리 우리를 미래로 옮겨 놓았구려. 결혼 후 벌써 28년이라니……

일찍부터 짝을 구하려고 무던히도 애썼소만 잘 안되더이다. 문제는 예쁘고 날씬한 여자를 찾은 나에게 있었겠지만, 나를 알아주지 않는 세상과 여자가 원망스럽기까지 했소. 당신과는 만난 지 얼마 되지 않아 죽이 맞았소. 매주 들로 산으로 놀러 다닐 때는 마냥 신났고, 세상이 나를 위해 존재한다고 확신했소. 남 눈치 보지 않으며 붙어 다니던 걸 생각하니 쑥스럽소만, 한편으로는 우리에게도 그럴 때가 있었는가 싶고 그리워지네.

양가 부모 상견례 때 아버지의 아들 자랑에 장모님의 딸 자랑 맞불로 기싸움이 한창이던 걸 떠올리니 멋쩍은 웃음이 지오. 열일곱 살부터 독립생활을 하였고, 두려움 없이 질주하던 청춘으로 이미 세상만사를 파악한 듯 자만하였으나, 아는 게 전혀 없는 어린이였다는 걸 뒤에야 알았소. 그때는 모든 걸 자신하였으나 나이가 들수록 안 되는 것, 할 수 없는 것, 모르는 것투성이였소. 무지한 청춘이었으나 오늘까지 큰 탈 없이 지내는 건 당신의 현명한 판단과 노력 덕분이라고 생각하오. 무진장 고생한 당신에게 새삼스레 미안하네. 진심으로 미안하고 감사하오.

결혼식 날 미리 온 친구가 없던 탓에 옷과 짐을 맡길 데가 없어서 발을 동동 구르던 생각이 나오. 먼저 결혼한 친구에게 한마디만 물었으면 아무런 문제가 없었을 것을…… 자만이 부른 참사요. 때맞춰 온 친구 명섭이와 재욱이가 원망스러웠을 정도요. 결혼식 주인공인 신부 기분이 엉망으로 될까 봐 내색하지 않고 끙끙거리던 생각이 나네. 그때는 어쩔 줄 몰라 식은땀을 뻘뻘 흘렸는데 지금 생각하니 나도 모르게 웃음이 나오.

신부 앞에서 식장 직원이 계약에 없던 옵션을 설명할 때는 주먹으로 쥐어박고 싶은 심정이었소. 단돈 몇십만 원 때문에 옹졸한 모습 보이는 것 같아서 화도 내지 못했소. 사실 당시 돈으로 십만 원은 큰돈이었는데 말이오. 당신 눈치를 보다가 한 번뿐인 결혼식이라는 생각으로 직원 말에 따랐소. 신부 앞에서 쩨쩨한 모습을 보이지 못하리라 예상한 직원의 뻔한 상술을 생각하니 지금도 기분이 언짢아지오.

처음 하는 결혼식이라 너무 바쁘고 정신이 없었소. 이리저리 끌려다니며 인사하고 사진 찍느라 당신이나 나는 녹초가 되었지. 속마음은 알 수 없었으나 힘든 나와 비교하면 해맑은 미소를 짓는 당신이 대단하다고 생각했소. 그때나 지금이나 당신의 웃는 얼굴은 천하에 짝이 없는 명품이오. 그걸 매일 볼 수 있는 나는 가장 행복한 사람이겠지.

생전 처음으로 서울의 비싼 호텔에서 첫날밤을 보내고 설악산부터 동해안을 따라 내려오며 신혼여행 했던 기억이 생생하오. 제주도 숙소와 항공기 표를 구하지 못해 결정한 신혼여행이었지. 덕분에 4월의 아름다운 설악산과 동해안을 실컷 보았으니 후회는 안되더이다. 혼자 운전하느라 조금 피곤했지만, 돈도 절약하고, 제주도 단체 신혼여행과 달리 다른 사람 방해 없이 둘만의 오붓한 시간을 보냈으니 말이오.

비선대와 울산바위 오를 적에 수학여행 온 무수한 고등학생이 휘파람 불며 놀려도 눈 하나 깜박이지 않고 당신 손을 잡고 산에 오르던 모습이 눈에 선하오. 짓궂은 고등학생을 탓하지 않았소. 그때는 그럴 만할 나이고, 나도 세상 무서운 줄 모르고 설쳤던 고등학생 시절이 있었으니 말이오. 그저 '너희도 머잖아 철들면 지

아내에게 쓰는 편지

금과 같은 유치한 말과 행동이 사라지리라' 하고 혼자 생각했을 뿐이오.

모든 게 좋았소. 함께 먹고 잘 아내가 생겨서 좋았고, 주말에 뭘 할까 고민하지 않아서 좋았으며, 특히 좋았던 건 휴무일 어디 가서 무얼 먹을지 고민하지 않아도 되는 점과 빨래할 일이 없어진 점이오. 물론 당신은 일이 두 배로 늘었을 테지만 말이오.

사랑하는 아내 삼숙 씨, 당신 쉰넷 생일이 한 달이 채 남지 않았소. 기억을 더듬어 당신과의 추억을 되살리리다. 아름다웠지만 고비도 많았던 삶을 되돌아보며 행복한 시간을 보냅시다. 오늘도 행복한 하루~

첫째

결혼 후 만 1년도 채 안 돼서 첫째가 왔소. 너무 짧았던 신혼생활이 아쉬웠지만 아이는 결혼과는 또 다른 기대와 감흥을 불러왔지. 날씬했던 당신 몸이 부풀어 오른 모습에 낯설었고 어떤 아이가 나올지 궁금하였지만, 아이가 내게 어떤 의미로 다가올지는 솔직히 몰랐소. 나는 세상을 제압할 기개와 용기를 자부하였으나 인간으로는 미성숙한 아이였소. 아직 아빠가 될 준비가 덜 되었던 거요.

첫째를 처음 본 순간…… 음, 그것은 말로 표현할 수 없는 전율이었소. 벼락을 맞은 듯한 충격에 경악하였소. 출산을 준비하며 충분히 예견하였으나 그 감정은 미리 알 수 있는 게 아니었소. 그 때까지 무수히 만났던 사람, 늘 보아왔던 어린이나 아기와는 전혀 다른 느낌이었소. 마치 조물주가 천지창조하는 모습을 본 듯한 놀라움이었고 기적이었소.

가난한 농부의 자식으로 태어나 헐벗은 생활로 점철된 내 어린 시절은 사람이 소중하다는 걸 깨닫는 걸 어렵게 하였소. 스스로 소중한 존재라고 생각해 본 적이 없소. 식물이나 동물이 우연히 생겨서 생명이 다하면 자연으로 돌아가듯 사람도 그중 하나라고 여겼소. 사람이 특별하다고 생각하지 않았소.

가난했지만 생존본능은 살아 있었기에 싸워서 이기고, 경쟁에서 승리해야 한다고 생각했소. 어려서부터 누구에게도 지지 않겠다는 처절한 투쟁심으로 살아왔소. 남자는 똑똑하고 강해야 하며 여자는 예쁘고 늘씬해야 한다고 확신했소. 그게 훌륭한 사람으로 살아가기 위한 전제조건으로 생각했지. 나는 똑똑하고 강해지기 위해 절치부심했고, 멍청하고 약한 남자나 뚱뚱하고 지저분한 사람을 멸시했소. 겉으로는 표현하지 않았으나 마음으로는 경멸했던 거요.

첫째를 보는 순간 내가 얼마나 편협한 고정관념으로 살아왔는지를 깨달았소. 겉으로는 공부 잘하고 몸 튼튼한 모범 학생이었고, 장교로 잘살아가고 있었으나 전혀 인간의 마음이 아니었소. 갑자기 아파왔소. 내가 때리거나 욕하며, 구박하고 멸시했던 친구

아내에게 쓰는 편지

와 주변 사람이 주마등처럼 스치면서 눈물이 흘러내렸소. 나는 나쁜 놈이었던 거요.

첫딸이 세상에서 가장 소중한 존재로 다가왔지만, 더 고마웠던 건 아빠의 마음을 인간으로 돌려놓은 거요. 딸을 바라보면서 나는 처음으로 사람이 소중한 존재임을 깨달았소. 내 아이는 누가 어떤 이유로도 핍박해서나 억압해서는 안 되는 존재요. 국민은 국가를 위해서 기꺼이 희생하는 게 도리이고 애국이라고 생각했었으나 내 아이는 아니오.

아, 그러나 나는 정반대의 생활을 해 왔던 거요. 공동체나 국가를 위해 희생하려고 하지 않는 자는 매국노나 기생충이었소. 그 생각이 잘못되었음을 눈도 못 뜨고, 말도 못 하는 갓 난 아이가 나를 깨우친 거요.

놀랍지 않소? 갓 태어난 아이가 삼십 년간 지켜온 신조를 한순간에 무너뜨렸다는 사실이 말이오. 그건 개안의 순간이었소. 사람이 공동체의 번영을 위한 수단이어야 한다는 전체주의, 국수주의자에서 인간주의자로 바뀐 기적이었소. 찰나에 환골탈태한 거요.

첫째를 보는 그 짧은 순간에 만감이 교차하며 나는 새로 태어났소. 첫딸을 선물한 당신이 인간 조자룡을 뿌리째 바꾼 거요. 나이 서른이 되어서야 나는 비로소 사람다운 사람이 된 셈이오.

지난 세월 함께한 사람에게 한 사유와 언행에 반성하였소. 길을 가다 장애인을 만나면 두 눈에서 눈물이 주르륵 흘러내렸지. 장애인이 불쌍해서가 아니오. 그 장애인을 자식으로 둔 부모 마음을 헤아리는 순간 내 마음은 찢어졌소. 사람 구실 못하는 자식을 낳아 기르는 부모의 마음이 어떠할지 상상하는 순간, 내가 과거에 가졌던 타인에 대한 마음을 용서할 수 없었소.

세상에 가장 중요한 것이 뭐겠소. 바로 자신이오. 타인에게 존중받는 고결한 자아요. 나와 타인에 대한 사고방식이 전혀 달랐소. 겉모습 말고는 도저히 못 미치던 내가 사람이 된 것은 내 첫딸, 아니 당신 덕택이오. 당신과 만난 지 불과 2년이 채 안 되어 나는 인간으로 거듭난 거요.

나를 다시 태어나게 한 딸이 얼마나 소중하고 사랑스러웠겠소. 만나는 사람마다 딸 자랑하는 팔불출이 되었소. 둘째와 셋째가 태어나고 첫째가 초등학생 중학생으로 성장하자 남보다 크게 뛰어나지 않은 외모임을 깨달았으나 그때는 내 아이가 최고였소.

초보 엄마 아빠와 아이가 만드는 에피소드는 코미디였으나 마냥 즐겁고 행복한 시간이었소. 공군본부 탄약시스템 업무로 하루 열두 시간 이상 강행군하였으나, 몸과 마음은 거뜬했소. 가족의 힘이오. 당신의 헌신적인 내조와 천진난만한 딸의 눈동자는 모든 시름을 잊게 했소. 남자는 지킬 가족이 있을 때 힘을 내는 법이오. 열혈남아 조자룡이 쓰러질 수 없는 이유가 추가된 셈이오.

짧았던 신혼은 황홀하였소. 첫딸이 와서 분주해진 당신 일상에 나는 뒷전으로 밀려났지만 그래도 늘 행복했소. 태어나서 처음으로 근심 걱정 없이 현실에 몰입했던 때가 아닌가 하오. 아무것도 모르는 초보 엄마는 육아, 요리책과 씨름하며 위대한 엄마의 걸음마를 시작했소. 여자는 아름답고 아내는 사랑스러운 존재지만 엄마는 위대하오. 당신은 첫딸로 위대한 엄마, 신격이 된 거요.

오래전 일이지만 돌아보니 감개무량하고 눈시울이 촉촉해지네. 아이를 어떻게 해야 할지 몰라 전전긍긍하던 당신 모습을 그리면 절로 웃음이 나오. 애가 애를 키우는 모습이었소. 우리는 자신감 넘치던 어른이었는데 말이오. 오늘은 신혼과 첫딸 키우던 시절로 돌아가 추억하며 행복한 시간을 보내시오. 사랑하오.

둘째

아이가 생긴 이후 우리 삶은 종속되었소. 모든 중심에는 딸이 있었지. 아이는 완전치 않은 생명이오. 엄마의 눈길에서 벗어나거나 엄마의 손길이 멈추는 순간 위기에 직면하오. 엄마는 한순간도 고독할 기회조차 없는 존재요. 대신 아이에게는 전지전능한 신격이지만 말이오.

지저분한 몰골로 돌보미로부터 아이를 받아 드는 순간 당신은 분노했소. 몇 푼 안 되는 월급 받으려고 돌보미 비용을 들이려는 게 무의미하다는 걸 직감하고 과감하게 직장을 버렸소. 돈보다 아이를 정성껏 키우는 게 낫다는 생각이었지. 나는 당연히 찬성했소. 퇴근 뒤 아내와 아이가 반기는 그림이 최상이었으니 말이오.

첫째에 온 정성을 쏟았소. 내 기억에는 없지만, 가난하고 돌볼 시간이 부족했더라도 어머니는 나를 위해 헌신했으리라는 걸 미루어 짐작하였소. 사람은 엄마의 헌신 없이는 살아갈 수 없는 나약한 존재요. 온종일 애 머리맡에 앉아 낱말 카드를 읽어주었지. 몸도 가누지 못하는 애한테 말이오. 한쪽에는 그림, 다른 쪽에는 한글이 새겨진 낱말 카드의 위력은 놀라웠소. 돌 전에 걷지도 못하면서 말하기 시작한 아이가 글을 읽었으니 말이오. 말과 읽기를 동시에 시작한 아이는 우리 딸이 처음이 아닐까 하오.

첫딸 돌 지나자마자 몸이 이상하다고 하여 놀랐소. 속이 더부룩하고 입덧이 있는 게 혹시 둘째를 가진 게 아닌가 하는 당신에게 말했지.

"애가 그렇게 잘 들어설 거 같으면 세상에 애 없어 고민하는 사람은 다 뭐요. 몸살이나 감기에 걸린 게지. 병원에 가서 진찰받아봐요."

병원에 다녀온 당신은 둘째를 가졌다고 했소. 놀랍고도 반가운 일이었으나 적이 당황했소. 애 하나도 감당하지 못해 쩔쩔매는 판국에 비슷한 애 하나를 더한다면 어떤 상황일지 너무나 확실하지 않소? 그래도 기분은 좋았소. 주변에 애 없어 고민하는 사람이 너무 많았으니 말이오. 우리는 애가 들어서지 않아서 걱정한 순간은 없지 않소?

내 생활에는 큰 변화가 없었소. 열심히 일했지만, 집에서 벌어지

　　　　　　　　　　　　　아내에게 쓰는 편지

는 일은 제대로 알지 못했소. 당신이 특히 고생한 것은 입덧이었소. 웬일인지 둘째를 갖고부터는 아무것도 먹지 못했소. 산모가 잘 먹어야 함은 말할 필요조차 없지만 먹으면 토하는 걸 어쩌겠소. 무엇을 먹었는지 기억조차 나지 않소. 밥, 빵, 면, 반찬 거의 모든 걸 먹지 못했으니까.

둘째를 낳고 어느 정도 지나서야 입덧의 비밀을 알았소. 둘째가 음식 알레르기가 심했던 게지. 돌 무렵 온몸이 퉁퉁 부어서 병원 진료를 받은 뒤에야 음식 알레르기가 심하다는 걸 알았소. 거실에 떨어져 있는 달걀 부스러기가 몸에 닿았을 뿐인데도 온몸이 부풀어 올랐소. 의사 말로는 몸이 부을 때 위험한 건 겉으로뿐만 아니라 안으로도 붓는다는 거요. 심하게 부으면 기도가 막혀 죽을 수 있으니 상비약을 비치하여 몸이 붓기 시작하는 순간 약을 먹여야 한다는 거요.

나는 음식 알레르기로 사람이 죽을 수 있다는 데 놀랐고, 태아한테 해로운 음식을 엄마가 먹을 수 없다는 사실에 두 번 놀랐소. 하긴 태아는 엄마가 먹는 음식으로 성장하는데 아이가 먹을 수 없는 음식이 들어오면 거부할 수밖에 없겠지. 당신의 입덧은 둘째가 먹을 수 없는 음식이 많았던 게 원인인 셈이오. 생물과 과학을 배웠지만 정말 오묘한 자연의 섭리에 탄복했소. 입덧이 아이와 엄마의 식성 차이에서 온다는 걸 직접 목격했으니 말이오. 임신 중 먹는 건 엄마가 먹는 게 아니라 아이가 먹는다는 말이 무슨 말인지 알았소. 임신 중 엄마는 입맛마저 아이한테 빼앗기는 거요.

둘째가 달걀에만 알레르기 증세를 보인 게 아니라 시금치, 우유, 팜유에도 같은 증상을 보인다는 걸 알아냈소. 오직 24시간 당신이 아이를 관찰해서 알아낸 결과요. 아들이 지금까지 살아있는 자체가 기적이오. 거의 모든 가공식품에는 달걀 우유 팜유가 들어가니 말이오. 어떠한 제품을 구매할 때도 깨알 같은 성분표를 읽어 보고 아이가 먹어도 죽지 않는 것만을 먹여서 살려낸 애요. 세상에 엄마가 중요하지 않은 사람은 없겠지만, 둘째는 특히 당신에게 감사해야 하오. 두 번 세 번 생명의 은인이니 말이오.

둘째가 아들이라는 걸 아는 순간, 사실 나는 기분이 썩 좋지는 않았소. 아버지가 칠대 독자에다 다섯 형제 중 아무도 아들을 두지 못했는데도 말이오. 첫째를 보는 순간 인간을 보는 관점이 백팔십도 바뀌었는데도 남자에 대한 선입관은 바뀌지 않았소. 역사에서 저질렀던 수많은 죄악, 살아오면서 목격했던 억압과 폭력을 자행하는 남자를 혐오했소. 세상에서 가장 착하고 위대한 어머니를 무시하고 구타한 아버지를 용서할 수 없었소. 힘이 없어 복종했지만 말이오. 지인은 첫딸에 둘째는 아들을 낳았으니 만점 아빠라고 칭송했소. 그래도 여전히 내 마음은 유쾌하기만 한 건 아니었소.

아들 생일이 국군의 날 10월 1일이오. 탄약시스템 개발업무로 전국을 순회하며 장기 출장을 다닐 때요. 출산일에 집에 머무를 수가 없어서 국군의 날과 주말이 겹치는 주에 유도분만을 한 게 아들 생일이 되었소. 피치 못할 사정에 따른 의도하지 않은 생일이었으나, 아빠가 직업군인인 만큼 태어날 날짜는 제대로 골라잡은 셈이오. 국군의 날이 생일인 이유를 아는 아들은 아마 정체성 하나가 추가될 거요. 내 임무였던 조국 수호에 관심이 많으리다. 장기 출장을 마치고 모처럼 집에 갔을 때 아들이 한 말이 충격이었소.

"아찌 싫어. 아찌 미워!"

돌 지나서 이제 말 배우기 시작한 애가 아빠에게 한 첫 말은 싫다는 것이었소. 내 뿌리 깊은 남성혐오를 아들이 눈치채지 않았나 싶을 정도로 기절초풍할 일이었소. 아무것도 모르는 애가 어떻게 아빠 마음을 읽었을까? 나도 모르게 아들을 경원했을까? 알 수 없는 일이었으나 중요한 것은 아들이 아빠를 미워한다는 사실이었소. 내가 어려서 아버지를 미워했다고 아들마저 나를 미워하게 해서야 되겠소?

비록 일요일뿐이었으나 집에 있는 날은 최대한 아들과 놀아주려고 노력한 기억이 나오. 아들이 예지력이 뛰어나 아빠 마음을 읽은 게 아니라 긴 출장으로 낯설어서 싫었던 거요. 집에서 출퇴근하자 금방 친해졌으니 말이오. 평일 두 아이에게 그렇게 시달렸어도 당신은 아빠와 아이가 좀 더 가까워지게 하려고 노력하였소. 일요일만 되면 도시락을 싸 들고 인근 유원지로 향하였지. 나는 운전만 하면 되었지만, 당신은 애들 옷과 기저귀와 음식과 마실 걸 일일이 챙겨야 했음에도 말이오. 엄마는 위대하오. 어진 아내이자 위대한 엄마인 당신을 존경하오.

아들은 딸과 달랐소. 먹을 걸 제대로 못 먹는 음식 알레르기만 문제는 아니었소. 첫딸을 키울 때는 몰랐던 온갖 사고를 치는 거요. 남자는 성인이 되어서만 거친 게 아니라 아이 적부터 다르오. 걷기 시작하자 온갖 물건을 쓰러뜨리고 오를 수 있는 데는 무조건 올라갔소. 의자, 책상, 심지어 책상 위에 있던 386 PC 모니터 위에도 올라갔소. 어떻게 올라갔는지는 모르지만, 애가 우는 소리에 달려가 보니 흔들리는 모니터 위에 위태롭게 앉은 채 어쩔 줄 몰라 하는 아이를 발견했다지.

돌이켜 보니 내 사고에 문제가 많았소. 공동체를 위한 봉사와 헌신은 좋은 것이지만 만사 과유불급이오. 지나쳐서 좋을 건 없소. 업무에 대한 열정이 사무실에는 도움이 되었겠지만, 가정에는 좋지 않았소. 내가 한 업무가 대한민국 발전에 크게 이바지하였다면 차라리 그걸로 위안 삼겠으나 지나고 나서 보니 별 게 아니었소. 일과 후나 휴무일에는 당신이나 아이와 함께하는 시간을 더 가져야 하였소. 후회까지는 아니더라도 당신에게 미안하네. 진심으로 미안하오이다.

초보 엄마였지만 당신은 용감하고 당당했소. 아들을 등에 업고 딸과 장바구니를 양손에 잡은 채 집안일을 꾸려나갔지. 한 번도 대신 장 본 기억이 없소. 설거지나 빨래한 적도 없소. 사무실 일은 내가 전담할 테니 가사는 당신이 전담하라는 내 말에 당신은 충실히 따랐소. 지나고 보니 어처구니없는 일이었으나 당신의 지나치리만치 완전한 내조에 부족한 사람임에도 중령 계급장을 달 수 있지 않았나 생각하오. 오늘 우리가 행복하다면 그 공은 온전히 당신에게 있는 거요.

셋째

새벽에 출근해서 밤늦게 퇴근하는 내가 전혀 가사에 보탬이 되지 않는 터라 당신은 늘 파김치 신세였소. 피임을 고려하지 않을 수 없었소. 혼자서 둘도 감당하기 힘든 마당에 개구쟁이 아들이라도 하나 더 생기는 날에는 어쩌겠소?

주변에 세 자녀 가정은 손에 꼽을 정도였고, 당시 우스갯소리로 목사 외에는 소득으로 자녀 둘 대학 보내는 게 불가능하다는 풍문이 떠도는 터라 우리는 쉽게 피임을 결정하였소. 당시만 해도 씨 없는 수박이 어떻다느니 하는 소문에 내가 정관수술을 주저하자 당신이 피임하기로 하였지.

피임을 결정하였으니 우리 가족은 다 모인 셈이라 사진관에서 비싼 가족사진까지 촬영하였소. 얼마 후 임신한 거 같다는 당신 말이 놀랍고 의심스러웠소. 주변에 애가 없어서 애태우는 사람이 숱한 처지에 일부러 피임하는 데도 임신했다는 말에 놀라지 않을 수 있겠소? 병원에서 확인한 결과 사실로 밝혀져서 깜짝 놀랐으나 우리는 주저하지 않고 출산을 결심했소. 우리가 아무리 의도하지 않은 아이라도 얼마나 세상을 갈망했으면 피임이라는 그 어려운 장벽을 뚫고 생명으로 잉태했겠소. 신이 주는 선물로 여겨 감사히 받기로 했던 거요. 물론 키우는 건 전적으로 당신 일이었지만 말이오.

나중에 의사에게 들으니 여자가 피임하면 천에 하나, 남자가 피임하면 만에 하나 임신할 확률이 있다 하더이다. 정관수술을 해도 정자가 살아 있는 한 인체 혈관을 통해서 자궁으로 가려고 노력한다고 하오. 묶고 막아도 길을 찾는다는 게지. 정말 오묘한 생명이요 신의 섭리가 아닌가 하오. 보통 사람도 3억 개의 정자와 경쟁에서 승리한 기적인데, 거기에 더해 셋째는 보통 사람 천 배의 난관을 뚫었다는 거요. 그 의지로 보아 훌륭한 삶을 살아가리다.

세상은 공평하지도 정의롭지도 않소. 초등학교 때 배웠던 권선징악과 사필귀정은 허구요. 착하게 성장하게 하려는 의도였다고 하나 사실을 가르쳐야 한다고 생각하오. 국가나 개인이 움직이는 목적은 오직 이익이오. 약간의 대의명분이 포함되지만, 정의는 큰 고려사항이 아니지. 수많은 불임부부가 있는데도 피임하던 우리에게 자식을 선물한 걸 보면 신은 전혀 공평하지 않은 존재요.

다행히 셋째는 입덧을 하지 않았소. 둘째 때 심했던 탓으로 입덧이 아이의 입맛에 따라 발생한다는 걸 알았기에 셋째는 무엇이든 잘 먹으리라 짐작했는데 정확하였소. 셋째는 무엇이든 잘 먹어서, 막심한 음식 알레르기로 먹지 못해서 홀쭉한 오빠와는 달리

아내에게 쓰는 편지

우량아로 성장하였지.

　둘째까지 보았기에 우리가 애를 보는 수준도 한결 높아졌소. 처음 태어난 아이는 눈도 뜨지 못하고 피부가 쭈글쭈글해서 보기에 아름답지 않소. 제 아이기에 신비롭고 예뻐 보이는 것뿐이오. 그런데 병원에서 처음 본 셋째는 얼굴이 주먹만 하고 피부도 깨끗한 게 몇 달 지난 애같이 정말 예쁘장했소. 내 아이라서가 아니라 누가 봐도 예쁜 아이였던 거요. 마치 계획에 없던 애라고 대충 키우지 말라는 신의 계시인 듯 말이오.

　출산일이 되었어도 소식이 없자 진찰이라도 받아보자고 병원에 들렀더니 천만뜻밖에도 이미 출산이 진행되고 있다는 말에 놀랐소. 몸에 전혀 이상을 느끼지 못했기에 당신은 집에 돌아와서 청소며 빨래며 당장 먹을 음식까지 준비해두고 다시 병원으로 갔소. 병원장은 아이 머리가 보인다면서 질겁하여 분만실로 데려갔소. 저녁 식사 시간이었기에 당신은 나에게 아이들을 데리고 식사하고 오라고 하였지. 집에 가려고 병원 현관을 나서기도 전에 간호사가 쫓아와 다급하게 외쳤소.

　"아기 아빠! 출산했어요! 아이가 나왔어요! 공주님이에요!"

　분만실에 들어가는 걸 보고 내려오기 시작했는데 채 몇 분도 되지 않아 출산했다는 거요. 깜짝 놀라 산부인과로 돌아와 보니 얼굴이 내 주먹보다 조금 큰 예쁘장한 딸이 기다리고 있었소. 당신은 출산한 사람답지 않게 전화로 이곳저곳에 출산 소식을 알리고 있었지.

"분만실 들어간 지 1분 만에 애를 낳았어요. 아이 얼굴이 얼마나 작은지 전혀 진통이 없었고, 낳는지도 모르게 낳았어요. 애도 저도 이상 없어요. 건강한 딸이랍니다."

셋째는 머리 크기가 얼마나 작은지 출산이 임박하도록 당신이 알 수 없을 정도였지. 얼굴 작고 몸이 가는 게 미인의 기준이 된 터라 더없이 반가운 일이었소. 나와 두 아이는 새로 식구가 된 진짜 조그마한 아기 머리맡에 앉아 정신없이 들여다보고 있었소. 간호사는 침대에 당신을 눕히고 링거를 맞히고 있었지. 갑자기 간호사가 외치는 소리가 들렸소.

"언니! 안돼! 가면 안 돼요! 언니! 언니! 가면 안 돼, 안 돼요!……"

영문을 몰랐으나 다급한 간호사의 고함에 큰일이 벌어진 걸 직감하고 침대로 달려갔소. 이미 당신 얼굴은 푸르스름해지고 눈동자에는 초점이 사라졌소. 한눈에도 죽어가고 있었소.

"여보! 여보! 안돼! 안돼! 죽으면 안 돼!"

이것저것 생각할 겨를도 없이 간호사와 함께 당신을 흔들며 고함을 질렀소. 까닭을 알 수 없었으나 내가 할 수 있는 일은 그것뿐이었소. 내 간절한 마음이 전달되었는지 일이 분 후에 얼굴에 핏기가 서서히 돌아오더이다. 오 분이나 지났을까, 마침내 당신 의식이 돌아왔소.

"어떻게 된 거야? 이제 괜찮소?"
"예, 어느 순간 갑자기 의식이 희미해지면서 어딘가를 가고 있는데 저 멀리서 누군가 아스라하게 부르는 소리가 들렸어요. 빛이 있는 언덕에서 돌아섰는데……"

아, 당신은 임사체험을 한 것이오. 죽다가 살아난 거요. 당신이 그때 죽었다면 그 후 어떻게 되었을까? 엄마 없는 세 아이와 공군 대위 홀아비의 삶은 어떤 것이었을까? 확실한 건 고난과 시련의 연속이었을 거요. 누가 키우더라도 엄마의 역할을 다할 수 없으리다. 당신이 죽지 않은 건 당신뿐 아니라 나와 세 아이에게 천행이오. 종교가 없었지만, 신에게 감사하고픈 마음이었소.
나중에 병원장과 간호사가 자궁수축 촉진제 주사에 알레르기 반응을 보인 것 같다고 변명하였지만, 의료과실 사고가 분명하오. 이미 당신이 살아났고 의료사고를 증명할 방법이 없었기에 그냥 넘어간 것뿐이오. 병원이나 간호사의 잘못이든 신의 의도든 간에 우리는 사지를 넘었소. 당신뿐만 아니라 나와 아이들도 함께 사선을 지난 것이오. 아내 없이 애 셋을 키우는 나나, 엄마 없이 자라야 하는 아이는 죽은 목숨과 다를 바 없을 거요.

상상조차 하기 싫은 일을 경험한 다음 날 즉시 비뇨기과에서 정관수술을 받았소. 씨 없는 수박이라는 귀신 씻나락 까먹는 소리에 홀려서 당신이 피임했고, 피임에 실패해서 셋째가 태어났는데 출산 중에 당신이 죽을 뻔하였소. 만약 당신이 죽었다면 씨 있는 수박을 어디다 쓰겠소? 씨 없는 수박인지는 모르지만, 그 뒤 살아가는 데 아무 문제가 없었소. 셋째는 당신 생명과 바꿀 뻔한 아이요. 소중하지 않은 생명이야 없겠지만, 당신을 대신할 뻔한 아이니 우리에게 얼마나 소중하겠소.

흔히 아들만 둘이거나 딸만 둘인 사람은 50점, 아들이 위고 딸이 아래면 100점, 딸이 위 아들이 아래면 200점이라고 하였소. 사무실 사람은 딸 둘에 아들 하나에다 순서가 딸, 아들, 딸이니 300점이 아니라 500점이고 치하하였소. 당신이 죽을 고비를 넘기면서 생긴 아이지만 공치사에 어깨가 으쓱해졌소. 마음먹은 대로 되지 않는 게 세상사지만, 특히 자식 일은 더하지 않소? 자식을 만드는 일도, 잘 키우는 것도, 나중에 성공하는 것도 부모의 의지만으로 되지 않으니 말이오. 어쨌든 우리는 만드는 일에는 성공한 셈이오.

내 어깨가 더 무거워진 건 사실이지만, 당신과는 비교조차 되지 않으리다. 나는 생계만 책임지면 되지만, 당신 집안일은 갈수록 태산이었으니 말이오. 넉넉하지 않은 살림살이의 내 육 남매와 당

아내에게 쓰는 편지

신 칠 남매 가정 대소사도 당신에게 주어진 임무였소. 의지 외에는 특별한 게 없었던 나와는 달리 현명한 당신 덕분에 그 어려움을 헤쳐나올 수 있었소. 고맙소. 죽을 고비에서 살아 돌아온 데 감사하고, 훌륭하게 가정을 이끌어온 데 감사하오. 사랑합니다.

2001년 충주

1993년 대위 계급장을 달고 공군본부에 입성할 때는 선진 공군 최첨단 정보체계를 개발한다는 사명감에 불탔고, 국방부 최초 정보체계의 성공이 대한민국과 군 발전에 큰 획을 그을 거라는 확신으로 온 힘을 기울였소. 처음 하는 전산화 사업은 쉽지 않았소. 사업 기간과 비용이 한없이 늘어났고 밤과 주말까지 업무에 열중했으나 성과는 보잘것없어 차츰 지쳐갔지.

사실 아직 인터넷이 발달하기 전이라 개념만 무성했지, 기술은 걸음마 단계일 때요. 최초 정보체계 개발에 성공하기 위하여 노력하였지만, 사실 내가 원하던 업무는 아니었소. 장군 대통령이라는 터무니없는 꿈을 꾸던 때라 내가 바라던 업무는 지휘 관리였소. 사람 대하는 업무를 하여 인간 심리에 통달하고 싶었소. 사업이 길어지면서 다른 경력을 쌓지 못해 안달하던 차에 어느덧 소령에 이르렀소. 더 늦는다면 영영 비행단에 나가 대대장 경력조차 쌓지 못할 형편이었지.

언제 끝날지 모를 탄약시스템 개발사업을 뒤로하고 비행단 보직을 받기 위해 노력하였소. 사업을 중시하여 보직 이동을 허락하지 않던 무장처장을 탄약과장과 함께 설득하여 겨우 공군본부를 탈출한 게 2001년이오. 남은 한 번 근무하기 힘들다는 본부 생활을 8년이나 한 셈이오. 업무는 힘들었지만, 장교로는 드물게 오래 근무하며 당신과 결혼하였고, 세 자녀가 같은 데서 태어나는 기이한 인연을 만든 곳이오. 업무는 고달팠으나 가족이 살기에는 전투기 소음에 시달리는 비행단과는 다르게 쾌적한 곳이오. 천혜의 환경이 계룡시인데 우리 가족은 뜻밖의 행운을 누린 셈이오.

8년 만에 돌아온 비행단은 충주였소. 오랜 사무실 근무로 심신이 피폐했지만, 새로운 환경에 기대가 들떴지. 역시 비행단은 쉽지 않은 곳이오. 나는 쉽게 적응하였지만, 비행단 생활이 처음인 당신이 세 자녀를 데리고 적응하기란 쉽지 않았소. 본부에서는 관사에서 마트까지 지척이었지만, 비행단은 활주로가 있고 외곽에 높은 담으로 차단되어 관사에서 정문까지만 해도 한참이고, 거기서 시내까지는 또 수 킬로미터요. 도저히 걸어 다닐 수 있는 거리가 아니오.

운전면허도 없던 당신이 애 셋을 데리고 이동하던 모습이 눈에 선하오. 하나는 업고 장바구니에 애 둘을 데리고 다니는 일이 이만저만 고역이 아니었을 거요. 나는 새벽부터 밤늦게까지 부대 일에 몰두하는 원래 스타일을 지켰으니 당신이 살길은 자력갱생뿐이었지. 결혼 전부터 이런저런 핑계로 운전면허를 따지 않았지만,

아내에게 쓰는 편지

자동차 없이는 생활할 수 없는 환경이 되자 마침내 운전면허 시험에 도전했소.

탁월한 두뇌 소유자답게 이론평가는 가뿐하게 1차에 통과하였고, 실기는 실력이 미심쩍으나 어찌어찌 넘어가서 면허증을 땄소. 면허증 땄다고 바로 운전할 수는 없었지. 훈련장에서 연습하는 것은 차량이 씽씽 달리는 도로와는 전혀 딴판이니 말이오. 나도 면허는 92년에 땄지만, 전혀 운전할 줄 몰라 93년에 차를 산 뒤 한 달이나 부내 내에서 주행 연습하고 나서야 도로에 나섰던 바요.

어느 휴일, 모처럼 쉬고 있는데 도로 주행 연습을 하자는 당신 말을 매정하게 거절하였소. 사실 다른 건 몰라도 운전만큼은 가까운 사람에게 배우는 게 아니라고 하오. 생명이 걸린 운전이기에 위기에서는 험한 말이 나가게 마련이고 사이가 틀어지기 일쑤요. 부부가 운전 연습하면서 싸우지 않았다는 사람을 보지 못했소.

내가 낮잠을 자는 동안 당신은 혼자서 당시 내 애마이던 빨간 프라이드를 몰고 충주 시내에서 운전 연습했다지. 나중에 당신이 나에게 한 말이 걸작이오.

"홍, 죽으면 나 혼자 죽을 줄 알고? 사고 나면 다 같이 죽을 요량으로 애 셋 모두 태우고 다녔어요."

하하, 하여튼 당신의 그런 다부진 각오가 짧은 기간 안에 능숙한 운전자가 된 것이오. 애 셋과 무거운 짐을 들고 시내버스를 타

고 부대까지 와서 다시 관사까지 긴 거리를 이동해야 하는 고난
은 벗어날 수 있었지.

붓다는 삶 자체가 고해라고 했소. 생로병사 전 과정이 고통의
바다를 일엽편주로 항해하는 것과 같다는 말이오. 문제 하나를
해결하면 새로운 문제가 떠오르지. 그게 세상 이치요 인간에게 주
어진 운명인 듯하오. 겨우 장 보는 걸 해결하였는데 형제가 문제
였소. 원래 가난한 집안이어서 모두 어려운 형편이었으나, 그때는
더 어려웠던 때요. 돈 번다고 해외에 나간 둘째 형은 가끔 무리한
요구를 하였고, 큰형은 형수와의 가정불화로 늘 시끄러웠소. 모든
화살은 직장에 있는 내가 아니라 집에 있는 당신에게 향하였소.

워낙 집에 있는 시간이 짧았던 나에게 종종 집안 문제를 얘기했
으나 당신이 알아서 하라는 식으로 회피하였소. 내가 해결할 방법
이 없어서이기도 하였지만, 부대 일만으로도 머리가 터질 듯이 아
플 때요. 내가 통제실장으로 있던 무장탄약정비대대는 모든 분야
에서 앞서야 했소. 대대의 발전이 내게 주어진 사명이며 대한민국
의 번영과 영광의 첨경이라고 생각했소. 지금 생각하면 우습지만
어쨌든 스스로 세뇌하며 일에 몰두하던 때요.

힘든 시절이었소. 애 셋 키우기도 힘든 마당에 형제의 엉뚱한 요
구에 시달리고, 남편이라는 사람은 직장 일 외에는 쳐다보려고도
하지 않으니 말이오. 게다가 충주에서는 당신 몸 상태도 엉망이
었소. 간혹 마찰이 없을 수 없었지. 당신은 화가 나면 오랫동안 말
을 하지 않고 삭히는 편이었고, 나는 즉시 화를 내는 기질이었으

나 그럴 수 없다는 데 나도 힘들었소.

언젠가 얘기했듯이 초등학교 5학년 때 어머니를 개 패듯 하던 아버지를 보고 '사나이 조자룡은 장가가지 않는다. 만에 하나 가더라도 아내를 때리거나 욕하지 않는다.'라고 다짐하였소. 당신이 잘못한 게 없으니 화낼 일은 아니었으나, 어떤 이유로든 화가 나도 큰소리 외에 욕도 손찌검도 할 수 없었소. 나와의 약속을 지켜야 했으니 말이오. 성격은 급하고 해결 방안은 없어 무척이나 속상했나 보오. 어느 날 화장실에 들어가 수도꼭지를 틀어놓고 엉엉 울었소. 울어서 해결될 일은 아니었으나 한결 속이 개운해지긴 하더이다.

힘든 가정사와는 무관하게 대한민국은 승승장구하고 있었소. 2002년의 주인공은 단연 대한민국이오. 월드컵 붉은악마의 뜨거운 함성은 한반도를 용광로로 만들었소. 그 기운을 받은 축구 대표 선수는 단 1승도 없던 월드컵에서 4강에 오르는 기염을 토했소. 미선·효순 사망 사고로 촛불이 타올랐소. 그 열기는 12월의 대통령선거로 이어져 노사모의 헌신으로 노무현이 대통령으로 당선하는 이변을 연출했소. 월드컵 말미에는 북한의 도발로 제2연평해전이 벌어져 참수리호가 격침되고 여섯 용사가 전사하는 비극도 있었소.

제2연평해전을 제외하면 모두가 인터넷의 힘이었소. 붉은악마의 거리 응원도, 미선·효순 촛불 시위도, 노사모의 활약에 의한 노무현 대통령 당선도 온라인을 이용한 소통의 힘이었던 거요. 정보기술은 미국에서 발달하였으나 그 첫 과실은 대한민국 차지였소. 대한민국의 영광과 번영이 유일한 소망이던 시절, 그걸 보던 내 가슴은 벅찬 감동으로 터질 듯하였소. 당신이 그렇게 힘들어하던 와중에도 말이오.

충주에서 우리 가정은 불행하고 힘든 시기였으나 대한민국은 유사 이래 처음으로 세계에서 찬란하게 빛나던 순간이었소. 나는 즐겁고 기쁜 일이 많던 시기였으나, 가정을 책임지던 당신에게는 암담한 시절이었소. 지나고 보니 내 잘못이 컸소. 지금이라면 다르게 행동하리다. 그랬다면 당신의 삶이 조금 나았겠지. 미안하오. 편지를 쓰다 보니 미안하다는 말뿐이네. 미안하고 감사하오. 앞으로는 실수하지 않으리다.

2003년 진주

가정도 나라도 다사다난했던 2002년이 지나갔소. 집안은 질식할 듯했던 1년이었으나 대한민국은 1년 내내 흥분과 감동의 연속이었소. 우리 국민뿐만 아니라 우리를 지켜본 외국인도 충격에 경악했으리라. 축구에 몰입하여 전 국민이 붉게 차려입고 남녀노소가 한목소리로 뜨거운 함성을 내뿜는 장관은 일찍이 보지 못했을 거요.

지구상 유일한 초강대국인 미군의 실수로 고등학생 두 명이 죽었다고 온 국민이 분노하여 촛불의 바다를 만드는 모습도 본 적이 없을 거요. 낙선할 게 뻔한 지역에 지역감정 해소를 내세우고 계속 출마하던 바보 노무현을 대통령으로 만들기 위한 대한민국 청년의 열정을 이해할 수 없으리다. 2002년은 전 세계가 대한민국을 주목한 해요. 2002년은 확실히 대한민국이 주인공이었소. 내 꿈이 이루어지는 걸 직접 본 거요. 지금도 그때를 생각하면 피가 끓고 가슴이 벅차오르오.

국가 전체로는 희망이 부풀어 올랐으나 부대는 암담했소. 통제실장으로 있었던 무장탄약정비대대도 항공전자정비대대도 사건 사고가 끊이질 않았소. 장교가 아닌 부사관이나 병사의 처지에서는 본인만 스스로 통제하면 아무런 문제가 없을 텐데 웬일인지 사고가 끊이질 않았소.

항공전자정비대대에서는 석 달 연속 음주운전이 적발되었을 정도요. 음주운전은 구타 및 가혹행위, 파렴치 행위와 더불어 군내 3대 악습으로 예방에 힘쓰던 때요. 비행단에서 3대 악습 행위가 발생하면 단장이 직접 참모총장께 경위를 전화로 보고하던 시절이오. 처음 음주운전이 발생했을 때 통제실장이던 내가 예방대책을 작성하고, 대대장이 단장에게 보고하였소. 두 번째도 세 번째도 마찬가지였소.

사실 할 말이 뭐가 있겠소. 이런저런 교육을 하고 이렇게 저렇게 노력해서 음주운전을 예방한다고 하였는데, 교육이 채 끝나기도 전에 사고가 이어졌으니 말이오. 보고서 작성하는 나야 앞뒤

맞지 않는 말로 억지로 만들었으나 그걸 대면 보고해야 하는 대대장은 참으로 딱했소. 보고하기 위해 출발 전 담배만 연거푸 빨아대는 대대장을 볼 면목이 없더이다.

차마 대대장과 눈을 마주칠 수 없어 옆 사무실인 주임원사실에 들어갔더니 천만뜻밖에도 주임원사가 시뻘건 두 눈으로 뜨거운 눈물을 하염없이 쏟아내고 있었소. 나도 덩달아 눈물이 솟구치더이다. 대대장도 나도 주임원사도 한마음이었던 거요. 함께 노력하였으나 예방하지 못하고 대표로 궁지에 나서야 하는 대대장 처지에 아팠던 거요. 셋은 남자였소. 그 후로 의기투합하여 틈만 나면 충주댐 밑에서 매운탕에 소주잔을 기울였던 기억이 선연하오.

어떻게 하면 대대 사건 사고를 막을 수 있을까? 그것이 통제실 장이던 나의 당면 과제였소. 인사철이 되어 다음 보직을 고를 때 번뜩이는 생각이 머리를 스쳤소.

'교육사에 가자. 대대에서는 아무리 교육을 철저히 하려고 해도 기본임무와 휴가 외출 외박 출장이 있는 터라 전 장병 동시 교육이 불가능하다. 동시 교육이 가능한 데가 어디인가? 교육사뿐이다. 교육사는 교육 훈련이 주 임무다. 수업 시간에 하는 사고 예방 교육보다 더 효과적인 교육이 있겠는가?'

그렇게 해서 결정된 게 공군교육사 기술학교 무장교육대장이오. 대통령을 꿈으로 가졌다는 것부터가 제정신이 아니지만, 정말 오지랄 넓은 청년 장교였소. 공군 전체 무장전자분야 사건 사고를 원천 봉쇄하기 위해 스스로 교육에 나선다는 게 가당키나 한 일이오? 내 교육으로 사건 사고가 근절되겠소? 누가 보면 박장대소할 일이지만, 되든 안 되든 시도해보자는 게 내 신조였소.

공군교육사가 있는 진주는 따뜻한 남쪽 나라요. 남해안에 가까워서 여름에는 시원하고 겨울에는 따뜻한 살기 좋은 고장이지. 무장교육대장으로 부임한 지 얼마 안 된 2월 어느 날 뜻밖에도 폭설이 내렸소. 진주는 눈이 내리지 않는 해가 많지만, 내려도 쌓이지 않고 흩날리는 정도가 고작이요. 그런데 5cm가 넘게 눈이 쌓인 거요.

진주 시내는 난리가 났소. 눈길 운전 경험이 없는 사람이 대중교통을 이용하려고 몰렸으나 경험 없기로는 버스나 택시기사도 마찬가지요. 아무도 운전하지 않는 진주 시내를 상상해 보시오. 이동 방법은 도보밖에 없으니 시민이 겪을 고초는 말 안 해도 알 거요.

사무실에 출근하니 사령부에서 내보낸 방송이 흘러나왔소.

"전 장병은 지금 즉시 제설 도구를 지참하고 담당구역 제설작업을 하기 바랍니다. 다시 한번 안내합니다. 전 장병은 지금 즉시 제설 도구를 지참하고 담당구역 제설작업을 하기 바랍니다."

사무실 앞에서 기다리니 교관이 들고나오는 제설 도구가 가관이었소. 실내 청소에 사용하는 빗자루와 쓰레받기가 전부였소.
연중 눈이 내리지 않는 지역이라 넉가래 같은 제설 도구가 전혀
없었던 거요. 손바닥만 한 빗자루와 쓰레받기로 제설작업 흉내를
내었으나 눈은 저절로 사라졌소. 제설작업이 필요 없을 정도로
날이 따뜻해서 금세 녹아 없어진 거요. 내가 출근한 후 아이들이
눈 내린 세상을 보고 환호성을 질렀다지.

"와, 눈이다. 눈싸움하러 가자!"

셋이 의기투합하여 밖으로 뛰쳐나갔으나 한 시간도 안 돼 막내
가 울면서 돌아왔소. 왜 우느냐는 당신의 질문에 "눈이 없어졌어"
라는 막내의 대답이 귀여웠소. 눈 구경하기 어려운 따뜻한 남쪽
나라에서의 유쾌한 추억이오.

교육사에 온 목적대로 무장교육대에 입교하는 장교 부사관 병
사 교육에 최선을 다하였소. 교육대장 강의 시간뿐만 아니라 자
주 결강하던 교장, 대대장, 주임원사 강의 시간까지 도맡아 교육했
소. 덕분에 무장특기뿐만 아니라 정비, 시설, 수송, 보급 특기 장병
까지 상대하였다오. 가르친 기간은 짧았지만 큰 도움이 되었소.
물론 교육받은 사람이 아니라 나 자신이 말이오.

아이를 키우면서 부모가 배우고 깨닫는 게 많듯 교관도 가르치
면서 배우는 게 더 많더이다. 가르치기 위해서는 스스로 연구도
하지만, 효과적인 전달을 위해서는 피교육자 처지를 이해하는 게

중요하오. 훈련병은 춥고 배고프다는 말은 몸이 아니라 소통할 수 없는 마음이 그렇다는 거요. 피교육자는 늘 조는 처지요. 학습에 흥미가 없지. 훌륭한 교관은 그걸 극복해야 하오. 졸지 않고 경청하게 하는 방법을 터득한 게 자산이었소. 더욱 좋았던 것은 내가 교육한 장교 부사관 병사가 1년 뒤 대대장으로 부임하였을 때 직속 부하가 되었다는 거요. 지휘관 철학을 아는 장병, 그보다 더 좋은 부대가 있겠소?

교육사는 좋았소. 원하던 일을 마음껏 할 수 있어서 좋았고, 비행단처럼 시끄러운 항공기 소음에 시달리지 않아서 좋았으며, 봄에 만발하는 벚꽃이 좋았소. 공군교육사는 부대 내에 벚꽃이 많아서 봄만 되면 부대 개방행사를 했던 바요. 우리는 차 타고 멀리 가지 않고도 꽃구경을 즐겼지. 여름이면 남해도에 있는 조종사 생환 훈련장인 미조해수욕장에서 피서하였소. 우리 가족이 처음으로 바다에 들어가 본 곳이오.

입대 이후 처음으로 여유로운 생활을 한 셈이오. 소위 임관하면서 맹세했던 두 가지 중 자동차는 진작 구매해서 하나가 깨졌지만, 나머지 하나 골프하지 않는다는 맹세마저 깨졌소. 공군 지휘관이 골프하지 않는 건 어렵다는 주변 충고를 받아들인 거지. 비행단에서는 골프 연습할 시간이 없지만, 교육사는 일과 후나 휴무일이 보장되어 가능했소.

세상은 마음먹은 대로 되지 않는 거요. 1989년 소위 임관할 때 자가용을 사지 않고 골프하지 않는다고 다짐하였으나 변화하는 세상과 타협한 셈이오. 변절이나 변심이라고 탓할 사람도 있겠으나 나는 적응이라 생각하오. 바른 생각이라도 변화하는 세상을 따라갈 수 없다면 바꿔야겠지. 나는 절개보다 삶을 택했소. 나보다 더 소중한 내 아이를 지키는 것이 초지일관보다 중요하다고 생각했소.

가정으로나 업무로나 괴로운 일이 적었던 교육사는 처음으로 삶의 여유와 행복을 느꼈던 시기가 아닌가 하오. 복잡한 미래가 펼쳐지겠지만, 그건 나중 일이고 오늘 행복하다는 게 얼마나 다행이오? 진주에서 당신 마음이 편해진 듯하여 한시름 덜었소. 뭐니 뭐니해도 가정에는 엄마가 최고요. 엄마가 편해야 가정이 편안하지. 우리 가정을 위해서라도 늘 행복하길 바라오.

2004년 예천

입대 후 처음으로 원하는 보직에서 마음껏 일하던 차에 뜻밖에 대대장을 하라는 지시를 받았소. 아직 많은 선배 장교가 밀려 있었지만, 이런저런 사정으로 고사하여 마땅한 사람이 없다는 것이었소. 나는 한 해 더 교육사에 머물면서 장병 정신교육과 스스로 수양을 바랐으나 분야 사정을 외면할 수 없어 대대장직에 동의하였소.

사실 장교 생활을 하였지만 주로 지시에 따라 수동적으로 움직

아내에게 쓰는 편지

이는 게 대부분이었소. 지도자를 꿈꾼다면 지휘관이 훌륭한 경험이기에 대대장 전대장 단장은 꿈이었고, 늘 손에서 책을 놓지 않은 것도 그런 이유에서였소. 한 해 먼저 나가는 대대장은 설레는 보직이었소. 나는 대대장 취임식에 나서기 전에 당신에게 먼저 각오를 밝혔던 바요.

"여보, 대대장직에 있는 동안 나는 없는 사람으로 여기시오. 대대장이 말단 지휘관으로 대수롭지 않은 직책이지만, 나는 정말 훌륭하게 마치고 싶소. 대대의 일은 내가 책임질 테니 가정의 모든 대소사는 당신이 맡으시오."

전쟁터라도 나가는 사람인 양 군은 결의를 다지는 내 말에 당신은 선선히 응낙했소. 하긴 집에서는 손가락 하나 까딱하지 않은 주제에 한 말이 스스로 우습기는 했소. 설레는 첫 대대장 임지는 예천이었소. 예전에는 서울에 가려면 구불구불 낭떠러지 길인 이화령(梨花嶺) 고개를 넘어야 하는 오지 중의 오지였지만, 당시에는 사방으로 길이 뚫려 분위기만 시골이었지 환경은 여느 비행단과 다름없었소.

예천은 비행단 중 가장 시골 축에 속했지만, 그 점이 오히려 맘에 들었소. 대도시에 있는 큰 비행단은 분위기가 도회적이어서 개인주의 성향이 짙고, 사람이 많아 인간관계 형성에 애를 먹는 경우가 많은 법이오. 예천은 규모가 작고 시골 분위기여서 비행단 전체가 마치 가족 같았소. 대대가 달라도 자주 교류하고 친하게 지냈지. 사람끼리 친하다는 건 외롭지 않고 위기에 서로 도울 수 있다는 게 장점이오. 장점이 많은 비행단에서 대대장을 한 건 행운이었소.

대대 분위기에 적응해 갈 무렵 뜻밖에도 첫 번째 난제는 예천에서도 눈이었소. 예천은 중북부 지역이기에 겨울철 눈이 드물지 않은 지역이오. 하지만 우수 경칩이 지나고 새싹이 움트는 계절에 눈이 오는 일은 거의 없었지. 2004년은 달랐소. 2004년 3월 4일 기상청과 부대 기상대 예보에 따르면 10cm의 폭설이 내린다는 것이었소. 눈이 내리면 신속하게 활주로를 개방해야 하기에 비행단은 새벽에 비상소집 명령이 내려지게 마련이오.

예상대로 새벽 여섯 시에 비상소집 명령이 내려졌소. 대대에 도착해 보니 이미 10cm가 쌓였는데 눈은 그칠 기색을 보이지 않고 펑펑 내리고 있더이다. 제설 작업 계획도 세울 겸 얼마나 더 올지 궁금하여 기상대에 전화해서 물었소.

"예보한 강설량 10cm는 이미 내렸는데 눈이 그칠 기미가 보이질 않네요. 얼마나 더 오나요?"
"오전 열 시까지 10cm 정도 추가로 내릴 것으로 보입니다."

적설량에 무관하게 모두 치워야 하는 것이 임무요. 활주로와 유도로는 제설차가 작업하므로 전 장병은 부대 주변 담당구역 제설

아내에게 쓰는 편지

작업에 투입되었소. 나는 시골 태생이라 농사일이나 제설 작업 경험이 풍부하였으므로 무전기 들고 뒷짐 진 채 구경만 하지 않고 직접 넉가래를 들었소. 모두 땀을 뻘뻘 흘릴 정도로 작업에 몰두하였으나 계속되는 폭설은 제설 작업을 무색하게 하였소. 오전 열 시가 되어도 폭설은 이어졌소. 다시 기상대에 전화하였소.

"열 시까지 10cm 더 온다더니 계속 오네요. 얼마나 내렸고 얼마나 더 올 예정인가요?"

"아, 예 죄송합니다. 현재까지 20cm 내렸고 10cm 정도 더 내릴 것 같습니다."

눈 내리는 게 기상대 잘못은 아니었으나 부대원의 짜증스러운 전화에 기상대 장병은 움츠러들 수밖에 없소. 눈 내리는 데는 책임이 없으나 예측에 실패한 거 아니오? 그날 하루 내내 기상대에 전화하였는데 퇴근할 때까지 눈은 계속되었소. 최종 강설량은 43cm였소. 3월 강설량으로는 관측 이래 최대였고, 중부 지방 적설량으로는 50년 만에 가장 많은 폭설이었다고 하오.

장병은 출근해서 눈과 싸웠지만, 관사에서도 아주머니가 모두 동원되어 종일 관사 주변 제설 작업을 하였다고 들었소. 눈 치우기가 무섭게 도로 쌓여 모두 기진맥진하였고 몸살을 앓을 정도였다지. 내 첫 대대장 취임 축하는 50년 만의 폭설로 하늘이 대신한 셈이오.

나는 대대장이니 예천 생활이 당연히 바빴지만, 당신도 못지않았소. 지휘관 참모는 모두 관사 생활하므로 긴밀히 왕래하였는데 공군 특성상 가족도 골프를 하는 문화요. 활주로를 만들어야 하는 비행단은 넓은 대지가 특징이오. 조종사 장거리 출타를 막을 목적에 골프장을 운영하지요. 골프장이 있고 장병은 이용료가 적었으므로 자연스럽게 지휘관 참모 가족도 골프하는 게 전통이오.

나도 그렇지만 당신도 원하지 않던 골프를 하게 된 셈이오. 호승심 강하고 성미 급한 나는 골프가 제대로 되지 않아 노심초사하였는데, 승부에 초연한 당신은 의외로 공이 잘 맞아 선배 가족 눈총을 받을 정도였다지. 세상 참 마음대로 안 됩디다. 잘하고 싶은 사람은 엉망이고 적당히 하려는 사람은 너무 잘 맞아 나가 시샘받으니 말이오.

이런저런 일이 있었지만, 예천 대대장 생활에 만족하였소. 부대 일에 전념한 결과 다른 대대와 비교하여 사건 사고는 확실히 적었고, 경연대회는 대부분 휩쓸었소. 모든 걸 1등 하려는 욕심 사나운 대대장 덕분에 대대원은 고생하였으나 언제나 영광의 자리를 차지하였소. 2년 동안 단장이나 전대장에게 늘 칭찬받아서 다른 대대장의 시기 어린 눈총을 받을 정도였소.

되돌아보니 지나치게 욕심을 부렸던 듯하오. 하지만 결과론이지 사관학교를 나오지 못한 내가 중령 진급을 목전에 두고 최선을 다하지 않을 수 있겠소? 비 사관 출신은 무장분야에서 한 해 한 명 진급하는 터에 말이오. 체육대회, 영내자 축구대회, 검열 이론

아내에게 쓰는 편지

평가, 보안 평가, 정비지식 평가, 지상 사격 평가, 공중전투 평가, 정훈평가, 군사 기본훈련 경연대회, 보안경연대회, 군가 경연대회에서 1등을 목표로 하였고 거의 모두 목적을 이루었소. 내 생애 가장 빛나던 순간이었소.

예천 무장전자정비대대장 2년 동안 최선의 노력을 하고 최상의 성과를 거두었소. 그 결과 우리 대대는 비행대대를 제치고 2년 연속 비행단 최우수대대로 선정되었고 당연히 최고 성과급을 받았소. 대대와 대대장 모두 영광에 빛났으나 단 하나 중령 진급에 탈락한 게 흠이었소. 물론 공군은 비 사관 출신 장교를 1년 늦게 진급시키는 전통이 있으나, 나는 그걸 깨고 꼭 1차로 진급하려고 했소. 그런 사례도 이미 있었소. 내가 진급에 목맸던 건 중령 계급을 탐해서가 아니라 장군이 되기 위해서는 반드시 거쳐야 하는 과정이라서요. 중령이나 대령 자체는 관심이 없었소.

중령 진급에 탈락했다는 소식에 아무도 놀라는 사람이 없었으나 나에게는 청천벽력이었소. 중령도 진급하지 못하는 사람이 장군이나 대통령을 꿈꾼다는 게 가당키나 하오? 충격은 진급 실패가 아니라 그때까지 꾸었던 꿈이 도저히 불가능한 망상이었다는 것을 깨달은 거요.

당신도 곁에서 힘들었겠지만, 어떻게 살지 정말 앞날이 막막하더이다. 나는 그때까지 군인 외 다른 직업은 고려조차 한 적이 없던 사람이오. 생각이 터무니없다는 걸 깨달은 순간 내 머릿속은 백지장이 되더이다. 무참하게 무너진 자존심에 당장 전역하고 싶었으나 초등학교 중학교 다니는 세 아이를 생각할 때 쉽지 않은 일이었소.

2005년 중령 진급 발표하던 날부터 설사가 시작되었소. 내가 겉으로는 아무리 태연한 척해도 내 몸의 체세포는 알아차린 거요. 내 정신상태로 미루어 생명이 위험에 처했다는 사실을 깨닫고 스스로 면역반응을 일으킨 게지. 생명은 신비하오. 내가 아무리 아니라고 거부하고 마음을 다잡아도 세포 단위에서 위험을 알아차리니 말이오.

진급 탈락한 거 외에는 아무런 문제가 없었소. 친화력이 뛰어난 당신뿐만 아니라 세 아이도 잦은 전학으로 친구 사귀기가 여의치 않았음에도 성적은 늘 최상위권이었소. 완벽한 후방 지원 덕분으로 마음껏 경쟁할 수 있었으나 아빠만 시원치 않은 성적을 받아든 셈이오. 부끄럽고 괴로웠으나 달리 방법이 없었소. 그저 시간이 흘러 망각하는 수밖에……

과로와 음주 탓에 심신은 엉망으로 망가졌소. 희망으로 버텨왔으나 부질없는 헛된 망상이라고 깨달은 순간 살아갈 동력을 잃은 거요. 10년 더 살기가 쉽지 않다는 생각이 들더이다. 내가 부하에게 정신교육 할 때 부모는 자식이 성인이 될 때까지 살아남아야 하고, 자식은 부모가 죽기 전에는 절대로 죽어서는 안 된다고 하였소. 내가 그 약속을 지킬 수 없을 것 같은 마음이 들더이다. 아직 초등학교 다니는 아이가 있고 두 부모가 건강하신 터에 말이오.

아내에게 쓰는 편지

혼자 잠 못 이루고 번민하는 나날이었으나 당신이 곁에 있어서 견디었소. 단 한마디도 거슬리는 소리 하지 않고 자신이 할 일을 완벽히 하면서 묵묵히 기다린 당신 덕에 간신히 소생하였소. 되돌아보니 쉽지 않은 길이었소. 힘들었던 이유는 주로 내 과대망상 탓이었으나, 견딜 수 있었던 건 당신의 현명한 판단 덕분이오. 늘 고맙고도 감사하오. 내 아내이며 생사고락을 함께한 전우인 당신을 무한 신뢰하오. 사랑합니다.

2006년 서산

"모든 건 잘 되었다. 오늘은 최선의 결과다. 이보다 더 좋을 순 없다."라고 스스로 세뇌하며 현실을 무한 긍정하며 살았소. 남과 비교할 수 없을 정도로 궁핍하였기에 현실을 그대로 받아들일 수 없었는지도 모르오. 비록 현실은 고단하더라도 밝은 내일을 위하여 단련하라는 신의 선물로 여기며 살아왔소. 훗날 오늘이 최선으로 남으려면 앞으로 더 좋은 결과를 만들어야 하오. 그래서 가장 힘든 비행단 서산을 선택했소.

서산 비행단은 공군 최일선 부대요. 휴전선에서 가깝다는 말이 아니라 공군 최신예 전투기를 운영하기에 적 도발에 가장 먼저 대응하는 부대라는 거요. 서산 비행단은 최신예 전투기 운영부대일 뿐만 아니라 가장 규모가 크고 일이 많은 부대요. 가장 크고 힘든 부대에서 임무 완수하는 게 더 나은 내일을 약속하리라고 믿었소.

　1차 중령 진급 누락은 뼈아픈 것이었소. 삶의 의미가 완전히 달라졌소. 이제까지는 꿈속에서 살아왔다면 현실로 돌아온 거요. 그동안 내가 하는 말과 행동은 나를 위한 것이라기보다는 조국의 영광과 번영을 위한 거라고 믿었소. 하지만 나에게 급한 건 생존이었소. 나와 가족의 안위가 풍전등화였소.

　사람은 대체로 과대망상 속에 산다고 하오. 다른 사람이 고통스럽게 사는 걸 봐도 자신은 그 길을 걷지 않으리라고 확신하는 거요. 역사에서나 현실에서 모든 사람이 성공을 갈망하나 성공률은 극히 낮소. 그런데도 사람은 모두 자신은 성공하리라고 믿는다고 하오. 다른 사람이 인정하지 않더라도 말이오. 그런 사실을 알면서도 스스로 뒤처질 걸 상상해 본 적이 없소. 평범한 주제에 과대망상 속에 산 셈이오.

　일이 전과 같이 재미있지 않았소. 나라를 위해 일한다고 생각할 때는 사명감에 불타올랐으나, 가족 생계를 위해 일한다고 생각하자 만사가 시들해졌소. 망상을 추구할 때는 환상으로 행복하였으나, 고작 생존을 위한 일이라고 생각하자 울적하였소. 인간은 황당하더라도 꿈속에 살아야 하는가 보오. 열정이 줄어들었고 신명이 나지 않았지만, 아직 어린 우리 아이들을 위해서 스스로 다그쳐야 했소.

　서산 비행단은 쉽지 않은 부대요. 임무는 새벽부터 밤 열두 시를 넘기기 일쑤고, 북은 심심하면 서해에서 도발했소. 1, 2차 연평해전 이후 서해안은 늘 긴장이 감돌았소. 전투 능력으로나 거리로나 비상 출격은 우리 부대 임무요. 부대 규모가 가장 크고 업무가 고된 만큼 사건 사고는 다른 부대와 차원이 다르게 많았소. 대대와 내 앞날을 돌보느라 그야말로 녹초가 되더이다.

진급 심사가 진행 중이었으나 좋은 소식은 없었소. 조국과 민족이 아니라 부끄럽게도 나 자신을 위하여 노력하였건만 성과는 없었소. 살아온 날을 되짚어 바꾼다고 해도 미래를 바꿀 만한 것은 없소. 내가 가진 재능 이상으로 열심히 살아온 거요. 열심히 했어도 능력이 부족하여 진급하지 못한다면 다른 길을 찾으면 되는 거요. 그럴 수 없다는 게 비극이었소. 군인 외 직업을 상상해 본 적조차 없으니 준비한 게 있을 턱이 없잖소?

나만 힘들었던 건 아니오. 당신도 진급 대상자 가족이라는 이유로 장교 선후배 가족 회식이나 운동에 빠질 수 없었고, 이런저런 요구를 거절하지 못했던 것으로 아오. 다행히 아이들은 티 없이 자라고 있었으나 우리는 심신이 멍들어갔소. 호랑이 등에 올라탄 심정으로 뛰어내릴 용기가 없었을 뿐이오.

중령 진급 발표 전날 전대장이 불러 일주일 정도 휴가를 다녀오라고 하더이다. 진급 심사 결과 발표 전까지 심사위원에게 함구령이 내려지지만, 은밀하게 어떤 형태로든 개인에게 알려진다고 하오. 나는 전혀 들은 게 없고 전대장도 좋은 소식을 듣지 못했던 듯하오. 나는 돌아가는 정황으로 미루어 진작 포기하고 있었지만, 전대장은 끝까지 기다리다가 끝내 소식이 없자 개인적으로 위로한 거요. 아마 좋은 소식을 들었다면 위로 휴가가 아니라 초조주(焦燥酒)를 사주었을 거요.

발표 당일에는 전대 지휘관 참모 가족이 당신을 위로한다면서 점심을 대접한다고 멀리까지 데려갔다지. 당사자인 우리뿐만 아니라 주변에서도 아무리 기다려도 들리지 않는 소식에 모두 포기한 거요. 그래서 내가 진급했다는 소식에 식사도 하지 않고 관사로 달려와 모두 잔치 준비를 한다고 법석이었소. 2006년 진급 심사 때는 참으로 보안이 잘 이루어졌나 보오. 발표하는 순간까지 아무도 몰랐으니 말이오.

극히 낮은 확률에도 뜻하는 바를 이루었을 때 천우신조(天佑神助)라고 하는데 중령 진급 심사 때 나에게 딱 맞는 말이오. 나중에 들은 말이지만, 본심에서 진급자 명단에 내 이름이 없었다고 하오. 최종 확인 과정에서 전체 진급자 중 비 사관 출신 할당 십 퍼센트에 미달하여 사관 출신 한 명을 탈락시키고 비 사관 한 명을 발탁하였는데 그게 나였소. 정상으로는 탈락이었으므로 목숨으로 치면 죽었다가 살아난 셈이오.

하여튼 1년 동안 매일 설사하며 술 마시지 않고는 잠을 잘 수 없었던 압박에서는 벗어난 거요. 만약 탈락하였다면 어떤 인생이 펼쳐졌을지 짐작조차 할 수 없소. 신조대로 탈락이 최선의 결과였다는 걸 증명하기 위해서 또 다른 노력을 펼쳤으리라. 물론 노력한다고 더 좋은 결과를 얻으리라는 보장은 없지만, 그렇게 할 수밖에 더 있겠소?

아내에게 쓰는 편지

전혀 기대하지 않았던 결과라서 한동안 어리벙벙하였지만, 기분은 좋았소. 그 의미를 정확히 알지 못했으나, 소령 정년인 마흔다섯에 전역하지 않아도 된다는 사실과 우리 아이가 적어도 고등학교 졸업 때까지는 현역에서 버틸 수 있다는 사실만으로 충분하였소.

퇴근 시간이 되어 집에 돌아오자 음식 준비를 하느라 분주한 와중에도 나를 발견하고 활짝 웃는 당신 모습에 행복했소. 불확실한 미래를 함께 고민하였으나 뾰족한 수를 찾지 못하고, 예견되는 진급 탈락에 어떻게 주변 사람을 대할 것인지에 대한 걱정이 사라진 것만으로도 자연스레 웃음이 나왔소. 방문한 지휘관 참모와 밤새도록 술을 마셨으나 취하는 줄 몰랐소. 우리는 함께 백척간두를 통과한 거요.

2007년 계룡

생명은 위대하오. 인체는 신비롭소. 1년 내내 아침마다 하던 설사가 사라지고 밤에 잠이 왔소. 내 몸을 구성하는 100조 개 체세포는 정확히 진단하고 있던 거요. 지난 1년은 언제 죽을지 모르는 위험한 순간이었다는 것을 말이오. 그래서 중령 진급에 성공하자마자 비상상황을 해제한 거요. 매일 하던 설사나 불면은 내 몸 상태에 대한 경고였던 셈이오. 내가 겉으로 태연하고 아무렇지도 않다고 세뇌하였지만, 체세포는 정확히 상황파악을 하고 있던 거요. 개체로는 의식도 판단도 행위도 할 수 없는 체세포가 생존 위기를 알아챈다는 게 신기하지 않소? 체세포는 위대한 생명체요.

3년간의 대대장 생활은 힘들었으나 보람찼소. 대대원과 이룬 성과도 상당하였소. 하지만 심신은 완전히 망가진 상태였소. 부대 관리와 진급 스트레스에 시달린 데다 거듭되는 회식과 주말 골프 뒤풀이, 불면의 밤을 해소하려는 잠자기 전 음주는 인체의 균형을 심각하게 망가뜨렸소. 아마 1년쯤 비행단 생활을 더 하였다면 상당히 회복할 수 있었을 거요. 세상은 마음대로 되는 게 아니오. 분야에서는 진급 인원을 최대한 활용하려고 공군본부로 호출하였소. 원하지 않았지만, 다시 공군본부로 가게 된 거요.

공군본부는 힘든 데요. 우수한 자원이 몰려 있는 데다 부장 처장 과장은 대부분 진급 대상자요. 진급 대상자라면 자기도 모르게 몰두하는 게 인간이오. 6년 만에 돌아온 공군본부 업무형태는 바뀐 게 없었소. 세상은 변하고 여야 정권교체가 자연스럽게 이루어졌지만 군대는 그대로였소.

매주 주간업무 보고서를 만드는 게 큰일이었소. 아무리 바쁜 사람이라도 매주 참모총장에게 보고할 만한 일거리가 이어지지는 않소. 군대는 보고로 시작하고 보고로 끝난다는 말이 있소. 입대할 때와 제대할 때 신고하는 걸 말하는 게 아니라오. 회의 때마다 적절한 내용을 보고해야 한다는 걸 의미하오. 부장은 참모총장에게 그럴듯한 보고 거리가 있어야 하고, 처·과장은 부장에게 매주

아내에게 쓰는 편지

적당한 보고 거리가 있어야 하오. 보고를 제대로 해야 일을 잘한다고 평가하니 말이오.

과거 본부 생활 그대로였소. 당면 업무보다는 주간업무 보고 과제 발굴이 최우선이었소. 매일 해야 하는 야근도 변함이 없었소. 지칠 대로 지친 두뇌는 돌아가지 않았고 몸은 버티질 못했소. 아침부터 밤까지 의자에 앉아 있는 자체가 고역이었소. 갈구는 처장도 과장도 없었으나 환경 자체에 적응하기 힘든 몸과 마음으로 퇴화한 거요. 진급이라는 터널은 그렇게 험난하였소.

어느 날 지하에 있는 국민은행에 상담하러 갔다가 깜짝 놀랐소. 지점장이 내 신용등급이 하락하여 대출이 어렵다는 거요. 그럴 리가 없다고 항의하자 빚이 있다는 것이었소. 나는 빚을 진 적이 없다고 항변하였으나 가족과 상의하라는 말을 하더이다. 당신에게 묻자 얼마간 빚이 있다면서 자세한 건 집에 와서 말하자고 하였소.

일과가 끝날 때까지 온갖 상념에 젖었소. 이 사람이 나 몰래 무슨 짓을 하였는가? 애 셋 키우느라 딴생각할 겨를도 없었을 텐데 왜 돈이 필요했을까? 왜 말도 없이 천만 원씩이나 빚을 지게 되었을까? 여러 불길한 예감이 소스라치게 했소. 퇴근까지 몇 시간이 마치 몇 년이나 되는 듯하였소.

"딴 데 쓴 게 아니라 3년 대대장 생활하는 동안 월급이 부족해서 쓴 거예요. 당신과 나 매주 골프 쳤지요, 거의 매일 회식했지요, 아주머니 모임을 거절할 수 없었는데 식사비용은 거의 진급 대상자 가족이 계산해야 했어요. 월급만으로는 도저히 불가능한 생활이었어요."

"아니 그러면 나와 상의해야 할 거 아니오? 일언반구 없이 천만 원이나 빚을 지다니 그럴 수 있는 거요? 당장 어떤 대책도 없지 않소?"

"주변에서 진급 전에는 그러잖아도 신경 쓸 게 많으니 말하지 말라고 해서 말하지 않은 거예요. 진급 뒤 말하려고 했는데 아직 기회를 못 잡은 거뿐이에요."

다행히 온갖 불길한 상념에 해당하지 않았소. 진급을 위해 뇌물을 쓰지 않았는데도 빚이 늘었다는 걸 알았소. 곰곰이 생각하니 그럴성싶었소. 휴무일에 단 하루도 빼지 않고 골프를 하였는데 그 돈만 해도 한 달 사오십만 원이오. 그 외에 얼마나 많은 회식이 있었던가? 게다가 나도 모르는 아주머니 모임에서 많은 돈을 써야 했다니 이해가 되더이다.

이제 대대장 생활도 끝났으니 골프도 줄이고 허리띠를 졸라매자고 다짐하는 것으로 말을 마쳤소. 한편으로는 그만하길 다행이라고 생각했소. 세상 물정 모르던 나는 그렇게 돈을 펑펑 쓰면서도 한 번도 걱정하지 않은 반편이오. 턱걸이라도 진급하지 못하였더라면 어찌 되었을지 생각하니 모골이 송연하오.

계룡대는 아름다운 곳이오. 육·해·공군 본부가 모여 있는 계룡

아내에게 쓰는 편지

대는 수려하고 청정한 계룡산 아래 자리하였소. 교통이 불편한 육군 전방부대나 해군 도서 지역, 항공기 소음이 시끄러운 비행단과는 비교할 수 없이 좋은 환경이오. 나한테는 어쨌든 당신과 아이한테는 썩 좋은 환경이었던 셈이오. 전에도 그랬듯이 우리 가족이 계룡대에 근무할 때 부모 형제에게는 우리 집이 피서지가 되었소. 민간인은 출입할 수 없는 계룡산 장군봉 아래 암용추 숫용추 계곡을 마음대로 갈 수 있으니 말이오. 물 맑고 인파 붐비지 않는 최적의 피서지였소.

심신이 회복하지 않은 상태에서의 공군본부 생활은 괴로웠소. 뜻밖의 빚 소식에 놀라기도 하였소. 그래도 좋았소. 내가 조금 힘들기는 했어도 가족의 행복한 모습에 위로가 되었소. 부모 형제가 놀러 올 만큼 아름다운 곳에서 남부럽지 않을 정도로 산다는 게 떳떳했소. 물론 그 공은 애 셋을 키우면서 부족한 월급에도 알뜰하게 생활한 당신 덕분이었지만 말이오.

세상은 혼자 살아갈 만한 데가 못 되오. 수많은 공동체를 형성하여 집단으로 경쟁하면서 살아가야 하오. 공동체를 스스로 선택할 수도 있으나 어쩔 수 없이 소속되는 경우도 많소. 국가나 부모는 자신의 의지와는 무관하오. 내 의지와 관련되는 부분은 직업과 가족이오. 공군 장교가 된 것과 당신을 아내로 맞이한 건 탁월한 선택이었소. 현명한 아내 덕분에 오늘날이 있는 거요. 그 공을 나눈다면 당신이 팔 할을 차지하리다. 고맙소. 오늘 하루도 행복한 시간 만듭시다.

2008년 사천

공군 시험평가전대는 무기체계 획득 전 적합도를 평가하는 부대요. 오기 전까지만 해도 존재 자체도 몰랐으나 희망하는 사람이 없어서 오게 되었소. 심신이 망가진 상태에서 공군본부 생활이 힘겨웠던 터에 나에게는 구세주 같은 보직이었지. 업무 중요도에 비하면 업무량은 평범하였소. 이제까지 근무했던 공군본부나 비행단과는 전혀 다른 업무형태였소. 합리적인 지휘관 아래 어려움 없이 적응할 수 있었소.

비로소 살아온 날을 되돌아볼 여유를 찾았소. 먼저 몸을 회복하기 위해서 등산을 시작했소. 등산을 싫어한 건 아니지만 여가를 즐긴다는 개념이 없던 시절이었고, 학창시절이나 입대 이후 휴무일에 마음껏 쉴만한 여건이 아니었소. 시험평가전대에 와서야 휴무일을 온전히 쉬게 되었소. 당신과 함께 등산할 기회가 생긴 거요.

결혼 후 애 셋 키우면서 내 뒷바라지하느라 기회가 없었지만, 사실 결혼 전에 당신은 등산광이었잖소? 처녀 때 이미 한라산 북한산 태백산을 비롯한 전국 명산 대부분을 섭렵하였다지. 느닷없는 결혼과 예고 없이 들이닥친 애 셋이 당신을 구속했을 뿐이오. 내가 일에 여유가 생겼을 즈음 마침 아이는 모두 초등학생이었소. 엄마가 24시간 지켜야 할 시기는 지났지.

처음에는 둘이서 인근 산을 찾아다녔지만, 몇 달이 지나자 더

갈 데가 없었소. 인터넷에 들어가 산악회를 검색하니 어마어마한 숫자가 뜨디다. 진주·사천 지역이 전국에서 가장 산악회가 많다고 하오. 지리산과 영남알프스, 한려수도 다도해 국립공원의 중앙에 있어서 두 시간 이내 거리에 등산하기에 좋은 산이 무궁무진하오. 사천 지역에 있는 산악회 중 '사천산성산악회'를 선택해서 따라갔소.

아마 2008년 9월이었을 거요. 처음 산악회를 따라간 산은 지리산 웅석봉이었소. 주로 다니던 인근 사오백 미터 높이 산과는 비교할 수 없이 커서 웅장한 규모가 마음에 들었소. 아침 식사 못 한 사람을 위하여 주는 간식에 점심 주먹밥, 하산 주에 저녁 식사까지 처음 따라간 산악회는 대만족이었소. 단돈 3만 원에 아무런 고민이나 준비 없이 실컷 즐길 수 있다는 데 놀랐소. 매월 정기산행뿐만 아니라 매주 지원 산행에도 따라가게 되어 많은 산악인을 알게 되었소.

일요일만 다니다가 토요일에도 산악회가 있어서 따라가게 되었소. '토요산악회4000'은 산성산악회와는 또 다른 분위기였소. 나이 든 사람이 꽤 있어서인지 산행 거리가 짧은 대신 많이 먹고 마시는 가족 같은 분위기였소. 나는 초보 산악인이었으나 토요일과 일요일 모두 열정적으로 산악회를 따라다녔소. 덕분에 대대장 3년 동안 허물어진 몸을 회복하였소. 그때 시작한 등산은 이제 평범한 일상이요.

늦게 시작한 등산에 나는 홀딱 반했소.

첫째, 건강에 최고요. 전 세계에서 당일 등산할 수 있는 산이 가장 많은 나라가 우리나라라고 하오. 큰돈 들이지 않고 계절에 무관하게 할 수 있는 게 등산이오.

둘째, 정상에 이르는 길이 험난함을 깨닫게 하오. 아무리 작은 산도 깔딱고개는 있게 마련이오. 대통령이나 사장이 되는 일뿐만 아니라, 어떤 일도 쉬운 게 없다는 걸 알게 되지요.

셋째, 하산할 때가 더 위험하오. 올라가는 길이 힘들지만 적절한 시기에 안전하게 은퇴하는 게 더 어렵다는 걸 깨닫게 하지요.

넷째, 인생이 대단하지 않다는 걸 알게 하오. 누구나 성공을 위하여 노심초사하지만, 산에 오르다 맞는 압도적인 풍광을 마주하면 하는 일이 대수롭지 않음을 깨닫게 되오.

다섯째, 사람에게 너그러워집니다. 맑고 깨끗한 대자연은 사람 마음을 정화하오. 새, 바람, 시냇물 소리와 꽃향기는 우리의 마음을 순결하게 하오. 산에서 만나는 사람에게는 다정한 인사와 양보와 음식을 권하게 되지요.

하루 3만 원과 몇 시간을 투자하여 이 많은 것을 깨닫고 즐긴다면 이보다 더 좋은 여가선용이 있겠소? 몸이 건강해지자 마음도 맑아졌소. 몸과 마음은 다른 게 아니라 하나였던 거요. 마음이 울적하다면 병원에 가는 것보다 몸이 견딜 정도로 운동하는 게 최선이라는 걸 깨달았소. 당신과 늘 함께 산행하다 보니 서로 더 이해하게 된 것도 큰 소득이었소. 우연히 만난 사천과 등산은 나에게 큰 선물이었소.

심신이 원기 왕성해지자 지난날을 돌아보고 살아갈 날을 그려 보았소. 버킷리스트를 작성하고, 본격적으로 독서를 시작하게 된 거요. 원래 책을 좋아하여 대학 때는 오백 권 독서 목표를 달성한 바 있소. 새롭게 죽기 전까지 만 권의 책을 읽자는 목표를 세웠소. 2008년부터 기록하기 시작한 독서 목록이 8,000권을 넘겼으니 마음먹은 대로 살아가는 셈이오.

매일 산책과 독서, 주말 등산으로 건전하고 활기차게 살아가던 어느 날 청천벽력 같은 소식을 들었소. 노무현 전 대통령이 서거하였다는 거요. 퇴임 후 검찰의 집요한 수사로 어려움을 겪고 있다는 건 알고 있었지만, 죽을 줄은 몰랐소. 가슴이 아팠소. 한편으로는 조국의 미래가 걱정되었지요. 정권이 바뀔 때마다 비슷한 일이 반복되리라는 예감에 서글펐소.

고소나 신고가 들어온 이상 검찰이 수사하는 건 당연한 일이오. 아니 땐 굴뚝에 연기 나지 않는다는 속담대로 주변 사람이 알게 모르게 뇌물을 받았을 거요. 그래도 수사 결과 드러난 사실이나 노무현 삶의 궤적으로 보아 이전의 다른 대통령과는 비교할 수 없을 정도로 청렴한 바요. 정권의 묵인 또는 방조 하에 검찰이나 검사 개인의 과잉수사였을 거요. 죽은 노무현이 안타까웠소. 충격을 받았을 국민이 애달팠소. 앞으로 대통령의 안위가 걱정되었소. 지역감정으로 나뉜 국민이 더 확고하게 갈라지리라는 예감에 슬펐소. 군인 신분이었기에 어떤 행위도 할 수 없었으나 마음은 천 갈래 만 갈래로 찢어졌소.

불행한 일이었지만, 현재는 최선의 결과라는 신조대로 오늘날 나는 최선의 결과요. 이미 중령 진급 1차 탈락으로 장군이나 대통령은 실현 불가능한 망상이라고 단정하였지만, 꿈 자체를 버린 것은 아니요. 노무현 전 대통령은 나에게 확실하게 알려준 게요.

'대통령 하지 마라. 누구나 부와 명예와 권력을 탐하지만, 그 결과는 비참하다. 모두가 노리는 건 그만큼 위험하다는 증거다. 나를 보고도 대통령을 하려는가? 지식과 경험이 풍부한가? 인격이 고결한가? 모든 국민을 만족시키면서 친인척과 주변 사람의 부정부패를 막을 자신이 있는가? 스스로 청렴결백하고 공명정대하여 하늘을 우러러 한 치의 부끄러움도 없을 자신이 있는가? 그렇지 않다면 하지 않는 게 좋다.'

그건 불가능한 일이요. 역대 대통령보다 더 잘할 자신은 있으나 (?) 지인의 부정부패를 차단할 수 없고, 퇴임 후 검찰의 공격을 막아낼 수 없으리란 건 명백한 사실이요. 설령 본인이 완벽하게 청렴결백하고 공명정대하더라도 주변 모든 사람까지 막을 방법은 없다는 게 확실하오.

대통령이 영광스러운 자리이나 일이 적은 게 아니요. 대한민국과 국민의 미래를 위하여 노심초사할 거요. 드러난 실적이 어떻든 노력은 틀림없는 사실이오. 대통령이 되기까지 진흙탕 싸움을 해야 하는 더럽고 치졸한 길이오. 대통령 재임 중 힘들게 노동해야

아내에게 쓰는 편지

하오. 퇴임 후 모든 지인이 철창신세라면 나는 거부할 거요. 아무리 부귀영화가 좋다지만, 그렇게 힘든 과정을 거치면서도 주변 사람의 과거사가 털리고, 감옥까지 간다면 아무리 강제로 시키더라도 한사코 거부하리다.

부귀영화도 좋고, 빛나는 명예와 무소불위 권력도 좋소. 그렇지만 자신과 가까운 모든 사람을 불행에 빠뜨리면서까지 추구할 길은 아니리다. 주변 사람이 행복해야 내가 행복하지 않겠소? 잠시 행복하다가 모두 비참한 지경에 빠진다면 그건 인간의 길이 아니오. 죽음으로 반면교사가 된 노무현 전 대통령을 추모합니다.

노무현 전 대통령이 보여준 바에 따라 나는 대통령에 대한 망상을 완전히 접었소. 거창한 꿈 대신 소박한 꿈으로 바꾸었소. 은퇴 뒤 당신과 텃밭이나 가꾸면서 가끔 해외여행이나 하고, 주 한두 번 아름다운 산을 찾는 거지요. 아직 텃밭을 포함한 전원주택을 마련하지 못했지만, 나머지는 대충 소망대로 살아가는 셈이오. 당신의 동의와 전폭적인 지원이 없었다면 불가능한 일이지만 말이오.

2010년 다시 예천

사천에서 2년간 산악회 활동을 하고 독서를 습관화하면서 예전의 나, 조자룡으로 돌아왔소. 모든 일을 희망과 긍정으로 바라보고 앞장서는 원기 왕성한 본연의 모습을 되찾은 거요. 당신이 어느 정도 육아에서 숨을 돌릴 시기여서 가능한 일이었지만, 어쨌든 원래 당신이 좋아한 등산을 함께 하면서 지치고 허물어진 심신을 회복하였소.

다음 보직은 예천 정비과장이었소. 예천은 공군에서 오지로 소문나 있지만, 즐겁고 보람찬 2년의 무장대대장을 경험한 터라 애착이 가는 부대요. 실제로 부대 규모가 작고 시골에 있다는 것부터 모두가 좋았소. 물 좋고 산 좋고 공기 좋은 지방으로 소문나 있지만, 거기에 더해 예천 한우는 싸고 맛있고 사람은 다정다감하였소. 그중 최고는 단연 사람이었소. 사람이 좋다면 다른 건 문제가 안 되오. 정비과장이 바쁘고 힘든 직책이나 기꺼이 예천으로 향하였소.

정비과장은 어려운 직책이오. 비행단 항공기 정비업무를 총지휘하는 정비과장은 공중작전을 총괄하는 작전 과장과 더불어 일이 많고 힘든 자리요. 예전의 나였다면 대대장 때보다 더 힘든 세월을 보냈을 거요. 중령 진급 1차 탈락으로 내 수준을 짐작하였고, 노무현 전 대통령 서거로 세상을 통찰하였소. 목표하는 게 달라져서 이전의 삶을 되풀이하지 않았소.

최선을 다하되 경쟁에서 반드시 승리하겠다는 생각을 거두자 마음이 편해졌소. 내 마음이 편했다면 가족이나 부대원 또한 그랬을 거요. 모든 걸 이긴다는 건 불가능한 일이고, 억지로 이긴다고 해도 그 과정은 피 말리는 긴장과 초조, 스트레스가 함께하오.

아내에게 쓰는 편지

생각을 바꾸자 모든 게 좋아졌소. 예천은 자랑대로 물 맑고, 산 좋고, 공기와 고기와 사람이 좋았소. 사춘기에 접어든 아이가 까칠해졌으나 당연한 성장 과정이었으므로 만족하고 행복한 나날이었소.

삶은 길흉화복이 교대로 오는 법이오. 좋은 시절이 꽤 이어지더니 우환이 닥쳤소. 연로한 부모가 서울에서 잘살고 있었으나 어머니가 뇌경색으로 쓰러지면서 모든 상황이 변했소. 당장 병원 시중과 식사도 해결할 수 없는 상황에서 형제 중 모실만한 사람이 없었소. 비교적 넓은 관사를 사용하였으나 우리 식구만 다섯이오. 비좁고 복잡하였으나 대안이 없었으므로 우리가 모셔야 했소. 아니 전적으로 당신이 모시게 된 게요.

어머니를 가까운 문경요양병원에 입원시키고 아버지를 모시게되었소. 사실 어머니와 둘이 사서서 잘 몰랐을 뿐 아버지는 이미 치매가 오래 진행되어 대소변도 가리지 못하는 상태였소. 애 셋만 해도 뒷바라지에 정신이 없는 터에 더 힘든 일이 주어진 거요. 어머니 병시중에 아버지 대소변 뒤처리에 사춘기 애 셋을 건사해야 하는 처지에 빠졌소. 나는 할 말이 없소. 힘든 상황에도 불평불만을 내색하지 않고 꿋꿋하게 버티는 당신에게 미안하고 속상하고 감사한 마음뿐이오.

처음으로 입원한 문경요양병원에 가서 환자복 입은 어머니를 보는 순간 눈물이 팽 돌고 목이 메어 아무 말도 할 수 없더이다. 어머니도 당신처럼 과거에 자식 먹여 살리느라 분투하였소. 그 과정을 가장 정확하게 목격하고 기억하는 나는 가슴이 아팠소. 젊어서 고생만 실컷 하다가 조금 편해지는 듯하니 덜컥 앓아누운 어머니가 안타까웠소. 어떤 위로도 하지 못하고 안아줄 수밖에 없었소.

어머니가 퇴원한 후 당신은 오히려 바빠졌소. 일주일에 네 번이나 문경까지 통원치료를 도맡아야 했던 거요. 아버지 대소변 처리는 어머니가 곁에 있어서 조금 나아졌으나 일은 조금도 줄지 않았소. 부대에서 알게 되어 국군의 날 효부상을 받았으나 마음의 위로나 될지언정 현실이 달라질 건 없었소. 어머니나 당신을 생각하면 남자로서 면목이 없소. 조선 시대나 해방 직후보다 비약적으로 여성 인권이 향상되었지만, 고생에는 큰 변화가 없는 듯하오.

십여 년 전부터 어머니는 아버지 반대를 무릅쓰고 기독교에 입문하였소. 처음에는 격렬하게 반대하였으나 아버지도 교회에 다니게 되었소. 우리는 종교가 없었으므로 일요일에는 당신이 차로 교회를 왕복해야 했소. 내가 할 수도 있는 일이었으나 게으르기가 한이 없던 게 당시 나요. 지금 생각해도 미안하기 그지없네요. 미안하오. 고맙소.

부모만 교회에 나오는 걸 지켜보던 단장이 어느 날 내게 말하더이다.

"정비과장, 부모님 모시고 사느라 고생이 많네. 여러모로 불편하고 힘든 게 많지?"

"예 단장님, 형제 중 모실만한 사람이 없어서 어쩔 수 없지만 어

아내에게 쓰는 편지

려움이 있습니다. 저야 별로 하는 일이 없지만, 아내는 몸이 열 개라도 모자랄 지경입니다. 도와줘야 한다는 마음은 있지만 마음먹은 대로 잘 안됩니다."

"일요일에 자네가 부모님 모시고 교회에 나오지 그러나. 교회에 나오지 않는 특별한 이유라도 있는가?"

"아닙니다. 특별한 이유는 없지만 저는 신앙 자체가 없어서요."

"그렇다면 부모님 모시고 교회에 나오게. 효도라는 게 뭔가? 용돈 많이 주고 호의호식하게 하는 게 아니에요, 마음 편하게 하는 게 효도라네. 어머니가 독실한 신자시니 자식이 함께 교회에 나온다면 얼마나 좋아하시겠나? 나도 어머니 살아 계실 때는 독실한 기독교 신자임에도 절에 다녔다네. 어머니 좋아하시는 일을 한 게지."

익히 알고 있었으나 단장이 한 말이 폐부를 찔렀소. 당신이 힘든 걸 알면서도 돕지 않았듯이, 어머니 마음과 진정한 효도가 무엇인지 알면서도 나는 실천하지 않았던 거요. 단장 말에 부끄러웠소. 사람이 배우는 이유가 뭐요? 알려고 하는 게 아니잖소? 알면서 실천하지 않을 거라면 배울 이유가 무어란 말이요. 아무 대꾸도 못 하고 단장 말에 따를 수밖에 없었소. 팔자에 없는 교회를 다니게 된 거요.

종교의 필요성을 인정하면서도 종교계 행태에 불만이 많던 터라 처음에는 어색하였지만 이내 적응하였소. 나 자신과 세상을 좀 더 알고 난 후여서 그런지 목사 설교가 이상하지 않았소. 물론 그렇다고 진짜 신자가 된 건 아니지만 말이오. 어쨌든 일요일 오전만은 당신에게 여유가 생긴 셈이오. 부모와 당신이 좋아했으니 그걸로 충분했소. 단장 덕분에 사람다운 일을 조금 한 거요.

가장 안타까운 건 당신이 운동을 중단한 거요. 그때만 하더라도 군살 없이 날씬한 당신이었으나 도저히 운동 시간을 낼 수 없었소. 애 셋 뒷바라지만 해도 운동하기 빠듯한데, 치매 환자인 아버지와 마음대로 몸을 가누지 못하는 어머니만 집에 두고 둘이 등산하는 건 생각조차 할 수 없었소. 아니 등산뿐만 아니라 산책할 시간조차 내기 어려웠소. 나는 혼자 등산하거나 매일 기지를 한 바퀴 달렸으나 당신은 그럴 수 없었소.

인생은 누구나 굴곡이 있게 마련이오. 그런데 그 기간이 너무 길었소. 문제는 그게 끝이 아니었다는 거요. 내가 예천을 떠나 외로운 기러기로 떠돌아다닐 때 당신은 혼자 가정을 지켜야 했소. 중고등학생 아이들이 함께 전속 다닐 형편이 아니었던 거요. 모진 세월을 이겨낸 당신에게 경의를 표하오. 사랑합니다. 존경합니다.

2012년 김해

2012년은 대령 2차 진급 대상이었소. 거창한 꿈을 포기한 이상 대령 진급이 내 인생에서 중요하지 않은 일이었으나, 최소한의 자

아내에게 쓰는 편지

존심과 체면이 있었기에 진급을 바라는 마음이 있었소. 그런 의미에서 2012년 보직은 중요하였지요. 아무도 나에게 관심이 없었소. 선호하는 보직은 사관 출신이 차지하였기에 될 대로 되라는 심정으로 자포자기하였소. 어차피 진급하지 못하고 집을 떠날 수밖에 없는 바에야 무엇을 고민하겠소?

내 의사와 무관한 인사계획에 따라 전국을 순회할 즈음, 정비창장에 내정된 선배로부터 생산관리과장을 제의받아 기꺼이 승낙하였소. 어차피 예천을 떠나 어딘가로 옮겨야 하는데 오락가락하는 보직에 넌더리가 났소. 업무가 엄격하기로 소문 난 선배였으나 근거 없는 자신감으로 충만했던 나는, 나를 인정한다는 사실만으로 충분하였소.

세상과 나 자신을 이해한다고 자부하였으나 터무니없는 오판이었소. 다른 사람보다 조금도 낫지 않은 범인이라는 걸 깨닫는 데는 오랜 시간이 걸리지 않았소. 평소 부하에게 강조했던 것은 넓게 보고 깊이 파고드는 격물치지와 반드시 규정과 절차를 따르라는 원칙이오. 스스로 그 원칙을 지켰소. 업무를 따라오지 못하는 사람을 심하게 질책하였고, 답답해서 스스로 처리할 때가 허다하였소. 상관도 부하도 무능한 사람이 너무 많았소. 스스로 우월하다고 자부한 터요.

공군 규정을 넘어 헌법까지 근거를 찾는 상관을 만나자 비로소 내 수준이 보잘것없다는 사실을 깨달았소. 내가 지능이 높지는 않아도 일에 끈기는 있는 편이오. 남보다 두 배 해서 안 되면 열

배라도 노력해서 달성하는 사람이오. 그런데 아무리 노력해도 창장의 비상한 창의력과 끝없는 집중을 당해 낼 수 없었소. 일과 후와 휴무일까지 고민한 결과가 창장의 몇 마디에 무용지물이 되었소. 나는 무능하고 멍청했던 거요. 이제까지 유능하고 독한 상관을 만나지 못하여 자만하였던 거요.

차라리 노력하지 않았거나 비난에 초연하였다면 괜찮았을 거요. 다른 사람에게 욕먹고 손가락질당하는 걸 최대 수치로 알았던 나는 참을 수 없었소. 마음속에서는 분노로 치가 떨렸으나 극복하기 위해서 절치부심하였소. 신은 공평하오. 신은 한 사람에게 두 가지를 선물하기를 꺼리는 듯하오. 그렇다면 많은 사람이 불평할 거요. 신은 내게 끈기를 주었으나 천부적 재능은 주지 않았소.

김해에서 처음으로 주말부부를 경험할 때요. 김해와 예천을 오가는 열차 속 서너 시간은 내게 철학 시간이었소. 더 지식을 얻어야겠다는 욕심에 책을 서너 권씩 챙겨 다녔지만, 멍하니 공상에 잠기는 시간이 많았소. 주로 창장의 의도나 우주와 자연의 섭리, 내 정체에 대해서였소. 답이 없는 심오한 인간 일반 사유였으나 나는 이전에 그렇게 고민한 적이 없소. 내가 할 수 없는 일에 맞닥뜨리고 나서야 깊이 사유하게 된 거요.

창장은 내게 시련과 고난을 안겨 준 사람이나 많은 걸 터득하게 하였소. 인생이란 다 좋지도, 다 나쁘지도 않은 법이오. 너무 힘들어서 죽음과 전역을 심각하게 고민하였으나 그 결과는 새로운 세계의 발견이었소. 나 혼자서는 도저히 찾을 수 없던 미지의 세계

　　　　　　　　　아내에게 쓰는 편지

에 다다른 거요. 생각날 때마다 가족에게 카톡을 보내고 핸드폰에 메모하였소. 사람이 편하고 즐거울 때는 사고의 발달이 없는 법이오. 지독하게 슬프고 괴로울 때 시인이 되는 거요. 2012년에 너무 힘들어서 나는 철학자가 되고, 때로는 시인이 되었소.

중령 월급으로 일곱 식구를 뒤치다꺼리하던 당신과는 물론 비교조차 되지 않으리다. 인간은 타인의 고통에는 무감각한 동물이오. 당신이 엄청나게 어려운 상황이라는 걸 충분히 알면서도 나는 언제나 내 고뇌에 몸부림쳤소. 위대한 사람이 아니라 단지 상관에게 인정받는 보통 장교가 되기 위해 노심초사한 거요.

부모 병시중과 세 아이 학업 지원에도 눈코 뜰 새 없는 당신이었으나 고난은 끝이 없었소. 해외에서 돌아온 둘째 형이 걸핏하면 문제를 일으키고, 나도 없는 집에 내려와 행패 부리는 일이 잦았소. 힘겹게 살아가던 형의 우울증 때문이었지만, 당신 혼자서 당해내기 힘든 고초였소. 멀리 떨어져 있던 나는 전혀 도움이 되지 않았소. 늙은 부모도 마찬가지였소.

우리 세 아이가 부모에게 반항하지 않고, 학업 성적으로 고민하지 않으며 대학에 진학한 건 아마 당신의 가족에 대한 희생과 헌신을 목격해서일 거요. 아빠는 타지에서 기러기 생활이요, 엄마는 복잡한 가정을 혼자서 떠받치고 있는 판에 아이들이 사고 칠 용기는 없었을 거요. 눈 뜨고 보지 못할 엄마의 고단한 삶이 아이들에게 슬픔과 용기를 함께 주었을 거요. 신은 역시 한쪽으로만 몰아가는 경우가 없소. 당신의 고뇌와 간난신고가 아이들을 반듯하게 키운 거요.

그때 나는 의무감으로 살았소. 세상은 재미있는 곳이 아니었소. 가끔 축구 국가대표가 통쾌하게 이길 때 쾌감이 솟구쳤으나 연례행사였소. 다만 아이들이 스무 살이 넘어 성인이 될 때까지는 어떻게든 버티고자 했소. 아마 당신도 그랬겠지. 그때를 생각하니 눈물이 나네. 힘들게 살아남은 당신에게 감사하오. 버텨낸 나 자신도 고맙소. 어려운 시절을 넘긴 만큼 더 긴 시간 행복하게 살아갑시다. 예쁘게 늙어가는 당신, 사랑합니다.

2013년 다시 사천

황당무계한 꿈도 사라지고 고달픈 현실에 좌절하였으나, 부모보다 먼저 죽어서도, 자식이 성인이 되기 전에 죽어서도 안 된다고 부하에게 강조하였던 내가 미성년 아이 셋에 부모마저 건사하고 있는 당신을 두고 세상을 버릴 수는 없었소. 중고등학교 다니는 아이가 있는데 일이 힘들다고 전역하는 건 좋은 판단이 아니었으나 죽을 수도 없는 마당에 부대를 벗어날 유일한 방법이었소.

전역을 두고 몇 날 며칠을 심사숙고하였소. 한 번 뱉은 말은 도로 담을 수 없고, 소문만으로도 뭇사람의 입방아에 오르내릴 것이 뻔했기 때문이오. 겉으로 드러내지 않고 마음으로 한 고민이었으나 천재적인 지능에 예리한 관찰력을 가진 창장의 눈을 피하지

아내에게 쓰는 편지

못한 모양이오. 사무실에서 고뇌에 빠져 있던 나를 창장이 호출하였소.

"생산관리과장, 뭐 고민 있는가? 안색이 영 안 좋은데……"
"아닙니다. 제가 무슨 고민이 있겠습니까? 아무 일 없습니다."

노력해도 내 능력으로는 창장의 지휘방침을 따라갈 수 없어 서글프고 현실을 견디기 어려웠으나, 차마 대놓고 '창장님과 일하는 게 힘들어서 떠나고 싶습니다.'라는 말을 할 수는 없었소. 창장 방침이 잘못되었거나 나를 골탕 먹일 의도가 있었다면 당장 반발했을 거요. 불행히도 창장의 의도와 지시가 잘못된 건 아니오. 내가 처리할 방식을 찾지 못했을 뿐이오.

"죽겠다고 얼굴에 써졌는데…… 사실대로 말해보게. 내가 도울 일이 없는가?"
"아닙니다. 힘든 일 없습니다."

창장은 능력이 탁월하고 번뜩이는 안목을 자랑하지만, 더 무서운 건 파고들면 끝이 없는 집착이었소. 옳다고 판단한 것, 한번 내린 지시는 반드시 확인하여 관철하였소. 수많은 선후배 장교가 좌절했던 이유요. 업무를 따라갈 수 없는데 끝까지 포기하지 않고 다그친다면 자포자기하지 않을 사람이 누구겠소? 마침내 견디다 못해 사실대로 말했소.

"사실은, 이런 말은 절대로 하지 않으려고 했는데…… 창장님 업무를 따라갈 수 없습니다. 제 능력으로는 도저히 안 됩니다. 차마 전속하겠다고 말할 수 없어서 전역을 고민하였습니다."

당사자 앞에서 당신이 싫어 떠나고 싶다는 말을 할 뻔뻔한 사람이 몇이나 되겠소. 그 말은 죽어도 할 수 없었소. 창장의 끈질긴 심문에 넘어간 거요. 뜻하지 않게 사실을 말하고 나니 속이 시원하였소. 막상 내 답변에 창장은 망연자실하여 한참을 침묵하였소. 자신의 업무 스타일로 여러 후배가 힘들어했다는 사실을 잘 아는 창장은 내 말에 괴로웠을 거요. 본인도 나를 힘들게 하려고 했던 게 아니었으니 말이오.

"어쩔 수 없지. 가정 형편이 어려운 데 전역이라니 말이 되는가? 내년에 일할 자리를 찾아보게. 자네가 떠나면 나는 더 힘들어지겠지만, 어쩌겠는가? 자네가 견딜 수 없어서 전역을 고민할 정도라니…… 내 걱정하지 말고 희망 보직을 찾아보게."

십여 분 침묵하던 창장이 말하였소. 일하기에는 힘들었지만, 그건 성격상의 문제고 내가 본 상관 중 가장 공명정대하고 청렴결백한 사람이었소. 다만 자신의 엄격한 기준을 다른 사람에게 요구하

아내에게 쓰는 편지

기에 모두 버티지 못한 것뿐이오. 과거를 돌아보니 다른 사람이 나를 그렇게 생각했을지 모른다는 생각이 들었소. 가치관이 비슷해도 수준 차에 따라 갈등이 생길 수도 있다는 걸 깨달은 거요.

혼자서는 도저히 해결하지 못할 일을 간단히 해결해 준 창장이 고마웠소. 아무 준비 없이 갑자기 전역해서 내가 할 일이 무엇이 겠소? 시간이 해결하겠지만 그동안 당신 고생은 말할 수 없으리 다. 김해 정비창을 떠난다면 어떤 자리도 문제가 없었소. 실낱같 은 대령 진급을 노린다면 중요한 보직을 구해야 하나 똥오줌 가릴 여가가 없었소. 그래서 이미 경험했던 시험평가전대 항공무기평 가과장을 다시 하게 된 거요.

2013년 다시 온 사천은 좋았소. 2012년이 워낙 힘들었기에 아마 어느 부대라도 만족했을 테지만 말이오. 온화하며 합리적인 전대 장도 마음에 들었고, 이미 경험한 시험평가 업무에도 어려움이 없 었소. 다시 산악회 활동을 할 수 있는 게 좋았소. 다 좋았으나 집 에 가는 게 어려워졌다는 게 문제였소.

그렇게 오래 사천에 머무르리라고 예상하였다면 중고차를 장만 했을 거요. 한두 해마다 움직이는 장교 인사계획을 고려하면 우리 형편에 차 두 대는 사치라고 생각했소. 내 인생 최대의 판단 착오 였소. 사천에서 진주로, 진주에서 대구로, 대구에서 안동으로, 안 동에서 예천까지 버스로 이동해야 했소. 무려 버스를 여섯 번 갈 아타야 집에 도착하는 고행길을 자초한 거요.

왕복 열두 시간 이상 걸리는 주말 귀가를 격주로 하였소. 혼자서 온갖 고생을 다 하는 당신이 불만일 수밖에. 거동이 자유롭지 않은 부모와 고3, 고1, 중1 세 아이 뒤치다꺼리만이 문제가 아니었소. 둘째 형이 잠잠해지자 이번에는 막내가 정신줄을 놓았소. 나도 없는 집에 내려와서 더부살이하는 것도 모자라 가끔 행패를 부렸소.

모진 세월이었소. 나는 집에 가는 과정이 너무 힘든 고역이었으나, 2주에 한 번 오는 남편이 원망스러웠을 거요. 고생하는 걸 옆에서 봐주는 것만도 힘이 될 텐데 남편이라는 작자가 편하려고 매주 오지 않는데, 당신이 힘이 나겠소? 당장 이혼했어도 이상하지 않았으리다. 차로는 사천에서 예천까지 두 시간 반 거리요. 단돈 몇백만 원 아끼려다 가정파탄 나게 할 뻔한 내가 어리석었소. 미안하오. 수고했어요. 견뎌주어 고맙소.

2013년은 3차 대령 진급심사가 있던 해요. 비현실적인 꿈은 버렸지만, 저 깊은 잠재의식 속에는 미련이 꿈틀거리고 있었던 듯하오. 그게 인간의 한계요. 그런 측면에서 나는 지극히 평범한 사람에 불과하오.

이미 3차에 이르렀지만, 초조주(焦燥酒) 한번 마셔보지 못한 신세였소. 비 사관은 제외하는 1차 때는 직속상관 전대장이 2차 대상이었으므로 나는 회식 대상에서 제외였고, 본심사랄 수 있는 2차 때는 안 될 걸 알면서도 기대한다는 말 못 하는 창장이 자리를 만들지 않았소. 대령 진급이 아니라 주변 사람에게 기대한다는 소리조차 듣지 못한 터요.

아내에게 쓰는 편지

3차가 되어서야 전대장의 배려로 초조주라는 걸 마셔보았소. 내 대령 진급만을 위한 회식이 이루어진 거요. 장군이 무의미하다면 대령 진급도 무의미하오. 중령은 생계형 진급이라지만 대령 안 된다고 생계에 지장이 생기는 건 아니오. 초조할 이유도 없고 초조해서도 안 되었으나 초조하였소. 정확한 이유는 모르오. 시시각각 마음이 변하는 까닭을 나도 모르오.

심사위원으로 시험평가전대장과 중학교 1년 선배가 들어가서 혹시나 했는지도 모르오. 인간의 마음은 간사하오. 다른 사람 진급 확률이 삼십 퍼센트라면 이미 떨어졌다고 단정하면서도, 단 일 퍼센트의 확률에도 자기 일에는 기대를 하니 말이오. 내 기대와는 다르게, 다른 사람들 예측대로 3차 대령 진급에도 실패했소.

슬퍼할 이유가 전혀 없었으나 살던 독신자 숙소에서 엉엉 울었소. 모두가 자는 한밤중에 소주를 여러 병 들이키고 대성통곡했소. 마치 나라가 망하거나 부모가 죽은 듯이 말이오. 그건 나에 대한 연민이었소. 중령 계급장을 달고 있으나 부모 형제, 처자식, 선배, 동기, 후배, 부하 아무도 진급을 기대하거나 탈락을 위로하지 않는 나에 대한 배려였소. 그때 나는 외로웠던 거요. 겉으로는 의연한 척하였으나 속으로는 스스로 허물어지고 있었던 거요.

장군 진급 후 업적을 쌓아서 국방부 장관과 대통령을 하겠다는 소싯적 꿈을 버린 지 오래였으나, 그건 의식이었을 뿐이고 무의식이나 잠재의식에서는 아직 미련이 남아 있던 듯하오. 대령 진급 3차 심사에서 탈락한 건 사실상 영원히 장군이 될 기회가 사라진다는 의미였소.

한동안 대성통곡을 하자 속이 후련해졌소. 남자는 세 번만 울어야 한다는 말이 있지만 그건 틀린 말이요. 울고 싶을 때 우는게 정신 건강에 좋소. 실컷 울고 나니 마음이 정화되는 느낌이었소. 저 깊은 심연에 숨어 있던 탐욕의 찌꺼기를 털어낸 것이오. 누구에게도 고백하지 않았던 사실이오. 사실 당시 우리 가정 형편에 대령 진급은 관심거리일 수 없었지만 말이오.

힘든 세월이었으나 시간은 우리 편이오. 우리는 악착같이 이겨내었소. 당신이나 나는 훌륭하오. 어려운 상황에서도 부모 형제 자식에게 도리를 다했으니 말이오. 부모 형제에게는 다행이고 우리 아이들은 행운을 타고난 셈이오. 모진 상황을 이겨낸 당신에게 박수를 보냅니다. 천신만고에도 미소를 잃지 않는 의지에 찬사를 보내는 바요. 당신은 누구에게나 사랑받을 만한 사람이오. 사랑하오.

2014년 국방기술품질원

시험평가전대 생활에 만족하여 유임을 원하였으나 내 보직이 임기제 중령 자리라서 옮겨야 한다면서 국방기술품질원을 추천하였소. 국방기술품질원이 있다는 건 알았지만 임무와 역할은 아는 바가 없었고, 현역이 근무한다는 사실조차 몰랐소. 소령 직위였고 원하지 않았으나 진급 경과 기수가 입맛에 맞는 자리를 고집할 수 없었소. 제대하는 순간까지 전우와 함께하고 싶은 마음이 굴뚝같았으나 마지못해 승낙하였소.

그렇게 시작한 국방기술품질원 생활이 전역 때까지 이어질 것이라고는 상상하지 못했소. 기껏해야 한두 해 지나면 옮겨야 하리라고 여겼소. 2019년 만기 전역까지 근무한다는 걸 미리 알았다면 생각을 달리할 부분이 한둘이 아니었소.

막상 출근해 보니 권한과 책임이 확 줄었다는 것뿐 중요한 일을 힘들이지 않고 할 수 있는 좋은 자리였소. 국방기술품질원은 무기체계 개발 후 양산시 기술지원과 품질관리를 책임지는 조직이오. 내가 속한 항공지원센터는 항공기 생산 품질관리와 납품 항공기에 대하여 비행단에 기술지원하는 임무였소. 그 일은 비행단 대대장과 정비과장을 거친 내가 적임자였소.

휘하 병력도 없고 할 일도 대수롭지 않으리라는 생각과는 달리 업무 강도는 약했으나 그 중요성은 일선 부대 못지않았소. 국방기술품질원이나 항공기 생산업체에는 공군과 비행단의 애로사항을 전달하고, 항공기를 운영하는 비행단에는 최신 기술정보를 제공함과 아울러 문제점을 접수하는 역할을 담당하였소. 직접 책임져야 할 일은 적었으나 공군이나 대한민국 전체로는 오히려 더 중요한 일이었소. 내게 적합한 자리였던 셈이오.

무위도식하는 자리가 아니라는 데서 보람이 있었고 무엇보다도 국방기술품질원 직원과 쉽게 화합할 수 있어 좋았소. 해군을 제대한 최 선배는 하나부터 열까지 모든 걸 알려주고 직원과 가교역할을 해서 이른 시간에 적응할 수 있었소. 보임하기 전에 가졌던 불만은 순식간에 사라졌소. 잘 어울린다면 세상 어디서나 행복한 법이오.

2013년 시험평가전대에 이어 새로 옮긴 국방기술품질원 생활도 만족하였으나 가정은 변함이 없었소. 큰딸이 대학에 합격하여 집을 떠난 것 외에 당신의 환경은 조금도 바뀌지 않았소. 그때라도 자가용을 구했더라면 서로 의지가 되었을 거요. 한두 해만 지나면 보직이 바뀔 거라는 생각으로 결단을 내리지 못한 내 잘못이오. 지난 1년이 아까워서 그랬지만 주말 귀가 전쟁은 계속되었소.

당신과 떨어져 사는 게 문제였소. 함께 살 때는 자연스럽게 알게 될 문제도 2주에 한 번 집에 가는 것으로 모두 파악할 수 없었소. 모처럼 찾아온 남편을 배려하여 당신도 복잡한 가정사는 가능하면 피하였소. 서로 불편한 말을 참았던 게 어느 날 어떤 계기로 폭발하면서 시끄러워졌던 거 같소. 내가 이해심이 많고 충분히 배려하는 남편이었다면 당신의 고충이 덜 했을 거요. 돌이켜보니 나는 전혀 그렇지 않았소. 당신은 말하지 않아도 내가 충분히 이해할 것으로 생각했겠지만 나는 그렇지 못했소.

부모와 아이와 형제 문제에 끼여 허덕이는 당신에게 가끔 다녀가는 나까지 불만을 토로하는 데 아연했으리다. 그때를 생각하면 입이 열 개라도 할 말이 없소. 그저 그때를 무사히 넘긴 데만 감사할 뿐이오. 오늘 행복하다면 그 위기를 극복한 덕분이요. 그건

아내에게 쓰는 편지

오직 당신의 공로요. 평생 명심하리다. 하여튼 당신은 내게 최우선 가치요. 모든 판단과 선택은 당신이 행복한 방향이오. 당신이 행복해야 나도 행복하오. 당신을 위하는 게 나를 위하는 셈이오. 사랑하오.

2016년 진주

첫째 딸에 이어 둘째인 아들도 좋은 대학에 진학했소. 고단한 생활을 이어가던 당신에게는 유일한 희망이었을 아이들이 제대로 성장한 거요. 아마 당신 처지를 매일 목격하던 아이들에게는 큰 자극이었으리다. 더 노력하였다면 서울대라도 합격했을 터이나, 아둔한 사람의 특성이 성실이듯 천재는 원래 노력과는 무관한 족속이오. 노력해야 할 까닭이 없는 부류이기도 하오. 하지만 최선의 노력을 하지 않더라도 당신의 고달픈 처지를 보면서 삐뚤어질 염치는 없었으리다. 아이는 부모의 뒷모습을 보고 자라는 법이니까.

둘째까지 대학으로 떨어져 나가고 셋째 딸이 중학교를 졸업하자 고대하던 기회가 찾아왔소. 현역 군인의 가장 큰 어려움은 잦은 이사요. 초등학교까지는 억지로 데리고 다니지만, 대학 진학에 목숨 걸어야 하는 우리나라 특성상 중고등학교에 다니는 자녀가 있으면, 중간에 전학하기보다 아버지 혼자 떨어져 사는 게 당연한 세상이오. 나는 하나도 아닌 셋이나 걸려 있으니 도리없이 기러기 아빠가 되었소. 셋째 고등학교 입학 시기에 맞춰 당신과 합칠 절호의 기회가 온 거요.

이럴 줄 알았으면 2년 전에 1억 6천만 원이던 아파트를 분양받았거나 샀을 텐데 이미 집값은 3억을 넘어섰고, 전세도 2억 원이었소. 그만한 돈이 있을 턱이 없었으나 다행히 현역 주택자금 대여제도로 진주 혁신도시 신축아파트에 전세로 입주하였소. 내 집이라면 더할 나위 없겠으나 그것만 해도 어디요? 덕분에 처음으로 관사 아닌 최신형 민간 아파트에 살게 된 거요. 하늘이 무너져도 솟아날 구멍이 있다는 속담대로 가난했으나 좋은 집을 구할 수 있었소.

거동이 불편한 부모를 요양병원에 모시고 막내딸과 셋이서 오붓한 생활이 시작되었소. 아직 막내가 남았지만, 질풍노도 사춘기 세 명과 몸이 불편하신 시부모 두 분을 모시느라 눈코 뜰 새 없던 5년이 지나고 마침내 당신에게 자유를 향한 광명이 깃들었소. 하던 일이 십 분의 일로 줄었으니 해방되었다고 표현하는 게 옳을 거요.

당신은 평화와 자유와 행복을 되찾은 거지만, 그건 나에게도 행운이었소. 기러기 아빠 4년의 고독과 불편에서 벗어난 거요. 당신과 비교하면 새 발의 피지만, 여섯 시간 넘게 차를 갈아타며 격주로 집에 가야 하는 고달픔과 매일 소주로 달랬던 외로움은 쉽지 않았소. 당신이 해방의 자유를 누렸다면 나는 고독에서 해방된 거요.

아내에게 쓰는 편지

운동을 중단한 탓에 당신은 몸무게가 불어나 있었소. 체력이 많이 떨어져서 당장 함께 등산할 수 없었소. 주말 등산은 여전히 혼자였소. 당신의 체력 회복을 위하여 매일 밤 한 시간 이상 산책했소. 진주 혁신도시는 살기 좋은데요. 새로 개발한 도시 전체가 깔끔하고 특히 LH(한국토지주택공사) 본사가 들어선 주변은 유원지처럼 아름답게 조성하였소. 그런 데를 매일 산책하며 둘러본다는 게 행운이 아니라면 무엇이 행운이겠소.

4년 만에 당신과 함께한 생활은 이전과 비교하여 과분한 행복이었소. 삼현여고에 입학한 막내와 셋이서 하는 생활이 마치 소꿉장난하는 기분이었지. 마치 신혼으로 돌아간 거 같은 느낌이었소. 매일 쉬지 않고 운동한 덕분에 당신의 심신이 빠르게 회복되었고 이사 일 년 뒤에는 마침내 함께 등산하게 되었소. 내가 고대하던 소원이 이루어진 거요.

산악회에 따라가는 등산도 좋지만 둘이서 하는 것만은 못하오. 첫째, 등산에 종일 시간을 투자해야 한다는 것, 둘째, 지나치게 음주하게 된다는 것, 셋째, 둘만이 함께할 시간이 줄어든다는 것이 걸림돌이오. 부부든 친구든 떨어져 생활하면 멀어지는 법이오. 지나치게 밀착한 생활도 서로 자유를 구속하오. 서로 바라볼 수 있는 거리가 가장 적당한가 하오. 산책과 등산은 당신 정신세계를 이해하는 데 도움이 되었소.

모든 건 잘 되었소. 현재는 최선의 결과요. 시부모 봉양의 어려움과 기러기 아빠의 서러움조차 현재 우리 마음을 만든 과정이오. 대령 진급 실패에 혼자서 슬퍼했으나 만약 진급했더라면 국방기술품질원에 근무할 기회나 새 아파트에서 신혼 같은 생활을 할 수 있었겠소?

사람은 행복을 추구하오. 행복이 무엇이오? 주인공이 되는 거요. 대통령이나 국회의원 또는 연예인이나 스포츠 스타가 되고 싶은 건 모두가 주목하는 주인공이 되려는 허영이오. 철학자 강신주 박사의 말에 따르면 사랑하는 사람은 주인공이라고 하오. 사랑하는 사람은 두 사람 사이에 누구도 끼어들 틈을 주지 않기에 서로에게 주인공이오. 우리는 주인공이 되었소. 주인공이 행복하지 않을 리 있겠소? 함께하게 된 당신 덕분에 무한 행복하였소.

2019년 사천

황당한 꿈을 버린 뒤부터 간직했던 소박한 꿈, 저 푸른 초원 위에 그림 같은 집을 짓고 텃밭이나 짓는 둘만의 전원생활이 가까워졌소. 현역 군 생활만 만 30년, 군사훈련 받으며 총을 잡은 금오공고 시절부터 따지면 37년간의 얼룩무늬 청춘이 끝나갔소. 군인 아닌 보통 사람으로 살아갈 날이 가까워진 거요.

시골에 집 짓고 사는 걸 간단하게 생각한 내가 어리석었소. 원하는 모든 걸 이룰 자신이 있었기에 사회적으로 지탄받는 부동산에 투자할 마음조차 없었소. 어쩌면 세 아이를 키우기 바빴기에 그럴 여유도 없었지만, 세상 물정을 제대로 알았다면 어떤 수단으로라도 땅 몇백 평쯤은 준비해두었을 것이오. 땅 사고 집 지으려면 최소 2억 원이 필요하였으나 그만한 돈이 없었소.

누구를 원망하겠소. 모두 내 탓이오. 자주 이사 다니는 와중에 당신의 말을 경청하였다면 진주나 예천, 혹은 서산이나 사천에 집 지을 땅 정도는 사 두었을 텐데, 투기라며 반대했소. 내 말이 틀린 건 아니지만, 당신의 판단이 정확했소. 그때 자투리땅 얼마라도 준비했더라면 몇 배로 뛴 땅을 팔아서 전원주택 마련하기가 쉬웠으리다. 후회하지 않는 게 신조지만, 아내 말 들어서 손해날 게 없다는 말에 늦었지만 공감하는 바요.

다행히 얼마 되지 않는 퇴직금이나마 주어져서 당신은 그 돈으로 우리의 보금자리를 마련하느라 밤새 인터넷을 뒤지고, 낮에 현장 확인을 반복하였소. 진주나 사천 시내에서 구할 수 없어서 얻은 게 사천과 삼천포 사이 현재 아파트요. 주변이 산과 논밭뿐인 시골이라서 넓은 평수임에도 값이 싸 우리에게는 안성맞춤이었지. 하늘이 무너져도 솟아날 구멍은 있는 거요. 아니 원래부터 있었다기보다는 당신이 노력으로 만들어냈다는 게 맞겠지. 몇 달을 수소문한 끝에 찾아낸 보금자리니까 말이오.

시 외곽으로 교통이 불편하여 집값이 쌌으나 웬만한 거리는 운동 삼아 걷기를 좋아하고, 자가용이 있는 우리에게는 불편한 게 아니라 한적해서 좋았소. 공기가 맑고, 집 앞 죽천강(竹川江) 둑방 길은 봄가을에 산책하기에 적당하였으며, 아파트 뒤 봉대산과 이어지는 와룡산은 등산하기에 좋소. 전원주택을 구하지 못해 선택한 아파트지만 이만하면 전원주택 못지않소. 텃밭이 없는 걸 빼고는 말이오.

사천 동강아뜨리에아파트는 우리에겐 신혼집이나 다름없소. 결혼하던 해에 첫딸을 낳아 둘만 오붓하게 살아본 적이 거의 없었으니 말이오. 당신은 세 아이 뒤치다꺼리하느라 몸이 열 개라도 부족한 터였고, 나는 아이한테 당신을 빼앗긴 신세였소. 셋째 딸이 대학에 진학하여 떠나자 결혼 후 24년 만에 처음으로 둘만의 시간이 되었소.

2019년은 장기근무 군인에게 주어지는 일 년 휴가 기간이었소. 우리 삶에서 가장 여유로운 시간이었소. 당신이 뒤치다꺼리하던 시부모와 아이가 모두 떠났고, 나는 태어나서 처음으로 출근하지 않는 몸이 되었소. 초등학교 이래 방학을 제외하고는 눈이 오나 비가 오나 아침이면 반드시 집을 나서야 했으나 집에 머무를 자유가 주어진 거요. 운명은 우리에게 많은 시련을 안겼으나 함께 쉴 기회를 주었소. 운명이 준 기회를 저버릴 우리가 아니잖소?

점심 식사 뒤에는 매일 죽천강 둑방 길을 산책하였소. 일주일에 두세 차례 인근 명산을 시찰(?)하고 말이오. 전역 후 직장을 갖지 않겠다는 결심에 당신이 동의해준 덕분에 운동 시간 외에는 문학작가 등단 준비에 여념이 없던 시기요. 혼자서 바쁘기는 하였으나 등단 시기가 정해진 게 아니라서 어떤 구속도 없었소. 어디에도 얽매이지 않은 자유시간, 나는 완전한 자유인이었소. 스스로 자

　　　　　　　　　　　　　　　아내에게 쓰는 편지

유롭다고 생각하지만, 사실 무엇에도 얽매이지 않은 사람은 많지 않소. 우연히 내가 그런 행운을 잡은 거요.

행복한 나날이었소. 천만뜻밖에도 2019년 코로나란 놈이 지구촌을 습격하여 온 세상을 초토화하였으나, 우리 생활에 영향을 주지는 못했소. 코로나바이러스는 인간 접촉으로만 확산하는 놈이어서 출퇴근하지 않는 나와 당신에게는 무용지물이오. 산악회 활동은 모두 중단하였으나 둘이 다니는 등산에는 전혀 영향이 없소. 출근하지 않았기에 사람이 모이는 주말을 피했으므로 정부 방역지침을 어기지 않고도 활동할 수 있었던 거요.

현역 군인에게 코로나는 재앙이었소. 집단생활하는 군인은 전염병에 취약하오. 단 몇 사람이 전체를 위험에 빠뜨릴 수 있으므로 철저한 방역 지시가 내려졌소. 외출 외박 휴가가 금지되고, 출장이나 쇼핑 여가생활도 제한하였소. 그야말로 창살 없는 감옥에 갇힌 신세였소.

동기나 후배, 부하의 생활 소식에 놀랍고 안타까웠소. 회식도 운동도 개인 활동도 하지 못한다는 소식에 마음이 아팠소. 그들은 시간을 도둑맞은 거요. 활동이 없는 연명만으로 삶이라고 할 수는 없을 거요. 비로소 운명이 내 편이란 걸 깨달았소. 나는 무한 긍정의 마음으로 살아왔소. 대령을 진급하지 못했을 때는 좌절했으나 이제야 그것마저 최선이었다는 걸 깨달은 거요.

가까운 경상도와 전라도에 있는 명산은 다 다녔을 거요. 코로나로 전 인류가 고통받을 적에 우리만 마음 편하게 사는 것 같아서 미안하였으나, 주어진 운명이니 어쩌겠소. 내가 도울 일이 있다면 모르거니와 할 일이 없는 바에야 내 삶에 집중할밖에.

2020년은 특별한 해였소. 우리 결혼 25주년이었으니 말이오. 계획을 잔뜩 세웠으나 코로나로 해외여행은 좌절되었고, 국내에서라도 보람찬 시간을 보낼 생각이었소. 2020년 2월 14일 거제 망산을 올랐소. 눈을 의심케 하는 아름다운 광경에 당신은 감탄사를 연발하였지. 나는 가는 데마다 연방 카메라 셔터를 누르며 행복했소. 당신이 정성스레 준비한 점심도 맛있게 먹었고 하산할 때까지 기분은 최고조였소.

호사다마요. 그놈이 온 거요. 늘 불행은 뜻하지 않은 시간과 장소에 오기 마련이오. 전혀 위험하지 않은 장소에서 당신이 갑자기 쓰러졌소. 평탄한 장소였으나 낙엽 속 구덩이에 발이 빠져 삐끗한 것이오. 한동안 쉬다가 조심스레 걸어 내려왔으니 며칠 쉬면 나으리라는 게 우리 생각이었소.

다음 날 정형외과 진료 결과 발목 인대 세 개 중 하나는 완전히 끊어지고 두 개는 끊어지기 직전이라는 거요. 즉시 수술해야 한다는 것이었소. 악몽이었소. 당신의 한 달 입원 기간은 젊은 날 자취생활로 돌아갔소. 평소에 하던 책 읽기와 글쓰기는 손도 대지 못하고 아침 먹고 나면 점심 걱정, 점심 먹고 나면 저녁 걱정, 저녁 먹고 나면 내일 아침밥 먹을 걱정이었소. 먹고 설거지하고 시장 봐서 반찬 만드느라 모든 시간을 보내야 했소.

한 달 뒤 병원에서 퇴원하고는 당신이 집안일을 도맡아 했으므

아내에게 쓰는 편지

로 나는 예전의 일상으로 돌아갔으나 운동은 혼자 해야 했소. 여럿이 하는 산행은 즐겁지만 홀로 하는 산행은 유익하오. 말할 상대가 없으므로 상념에 젖을 수밖에 없소. 혼자 길을 가며 생각하는 게 무엇이겠소. 주로 과거사요. 자신을 돌아보게 되오. 일 년 동안 홀로 한 산행은 반성과 성찰의 시간이었소. 당신 부상이 내게 마냥 헛된 시간은 아니었던 셈이오.

일 년간 노력한 보람이 있어서 부상은 서서히 회복되었소. 2021년부터는 산책 대신 아파트 뒤 봉대산에 오르내리기 시작했소. 천리 길도 첫걸음부터요. 작은 산이지만 부상 트라우마로 쉽지 않았소. 한 달이 지나고야 겨우 당신은 내리막길에 겁을 먹지 않았소. 이제 산에 갈 때가 된 거요.

2021년 2월 15일은 역사적인 날이오. 당신이 부상한 후 꼭 일 년 만에 다시 산에 갔으니 말이오. 그것도 당신에게 실의를 안긴 거제 망산이었소. 일 년 만에 다시 온 거제 망산은 변함이 없었소. 우연인지 뭉게구름이 두둥실 뜬 쾌청한 날씨마저 같았소. 코로나든 부상이든 집콕하는 사람의 심정은 마찬가지일 거요. 감옥살이 일 년 만에 한 외출은 황홀하였소. 마치 2020년에 처음 왔을 때처럼 말이오. 망산은 정상석(頂上石)에 쓰였듯 천하일경(天下一景)이었소.

뜻밖의 부상으로 삶의 일부가 날아갔소. 그것도 은혼식 해라는 결혼 25주년에 말이오. 후회는 부질없으므로 할 필요가 없으나 다시는 같은 불행이 찾아오지 않도록 조심, 또 조심합시다. 경치 구경도 좋고 운동도 좋지만, 건강이 최우선 아니겠소. 아무리 조심해도 영원히 살 수는 없겠지만 사는 동안만큼은 건강하게 지냅시다. 나보다 몇 년 더 건강하게 살면서 단 하루도 아픈 날이 없기를 바라오. 건전하고 건강한 당신을 사랑하오.

다시 모인 다섯 가족

남편 출근하지 않고 24시간 같이 있으면 불편하지 않냐는 질문을 많이 받았으나 당신 답변은 늘 한결같았소. '전혀 불편하지 않아요. 오히려 듬직해요.' 그 말을 백 퍼센트 믿을 수야 없겠지만 어쨌든 행복해 보였소. 할 일이 없어서 심심하지 않냐는 질문에도 늘 단호하였소. '전혀 심심하지 않아요. 한가해서 좋아요.' 그 한마디가 당신의 지나간 삶을 증명하는 거요. 가족 모두 불만과 요구 사항을 당신에게 털어놓았으니 그 모든 걸 처리하는 데는 유능한 판검사도 불가능하리다.

주변 사람은 종일 둘이서 함께하는 걸 의아해하지만, 우리 일상을 제대로 몰라서일 거요. 공간은 함께하지만 서로 다른 일을 하니 말이오. 당신이 가사 노동하는 동안 나는 배경음악 속에 시 낭송이나 독서와 글쓰기에 열중하오. 실제로 얼굴을 마주하고 대화할 기회는 식사 때와 산책할 때가 전부요. 각자 자기 일하는 데 불편할 게 무어겠소?

한가한 걸 좋아한다는 당신은 그 행복이 지속할 걸 지레짐작하였으나 나는 이미 오래전에 그건 꿈같은 일이라는 걸 알아차렸소. 일본을 보면 우리 앞날이 보이오. 일본은 한국보다 십 년을 앞서가는 나라요. 베이비붐 세대부터 경제 사회 측면에서 우리는 늘 일본을 뒤따라가는 형국이오. 이미 오래전부터 일본은 저출산 고령화와 저성장 청년실업에 신음하였소. 자녀가 성장 후에도 독립하지 않고 부모에게 의탁하는 캥거루족 이야기도 심심찮게 들었소. 한국이라고 그 전철을 밟지 않을 거라고는 생각하지 않았소. 당신에게는 미안한 일이지만 말이오.

첫딸이 대학 생활이 만만치 않았는지 휴학하였소. 남자처럼 군에 간 것도 아니고 해외 어학연수를 다녀온 것도 아닌데 말이오. 복학 후 졸업하였으나 예상대로 곧바로 취업하지 않고 집에 내려왔소. 명목은 취업 준비였으나 한눈에 봐도 심신이 지쳐서 휴식이 필요한 상태였소. 당신이 원하던 한가한 시간이 조금 줄어든 거요.

수학 교수를 꿈꾸며 대학원에 진학하였으나 둘째는 고민하였소. 2019년에 창궐한 코로나바이러스 여파로 대학원 진학 이후 교수를 본 적이 없다고 하오. 아들은 조교 아르바이트로 수업료를 벌고 있었으나 온라인 수업으로 교수와 대학생을 볼 수 없었소. 만나지도 못하는 교수에게 배울 게 없다고 판단하고 휴학하였소. 2021년 아토피 알레르기로 공익근무대상자인 아들은 군 복무를 먼저 마치려고 내려왔소.

셋이 살 때만 해도 여유가 있었으나 당신은 다시 바빠졌소. 성인 네 명이 먹는 것이 적지 않은 데다 빨래며 청소를 도와주는 사람이 없었으니 말이오. 방 세 개 32평 아파트가 작지 않지만 나와 두 아이가 종일 방 하나씩을 차지하였으니 당신 생활공간은 거실뿐이었소. 아이들은 취업 준비한다고 컴퓨터 앞에 앉았고, 독서와 글쓰기가 일인 나도 안방 컴퓨터 앞에 앉았으나 실제로 일하는 사람은 당신뿐이었소. 나는 인터넷뉴스나 검색하고 아이들은 게임이나 하고 있었으니 말이오.

설상가상으로 미대 3학년에 재학 중이던 막내딸이 휴학하고 내려왔소. 당신은 집도 복잡하고 웬만하면 학업을 계속하라고 종용하였으나 막내는 막무가내였소. 막내딸이 원래 자기주장이 센 아이 아니요? 졸업 전에 애니메이션 게임을 혼자서 만들겠다는 것이었소. 자식 이길 부모 없다고 우리가 어떻게 막내딸의 의지를 꺾겠소?

막내딸까지 내려오자 둘이 살 때는 너무 넓었던 32평 아파트가 도떼기시장으로 바뀌었소. 방 세 개에 거실 하나뿐이라 막내는 어떻게 지낼 것인지 궁금했는데 거실 한쪽에 자리 잡았소. 하늘이 두 쪽 나도 살아날 길이 있다더니 사람이 분주하게 오가는 거실에서 막내는 불평불만 없이 적응하였소. 그나마 당신이 주로 사용하던 거실마저 막내딸과 공유하게 된 거요.

찾아오는 사람이 없어서 다행이지 누가 와서 본다면 전쟁터의 난민 숙소로 알 거요. 대학에서 생활하던 아이들 생활 도구와 책을 이곳저곳에 쌓아놓다 보니 빈자리 찾기가 힘들 지경이오. 혼자

아내에게 쓰는 편지

쉴 공간마저 없는 데다 당신 일은 몇 배 늘었소. 나와 둘만 있을 때는 식성이 비슷하여 매 끼니 있는 반찬으로 해결하였지만, 애 셋 입맛은 완전히 달라서 당신을 곤란하게 하였소. 다 큰 애들이니 대충 먹이면 되련만 알뜰하게 먹이려는 당신 정성이 스스로 힘들게 하는 거요. 안타깝지만 당신은 일 많이 할 팔자인 것 같소.

뒤치다꺼리로 힘들어하는 당신 보기에는 미안하지만, 나는 아이들과 함께하는 게 좋소. 현역 때는 새벽에 출근하여 밤늦게 돌아오는 게 일상이었기에 아이와 함께할 시간이 거의 없었소. 나도 그렇지만 애들도 아빠를 이해하지 못하는 건 마찬가지요. 첫딸이 처음 내려와서는 데면데면해서 말 붙이기도 어려웠지만, 6개월이 지나서야 자연스러워졌소. 졸업하고 바로 취직하였다면 아마 영원히 서로를 몰랐을 거요. 취업이 좀 늦더라도 아이들과 친해지고 이해하는 데 나한테는 너무나 소중한 기회요.

취업이나 공익근무 마치려면 기약 없는 세월이지만 어쩌겠소, 불편하고 힘들어도 참을 수밖에. 아무리 미운 짓을 해도 세상에서 가장 사랑하는 자식 아니요? 세상은 의외로 공평하오. 모두가 엄마를 사랑하는 이유가 뭐요? 자신에게 가장 중요한 게 누군지 본능으로 직감하는 게 인간이요. 인간인 엄마가 신으로 격상하기 위한 고난으로 이해하고 견딥시다. 도움이 되지 않는 남편이지만 마음으로는 항상 당신 편이오. 나는 당신을 믿소. 당신의 판단과 선택이 무엇이라도 그것은 전적으로 옳은 일이요. 오늘도 고달픈 당신, 사랑합니다.

2022년 4월 8일

　2022년 4월 8일, 내일이 음력 3월 8일 당신 생일이오. 한 달 전부터 당신 생일을 기념하여 결혼 후 이제까지 삶을 되돌아보며 우리의 흔적을 그려보았소. 적지 않은 세월에 많은 일이 있었더구려. 1년에도 온갖 일이 일어나는 마당에 27년을 함께 호흡하였으니 무슨 일인들 없었겠소. 특히 2000년 셋째를 낳다가 당신이 죽을 뻔했던 일을 생각하면 지금도 아찔하오. 이후의 일은 상상하기도 싫소. 시부모와 세 아이 뒷바라지하는 당신을 홀로 남겨두고 떠돌이 생활하던 때 당신의 고난과 내 처지를 떠올리면 마음이 쓸쓸하오.

　지금은 내 젊은 날의 사고와 행동을 이해하기 어렵지만, 당시에는 그것이 옳다고 확신하였소. 적지 아니 잘못을 저질렀으나 요행히 무사히 지나올 수 있었던 건 당신의 현명한 조언과 판단 덕분이 아니었나 싶소. 정말 고맙소. 연애할 때나 신혼 초보다 지금 더 믿고 사랑하오. 보기보다 더 당신이 지혜롭다는 증거겠지요. 수고했어요. 사랑합니다.

　내일 당신 생일에는 거제도 노자산 가라산 진달래를 구경하려고 했는데 물거품이 되었소. 3년 동안이나 피해 다녔건만 하필 당신 생일 며칠 전에 코로나의 습격을 받았소. 눈에 보이지 않는 놈의 공격을 우리가 피할 재간이 있겠소? 심하지 않은 증세에 감기인 줄 알았으나 검사 결과 놈이었소. 졸지에 생일 축하 잔치는커

　　　　　　　　　　아내에게 쓰는 편지

녕 문밖에 나가지도 못하는 신세가 되었소.

호사다마는 운명이지만 전화위복은 의지요. 오늘 뜻밖의 재앙은 노력해서 복으로 바꿀 수 있지만 예고 없이 찾아오는 운명이야 우리가 어쩌겠소? 짜증 내고 조상 탓해 봐야 달라지는 건 하나도 없으리다. 그저 나쁜 운명이란 놈을 만나면 저 중국의 새옹(塞翁)처럼 그러려니 합시다. 화와 복은 번갈아 오기 마련이니 말이오.

2년 전에 결혼 25주년이라고 잔뜩 계획했더니만 거제 망산 산행 중 뜻밖의 당신 발목 부상으로 아무 활동도 하지 못하게 하더니 이번에는 코로나바이러스가 당신 생일을 훼방하는구려. 광려산 천주산 와룡산 화왕산 등 계획한 진달래 산행만 해도 무수한데 하릴없는 일이 되고 말았네요. 격리해제하면 몇 군데 가고, 진달래 다음으로 찾아오는 철쭉 명산이나 실컷 즐깁시다.

코로나 증상이 나는 목이 잠기는 것 외에는 특별한 게 없는데 당신은 두통과 몸살기가 있어서 걱정이오. 이참에 푹 쉬고 외출이 가능한 다음 주부터는 활기찬 일상을 재개합시다. 코로나바이러스와의 투쟁에서 쾌승하기를 바라오. 코로나바이러스가 물러갈 때 당신 몸 안의 온갖 잡균까지 몽땅 쓸어가서 더 튼튼해진 몸에 더 맑은 마음이 깃들기를 바라오. 오래도록 함께 행복을 누립시다. 생일 축하합니다. 내 전우이자 영혼의 동반자인 당신, 사랑합니다!

2022. 4.

막내딸 생일 축하 편지

세상이 온통 흐드러진 꽃 천지구나. 뜻밖의 선물이었던 막내딸이 세상에 온 날이 다가왔다는 신호겠지. 새천년 첫봄 4월을 더화사하게 만들려고 딸이 세상에 왔으니까. 생일을 맞아 여행을 떠났으니 완전히 성인이 되었다는 증표겠지. 아름다운 세상을 더욱아름답게 빛내는 막내딸 미리 생일 축하한다. "생일 축하해!"

2000년 4월 22일은 네가 세상에 등장한 날이다. 네가 태어날때 계룡대는 벚꽃과 개나리가 만발하였고, 골짜기마다 진달래가들어찬 꽃동산이었다. 둘만 낳으려는 가족계획을 거부하고 천분의 일 확률을 뛰어넘으면서 태어난 막내딸은 기세가 충천하였다. 태어날 때부터 범상치 않은 모습이었지.

계획에 없던 임신이었으나 엄마 아빠는 한순간도 망설이지 않았다. 신의 존재를 믿지 않지만 어쨌든 엄마 아빠는 거부할 수 없는신의 선물로 여겼다. 막내딸은 엄마와 아빠에게 선물 같은 존재지.

세상에 자식 못났다는 부모 없지만 태어날 때, 네 모습은 정말예뻤다. 처음 태어나는 아기는 예쁘지 않다. 누렇고 쭈글쭈글한피부와 불완전한 얼굴은 평소 보던 아기 모습과는 완연히 다르다.

아내에게 쓰는 편지

위로 언니와 오빠가 태어나는 걸 본 아빠는 신생아의 모습을 잘 안다. 너는 갓난아이의 생김새와는 전혀 달랐다.

　주먹만 한 머리에 이목구비가 오밀조밀 뚜렷했지. 엄마와 아빠는 깜짝 놀랐다. 갓 태어난 아이가 탱탱한 피부를 가졌다는 데 놀랐지. 보는 사람 모두가 놀랐다. 자녀 수를 조절하려는 인간의 오만을 꾸짖는 신의 선물은 그렇게 우리에게 다가왔다. 아빠가 언니 오빠와 갓난아이의 꼬물거리는 모습을 신기해하며 바라보고 있을 때 갑자기 간호사가 절규하였다.

　"언니, 가면 안 돼요! 언니! 언니! 안돼, 안 돼요, 가면 안 돼!"
　"여보, 여보 왜 이래, 안 돼! 안 돼, 돌아와, 여보!"

　큰일이 난 걸 직감한 나도 간호사와 같이 엄마를 흔들며 불러댔다. 엄마의 얼굴은 이미 푸르뎅뎅해졌고 눈동자에 초점이 사라졌다. 엄마는 죽어가고 있었다. 막내딸을 세상에 남겨놓고 떠나려고 한 것이다. 간호사와 아빠는 필사적이었다. 간호사도 산모 사망에 문제가 따르겠지만, 학교도 다니지 않는 어린애 셋을 아빠 혼자서 어떻게 감당하겠느냐?

　다행히 몇 분 후 엄마는 의식이 돌아왔다. 얼굴과 몸은 실핏줄이 터져 온통 불그스름해진 상태였다. 간호사가 주사약을 잘못 선택하여 엄마가 죽을 뻔했던 거다. 막내딸은 엄마 얼굴을 한 번도 보지 못할뻔하였지. 그때는 아직 눈도 뜨지 못했으니까. 거의 죽다 살아난 엄마가 임사체험을 말하였다.

"어딘가를 가는데 누군가 부르는 소리가 들렸어요. 앞에는 커다
란 빛이 있었고 빛으로 들어가기 전 간절히 부르는 소리에 멈칫하
여 되돌아보았어요."

엄마는 죽음의 문턱에서 삶을 선택한 것이다. 엄마가 삶을 선택
하지 않았다면 너와 나는 불행해졌을 것이다. 어쩌면 험한 세상을
견디지 못하고 세상을 등졌을지도 모른다. 엄마는 생명의 근원이
기도 하지만, 죽다가 살아나서 너를 잘 키웠으므로 두 번 너에게
생명을 준 은인이다. 아무리 기분이 좋지 않아도 엄마에게 까칠한
태도를 보여서는 안 되지.

네가 태어난 날 엄마가 죽을 뻔했던 걸 빼면 아무 문제가 없었
다. 심한 아토피 알레르기로 음식을 마음껏 먹지 못하던 오빠와
비교하면 너는 너무 잘 먹었다. 못 먹는 오빠에게 마음 아파하던
엄마는 잘 먹는다는 이유 하나만으로 너를 좋아하였지. 자라면서
줄곧 비만이었던 데는 이유가 있는 셈이다. 엄마는 네가 먹는 걸
나무라지 않고 마음껏 먹게 하였다.

예쁘게 생긴 외모만큼이나 모든 일에 자신만만했던 너다. 남 하
는 건 모두 하려고 하였고 특히 그림을 잘 그렸지. 아빠가 초등학
교 때 백제문화제에서 그림으로 장원한 재능을 네가 이어받은 듯
하다. 아빠는 가난해서 그림 그릴 엄두도 내지 못하고 공짜 학교

　　　　　　　　　아내에게 쓰는 편지

를 찾아 진학했지만 말이다. 딸은 초등학교 때부터 어느 대회든 나갔다 하면 거의 입상할 정도로 빼어난 재능으로 모든 주위 사람이 부러워했다.

가진 재능만큼이나 주관이 뚜렷하고 강했던 너는 중고등학교 때 대학 진학을 거부하여 무던히도 엄마 속을 썩였다. 엄마의 길고도 끈질긴 설득에 넘어가고 말았지만, 지금 생각하니 인생에 대학 진학이 최고가 아니라는 생각이 든다. 대학보다 더 좋은 길이 있다면 그걸 선택해야 하지. 문제는 대학 대신 무엇을 해야 할지 모르기는 마찬가지지만 말이다. 우수한 수능성적과 탁월한 그림 실력에 모두가 선망하는 명문대학에 진학하였다.

원하지 않던 대학이었으나 언니와 오빠와는 다르게 가장 알차게 생활하였다. 보통 사람은 꿈도 꾸지 않을 악단에 들어가 리드싱어까지 하니 말이다. 보통 사람은 그림이나 노래하는 꿈을 꾸기는 하지만 현실에서 도전하는 일은 드물다. 겁 없는 막내딸은 생각한 건 무엇이든 하는 스타일이니, 은퇴 후 프리랜서 작가를 고집하는 아빠를 빼다 박았다고나 할까?

마음에 드는 남자에게 접근해서 먼저 사귀자고 말했다니 이걸 용감하다고 해야 하나, 오만하다고 해야 하나? 천상천하 유아독존 격으로 겁 없이 도전하던 아빠의 삶을 보는듯하여 신통하기도 하고 한편으로는 걱정되기도 한다. 지나고 보니 세상이 생각만큼 만만한 게 절대 아닌데, 나중에 후회하지 않을까 하고 말이야.

대학 입학 초기에 남자친구를 만든 덕분에 코로나로 대면 수업이 금지된 2년도 심심하지 않게 보냈겠지? 네가 먼저 마음에 들어서 사귀기 시작했으면 사근사근하게 상대해라. 마음에 안 든다고 까칠하게 대꾸하지 말고 말이야.

개인 사업한답시고 휴학하고 집에 내려와 있던 차에 입대한 남자친구가 네 생일에 맞추어 휴가 나온다고 모처럼 서울 여행을 떠나는 막내딸 모습에 청춘은 싱그럽다는 생각을 한다. 남자친구 휴가 나온다고 사천에서 서울까지 찾아가다니……

청춘은 싱그럽다. 가볍고 밝지. 무겁고 두려운 게 없다. 자신만만하고 미래는 화창하며 만물은 자신을 위해서 존재하지. 그건 좋은 일이다. 너무 복잡하게 생각하고 미리 좌절한다면 이미 젊은이가 아니다. 마음에 두려움이 스며드는 순간 순진무구하고 단순한 청춘에서 어른이 되는 거다. 언젠가는 모두 어른이 되지만 굳이 남보다 빨리 어른이 될 필요는 없지. 충분히 청춘을 즐기다가 어른이 되어도 늦을 건 없어.

아빠가 보기에는 네가 살아가는 삶이 훌륭하다. 그래도 한 가지만 당부하자. 명색이 아빤데 칭찬만 할 수는 없는 노릇 아니냐? 진짜 좋은 사람은 듣기 거북한 충고나 조언하는 사람이야. 물론 싫지, 괴롭기도 하고. 그래도 영화에서 훌륭한 주인공은 입에 쓴 약을 마다하지 않는다. 비록 입에 쓰더라도 먹지 않으면 죽거나 치명적인 위험에 처할 걸 알기 때문이야.

닮을 게 없어서 하필 아빠 평발을 닮은 건 아빠 죄다. 평발은 불편한 게 많다. 발바닥이 넓어 기성화가 잘 맞지 않고 신었을 때

아내에게 쓰는 편지

볼품이 없지. 가장 큰 문제는 오래달리기나 걷는 게 불편하다는 점이다. 평발인 사람이 운동으로 성공하기는 힘들다. 축구선수 박지성이 있지만 보기 드문 경우다.

걷거나 뛰는 게 힘들다고 밖에 나가는 걸 싫어하는데 그러면 안 된다. 사람은 자신의 부족한 부분이 드러나는 행위를 싫어한다. 우월하기를 바라는 사람의 본성상 그건 당연한 일이지. 그러나 부족하고 남에게 뒤처진다고 물러서면 안 된다. 한 번 처지기 시작하면 영원히 따라잡을 수 없다. 박태환이 천식을 극복하려고 수영을 시작해서 금메달을 딴 거나, 할리우드 스타 아놀드 슈워제네거가 비쩍 마른 몸을 건강하게 하려고 헬스를 시작하여 미스터 유니버스 대회에서 우승한 걸 보렴.

탁월한 재능이나 훌륭한 인품도 건강이 바쳐주지 않으면 무의미하다. 아무리 대중이 추앙하더라도 몸이 불편하다면 행복할 수 없다. 건강의 기본은 걷기다. 인간은 걸어야만 하는 동물이지. 동물이라는 말 자체가 움직이는 물체라는 뜻이다. 동물은 움직여야 건강을 유지할 수 있다. 발이 불편하다는 핑계로 걷기를 게을리하면 나이 들어 장애인 신세가 될 수도 있다. 힘들어도 계속 노력해서 불편함을 없애야 한다.

아빠가 평발이라도 남 하는 것 하나도 빠지지 않고 했을 뿐만 아니라 지금 또래보다 훨씬 잘 걷고 장거리 산행을 하지 않느냐? 걷고 달리는 게 불편하다고 포기할 게 아니라 남보다 다섯 배, 열 배 노력해야 한다. 극복하려는 의지가 미래를 결정하지. 예쁘고 씩씩한 막내딸이 그림 그릴 때처럼 끈기 있고 야무지게 핸디캡을 극복하기를 바란다.

역시 잔소리는 듣기 싫지? 그래서 말로 하지 않고 편지를 쓰는 거야. 착하고 똑똑하며 예쁘고 사랑스러운 내 딸아, 아빠는 네가 평생 건강하게 살기를 바라. 성취보다도 건강이 더 중요하다고 생각하지. 그건 엄마도 마찬가지일 거야. 그러니 네 건강을 위해서 매일 30분이나 한 시간씩 걸어라. 걷는 자에게 복이 오리니.

마치 생일을 축하하듯 정부에서 코로나 거리 두기를 해제했네. 시골에서 아무도 만나지 못하고 답답했을 텐데 모처럼 만난 친구와 신나고 즐겁게 지내라. 2년 동안이나 모이지 못해서 오죽 답답했을까? 네 생일을 핑계로 떼로 모일 풋풋한 대학생을 연상하니 나까지 기분이 좋아지네. 남자, 여자친구와 재미있고 유익한 시간 보내고 건강한 모습으로 내려오렴. 사랑해요, 귀여운 막내 따님.

"만 스물두 살 생일 축하해!"

<추신>
2022년 22일에 스물두 살이 되다니 무언가 좋은 일이 있을 것이 분명해. 이 땡(?)이 겹치니 앞으로는 분명 좋은 일만 있을 거야. 코로나바이러스 창궐로부터 어언 2년, 사회적 거리 두기로 모임이 금지되었는데 해제 자체가 엄청난 희소식이지. 어쩌면 앞으로 스물두 가지 좋은 소식이 이어지지 않을까? 아니면 22년 연속 좋은

아내에게 쓰는 편지

일이 생기거나. 딸 생일을 계기로 우리 가족이나 대한민국에 희소
식이 이어지기를…… 총총……

2022. 4.

아들 생일 축하 편지

게임에 관하여

조석으로 선선한 걸 보니 어느덧 가을이다. 찜통더위에서 벗어나나 했더니 가을 태풍 힌남노가 한반도를 할퀴고 지나가 포항 시민을 우울하게 하였다. 세월은 사람의 감정과 무관하게 흐른다. 태풍 피해에 망연자실한 사람을 아랑곳하지 않는다. 하늘은 높고 푸르며 황금 들녘이 평화롭구나. 아들 생일인 국군의 날이 다가왔다는 뜻이겠지.

잘 자란 아들이 고맙다. 아무거나 먹을 수 없는 심한 아토피 질환을 타고나 잘 자랄 것인지 염려한 걸 생각하면 건강하게 성장한 아들이 대견하다. 자랄 때 속 썩인 적도 없고 명문대학을 장학생으로 마친 게 자랑거리다. 지난 과거만 따진다면 어디에 내놔도 손색없는 훌륭한 아들이지.

아토피로 현역 입대가 불가능한 상황에서 공익근무 탈락으로 1년이란 시간이 허공에 떴다. 아들에겐 천재일우의 기회가 온 셈이지. 자랄 때는 엄마의 반대로, 대학 다닐 때는 학업에 열중하느라 즐기지 못한 게임에 빠질 기회가 온 거다.

　게임의 역사는 깊다. 원시 시대 가족의 생존은 사냥 실력에 달렸다. 아버지가 훌륭한 사냥꾼이 아니라면 가족이 살아가기 곤란했지. 남자는 초식동물을 사냥하고 포식동물을 쫓아내기 위해 크고 빠르고 강해야 했다. 여자는 잘생기거나 말 잘하는 남자가 아니라 빠르고 강한 남자를 원했지. 농경시대와 산업 시대를 거치면서도 석기시대 인간의 본성은 바뀌지 않았다. 진화하기에는 너무 짧은 기간에 문명을 일궈 낸 거지.

　남자의 임무는 사냥이나 전쟁이었다. 여자보다 우월한 능력을 보인 거의 유일한 분야다. 시대가 바뀌었어도 변하지 않은 본성 탓에 게임이 유행하였다. 사냥과 전쟁을 대체할 남자의 놀이가 생긴 거지. 게임의 본질은 승부다. 바둑 장기 체스 고스톱 포카드가 대표적이지. 단체로 하는 구기 종목 운동도 있다.

　아빠도 남자일 뿐 아니라 강한 사나이를 주장하는 마초적 기질이 있기에 누구보다도 게임을 좋아한다. 한때는 바둑 장기 고스톱 포카드에 빠진 적이 있고, 대학 다닐 때는 당구에 미친 적도 있다. 사냥과 전쟁을 가장 가깝게 묘사한다는 축구를 사랑하지. 예전에는 축구 국가대표 경기에 광분하였고, 지금도 손흥민의 활약에 열광한다.

　모든 게임은 시공간과 인원을 필요로 한다. 바쁜 현대사회에서는 쉽지 않은 일이다. 인터넷이 발달하면서 게임은 신의 한 수가 되었다. 초기 인터넷을 활성화한 것이 음란 동영상이었다면, 유지

안착시킨 일등 공신은 단연 게임이다. 역사에서 게임이 주로 남성의 놀이였다면 인터넷 게임은 남녀노소 구별이 없다. 할아버지와 유치원생이 게임을 해도 전혀 어색하지 않다.

　바야흐로 게임의 시대다. 별도의 시공간과 인원이 불필요한 인터넷 게임은 대부분 사람이 즐긴다. 요즘 세상에 게임을 즐기지 않는다면 오히려 이상할 것이다. 당장 2년 공익근무가 앞에 놓인 상황에서 취업 준비가 쉽지 않겠지. 불확실한 미래에 대한 염려를 잊는 데도, 하기 싫은 취업 준비를 피하는 데도 게임은 안성맞춤이다.

　정황은 충분히 이해하지만 그래도 종일 게임은 아니다. 일하다가 잠깐 쉴 때 하는 게임이 아니라 일 년 열두 달 종일 게임에 몰두한다는 건 지나치다. 무엇에든 미칠 수는 있다. 이왕 하려면 제대로 하는 게 좋다. 하지만 삶이 유한함을 생각한다면 무엇이든 적당해야 한다. 더더구나 인생에 도움이 되지 않는 일이라면 더욱 그렇지.

　한량이나 난봉꾼이 즐기는 주색잡기(酒色雜技)란 말이 있다. 주색잡기에 빠지면 패가망신(敗家亡身)한다는 말도 있지. 주색잡기란 술과 여자와 도박이다. 중독성이 강해서 한번 빠지면 헤어나기 어려운 데서 생긴 말이다. 술과 여자보다 더한 게 놀음이다. 예전엔 도박이었지만 지금은 인터넷 게임이지. 식음을 전폐하다시피 하면서 게임에 몰두하는 사람이 있다는 걸 뉴스에서 보았다. 언제든 그만두고 현실 세계로 돌아올 자신이 있겠지만, 그건 네 생각일

따름이다. 술이든 담배든 놀음이든 중독에서 탈피하는 건 쉽지 않다.

일 년 이상 푹 빠져서 사이버 세계를 누볐다면 이제 현실로 돌아올 때가 되었다. 당장 공부에 열중해 취업하라는 게 아니라 체력단련과 독서에 관심 가지라는 말이다. 인생에서 가장 중요한 게 있다면 그건 좋은 습관이다. 취업하기 전에 만들어야 할 건 건강한 몸과 좋은 생활습관이다. 좋지 않은 버릇은 버려야 한다. 당장 버려야 할 습관은 인터넷 게임이다.

어쨌든 시간은 흐른다. 어떤 삶도 하나의 인생이다. 인생에 정답은 없다. 그래도 삶을 허송세월하는 건 나중에 후회할 일이다. 병역이 시간 낭비라고 여겨질 수 있으나 나름대로 일과 만나는 사람한테 얻는 게 있다. 입대하기 전과 공익근무하는 시간을 삶에서 버리듯 해서는 안 된다. 100년을 산다면 남은 1년에 더해 공익근무 2년을 무의미하게 보내는 건 인생의 3퍼센트를 낭비하는 격이다. 겨우 100년 사는 인생에서 3년을 버린다는 건 언어도단이다.

살아온 날을 돌아보고 살아갈 날을 그려보기 바란다. 스물여섯 생일에 생각했던 바를 글로 적어보기 바란다. 상상하는 것과 쓰는 건 다르다. 생각이 어렴풋한 것이라면 글쓰기는 명확하게 그려내는 것이다. 인생 전체를 구상하여 오늘 할 일을 찾아내기 바란다. 먼 훗날 스물여섯 생일이 중대한 삶의 이정표로 기억되길 바란다.

죽음에 관하여

생자필멸(生者必滅)은 우주의 섭리요 자연법칙이다. 거스를 수 없고 변하지 않을 진리지. 생명체의 일원인 인간도 예외는 아니다. 생명체의 제일 목표가 생존이기에 죽음은 상상조차 하기 싫다. 개념을 어렴풋이 깨닫기 시작할 때부터 인류의 가장 큰 고민은 죽음이었다. 어쩔 수 없이 죽어야 한다는 걸 알고 확실치 않은 신과 종교에 의존하게 되었다. 종교는 인간의 죽음에 대한 공포에 의지해 살아간다.

원하지 않고 상상하기 싫은 죽음이지만 항상 죽음을 생각해야 한다. 삶은 죽음에서 명확해지기 때문이다. 죽음이 없다면 삶이란 개념조차 생기지 않았을 것이다. 영원한 존재라면 삶이 무슨 의미가 있겠는가? 당연한 사실은 사유할 가치가 없다. 죽음을 상상할 때 해야 할 일이 명료해진다.

현재는 우리나라가 일본에 이어 장수국가 2위지만, 2030년에는 기대수명 1위 국가가 된다고 한다. 조상이 물려준 우월한 유전자와 잘 정비된 의료보험제도 덕분이다. 대내외적으로 늘 시끄러운 대한민국이지만, 세상에서 가장 빠르고 바람직한 방향으로 발전하고 있다. 그건 다행한 일이다. 대한민국에 사는 덕택에 90세까지 사는 행운을 얻었다. 대체로 80세 이상 살 확률이 높고 어쩌면 100세를 넘길지도 모른다.

수명이 90세라고 가정하면 네가 살 수 있는 기간이 나온다. 이

아내에게 쓰는 편지

미 지난 세월을 제외하면 60여 년의 시간이 주어지는 셈이다. 60여 년 후 어떤 위치에 도달할 것인가는 네가 정하는 방향과 속도에 달려 있다. 무엇을 할 것인가?

달성 여부를 떠나서 목표를 가져야 한다. 목표의 목적은 방향성이다. 살아가며 접할 온갖 상황에서도 처음 의도한 방향을 유지하는 건 쉽지 않지만, 아예 목표 자체가 없는 것과는 비교할 수 없으리라. 긴박한 상황 또는 대처할 방식을 알 수 없어 우왕좌왕하다가도 정신이 드는 순간 목표를 바라보리라. 잘못을 발견하는 즉시 마음을 다잡고 방향을 바로잡을 수 있다.

어떻게 살아갈 것인가? 삶의 방향을 정하기 어려울 때 죽음을 생각하면 의외로 쉽게 해답을 찾을 수 있다. 사고사가 아니라면 사람이 죽는 곳은 대체로 요양병원이다. 의식이 온전하지 않거나 거동이 불편한 노인이 일반 가정에서 사는 건 쉽지 않다. 24시간 곁을 지킬 수 없다. 불편한 사람을 집단으로 관리하는 요양원을 원해서 가는 사람은 없으리라. 그나마 입원할 비용조차 없는 사람은 더욱 비참하다. 치매 걸린 배우자를 수발하다가 살해하고 자살했다는 뉴스가 심심찮게 보도된다. 배우자를 요양원에 보낼 형편만 되었더라도 그런 비극은 발생하지 않았으리라.

죽을 때까지 요양원에 가지 않거나 최대한 늦게 가려면 어떤 방법이 있는가? 본인만의 문제가 아니다. 배우자가 몸이 불편하거나 요양원에 혼자 입원하더라도 삶의 질이 떨어질 것이다. 비용이 없어서 입원할 형편이 안 된다면 이보다 더한 비극도 없으리라. 아무리 훌륭한 삶을 살더라도 마지막이 비참하다면 비극이다. 그걸 막을 방법은 무엇인가?

가장 중요한 건 건강이다. 오래 살아도 온갖 질병에 시달리면서 거동조차 불편하다면 삶의 질이 확 떨어진다. 죽기 직전까지 신체가 제 기능을 발휘할 때 만족하리라. 90세까지 신체 기능을 유지하려면 무엇을 해야 하는가? 운동이다. 막연한 달리기나 근력운동이 아니라 신체 각 부위를 골고루 자극하는 스트레칭과 근력운동과 유산소 운동을 적절히 배합하여야 한다. 행복하게 살기위해서 해야 할 첫 번째는 운동계획을 수립해서 실천하는 일이다.

건강에는 정신 건강도 있다. 몸이 아무리 건강해도 일찍 치매에 걸린다면 행복하지 않으리라. 오히려 장수가 자신과 가족에게 재앙이 되리라. 뇌세포를 건강하게 하려면 뇌를 자극해야 한다. 네가 잘하는 수학을 꾸준히 하는 것이 좋은 방법이지. 가장 일반적인 방식은 독서다. 독서는 지식을 쌓고 지혜를 터득하는 데 좋은 방법일 뿐만 아니라 치매 예방에 효과적이다. 독서는 시간과 공간에 구애받지 않는다. 독서는 남녀노소 할 것 없이 좋은 취미지만, 특히 시간에 여유가 있고 오랜 운동이 힘든 노인에게는 더할 나위 없는 친구다.

글쓰기도 정신 건강에 좋다. 좋을 뿐만 아니라 그 자체로 수양이다. 글쓰기는 자신을 돌아보게 하고 미래를 내다보게 한다. 그 자체로 반성이요 성찰이며 탐구다. 작가가 아니라도 글을 써야 하는 까닭이다. 글쓰기가 정신 건강에 도움이 되고, 과거와 미래를

아내에게 쓰는 편지

보는 창이라면 삶에서 선택이 아니라 필수다. 오래 건전하고 맑은 정신을 유지하려거든 읽기와 쓰기를 길들여라. 이것이 두 번째 할 일이다.

행복이란 마음의 상태이기에 반드시 어떤 조건을 충족해야 하는 건 아니지만, 보통의 생활환경을 갖출 필요는 있다. 행복을 위해서는 인간관계가 가장 중요한 요소인데, 그를 위해서는 적절한 부와 명예와 권력이 필요하다. 최대로 필요한 건 아니다. 그러나 모든 인간이 추구하고 노리는 게 부와 명예와 권력이라면 그것을 전혀 갖지 않은 상태에서 좋은 인간관계를 구축한다는 건 불가능하다. 어떤 방식으로 어느 정도 소유할 것인지는 네 의지와 노력에 달려 있다.

젊어서 가장 중요한 일은 취업이다. 생계를 해결해야 다른 걸 추구할 수 있다. 연애와 결혼과 출산을 시도할 수 있다. 아이를 키워보지 않은 사람은 인간 본성을 알 수 없다. 부모 마음도 자식 마음도 이해하지 못한다. 아이한테 배우는 게 많으리라. 애를 키우면서 가르치기보다 배우는 게 더 많으리라. 죽을 때까지 행복하게 살기 위해서 해야 할 세 번째는 취업이다.

죽을 때까지 행복하게 살다가 행복하게 죽기 위해서 해야 할 일은 젊어서 좋은 습관을 만드는 일과 적당한 직장을 얻는 것이다. 첫째는 몸 건강을 위한 운동이요, 둘째는 정신 건강을 위한 책 읽기와 글쓰기이며, 셋째는 생계 보장을 위한 좋은 직장을 구하는 일이다. 죽음을 상상하라. 행복한 마지막 순간을 위하여 지금 해야 할 일을 정해서 실천하라.

삶에 관하여

　인간의 영혼은 독립적이지만 홀로 살아갈 수는 없다. 인간은 사회적 동물이다. 사람은 공동체를 떠나서 살 수 없다. 훌륭한 삶이란 얼마나 타자와 조화를 이루는가다. 서로 영향을 주고받는 인간은 타인의 삶에서 타산지석과 반면교사를 얻고, 타자에게 얼마나 좋은 영향을 주는지에 따라서 인생의 성패가 좌우된다.

　역지사지(易地思之)해야 한다. 아빠는 어려서는 부모의 처지에서 생각하고 행동했다. 내가 하고 싶은 일과 부모가 원하는 일이 다르다면 부모의 뜻에 따랐지. 그것이 내 삶에 유리하다고 보았다. 20대에는 후배와 부하가 어떻게 생각할 것인가를 고민하였고, 30대 이후에는 자식이 어떻게 평가할 것인가를 상상하였다. 타인의 시선으로 돌아보아야 한다.

　성장기를 마치고 본격적으로 성인 사회에 뛰어든 아들도 역지사지할 나이가 되었다. 네가 하는 일이 타인의 눈에는 어떻게 보일 것인가를 숙고해야 한다. 네 앞에 놓인 당면과제는 취업과 결혼과 출산과 육아다. 대부분 거쳐 가는 과정이지만 만만치 않은 일이다.

　미래 자식을 상상해라. 늙어서 자식에게 젊은 날 삶의 궤적을 돌이켜 말할 때 부끄럽지 않아야 한다. 오늘 하는 사유와 행동은 온전히 네 자유지만 자식이 보고 있다고 생각해라. 자식이 지켜보는 데도 같이 사고하고 판단하며 행동할 것인가? 그렇다면 그 결정은 옳은 것이다. 자식에게 떳떳하다면 세상 누구에게도 부끄럼이 없으리라.

취업 후 가장 먼저 생각할 것은 보금자리다. 최소한의 투자와 최단기간 내에 살 집을 장만할 방식을 찾아 실천하되 돈벌이 수단으로 삼지는 말아라. 대부분 사람이 부동산으로 재산을 불리려고 눈에 불을 켜지만, 적은 노력으로 큰 이익을 얻는 건 누군가의 희생이 필요하다. 타인이 피눈물을 흘리게 해서는 안 된다. 합법이라도 투기로 이익을 얻는 건 부동산을 소유하지 못한 서민을 갈취하는 일이다. 다른 모두가 하는 일이라도 양심에 거리낌이 있다면, 자식에게 떳떳하게 설명할 수 없다면 시도해서는 안 된다. 집을 마련하되 직접 거주할 한 채로 만족하기 바란다.

예쁘고 날씬한 여자가 마음에 들겠지만, 외모만으로 판단해서는 안 된다. 남자가 예쁜 여자를 좋아하는 건 당연하다. 역사적으로 예쁜 여자란 젊고 건강한 여자다. 후손을 얻기에 적합한 사람이지. 영화 속 주인공 같은 사람을 찾으려는 건 망상이다. 밝고 건강한 여자로 만족하되 몇 가지 고려해야 할 것이 있다.

첫째, 취미와 종교는 같은 게 좋다. 연애할 때는 모든 게 용서되지만, 결혼은 연애와 다르다. 연애가 잘 연출된 드라마라면 결혼은 무삭제 다큐멘터리다. 억지로 맞출 때는 문제가 없지만, 취미와 종교가 일상으로 부딪치면 견디기 어려우리라. 취미나 종교는 설득으로 바뀔 성질이 아니다. 고유한 가치관이고 곧 그의 정체다. 눈에서 멀어지면 마음도 멀어진다. 함께 할 시간이 줄어든다면 사랑도 스러지리라.

둘째, 좋은 엄마가 될 가능성을 타진하라. 겉으로 봐서 알아내기가 쉬운 일이 아니다. 여자의 말과 태도에서 자식에 관한 생각을 읽어내야 한다. 서로 사랑하는 게 가장 중요하지만, 자식이 불행할 때 부모가 행복할 수는 없다. 자식에게는 엄마가 최고다. 유아기에는 엄마가 전부고, 청소년기까지도 엄마의 영향력은 지대하다. 네게 좋은 아내라도 좋은 엄마가 되지 못한다면 훌륭한 배우자는 아니다.

셋째, 주변 사람과 조화로운 사람인가를 살펴라. 조건이 훌륭하더라도 조화롭지 않은 사람이라면 평생 외로워야 하리라. 부모 형제 친구가 꺼리는 사람이라면 무언가 이유가 있다. 드러난 조건이 아니라 가치관에 따른 문제라면 다시 생각하는 게 좋다. 아름다운 것보다 친화력이 뛰어난 사람이 삶에 도움이 되리라.

배우자의 조건은 별로 따질 게 못 된다. 밝고 건강한 사람으로서 성격이 모나지 않았다면 좋은 엄마의 자격이 있다. 그것으로 만족해야 한다. 뭇 남성의 시선을 한 몸에 받는 아름다운 여성을 데리고 사는 남자는 걱정이 많다. 그런 고민이 없는 자체로 행복하리라.

자식이 아플 때 부모는 같이 아프다. 그 아픔에 놀라면서 자신의 부모를 생각한다. 자식을 키우면서 비로소 부모를 이해하는 것이다. 자식을 낳고 키우는 건 일종의 모험이자 탐험이다. 모두가 낯설고 처음 하는 일이다. 아무것도 모르고 눈만 깜박이는 젖먹이 때나, 말끝마다 '싫어'를 외쳐대는 미운 네 살 때나, 꼬치꼬치 따지고 반박하는 죽이고 싶은 여덟 살 때나, 영혼의 독립을 시도하는 질풍노도의 사춘기 때 자식을 보면서 비로소 인간을 이해한다. 사람은 성장기에만 배우는 게 아니다. 어른이 되어서 자식을 키울 때 더 많은 사실을 깨닫는다. 자식을 키우지 않은 사람은 어른이 아니다.

가장 일을 많이 하고, 인생의 성공 여부를 결정할 중요한 일이 산적한 30대 40대 50대를 앞둔 지금 네가 준비해야 할 일은 무엇인가? 무엇을 계획해서 어떻게 실천할 것인가? 30년 후 네 자식에게 조언하고 싶은 말, 네 자식이 살아가길 원하는 삶을 설계해서 실천하라. 네 자식이 살아가길 원하는 방식을 실천한다면 훌륭한 사람이리라. 누구나 부러워할 멋진 인생이리라.

30년 후

현대인은 행복하다. 600만 년 전 침팬지와 분화하여 진화한 인간의 수명은 삼사십 년 안팎이었다. 엄청난 진화와 발전을 거듭하였는데도 수명이 늘었다는 증거는 없다. 유아기 사망률은 낮아지지 않았고 40세 전후에 죽는 게 보통이었다. 인류 역사에서 기아와 질병과 전쟁은 극복되지 않았다. 자연재해에 따른 굶주림이 전쟁 원인이 된 경우가 적지 않으므로 쉽게 구할 수 없는 먹거리가 가장 큰 문제였다. 인구는 자연환경의 변화, 구체적으로 식량에 따라 조절되었다.

농업혁명 이후 획기적으로 증가한 먹거리 덕분에 인구는 꾸준히 늘었으나 점진적이었다. 중세까지 기아와 역병, 전쟁에 따라 증가와 감소를 뒤풀이하였다. 문명과 문화의 발달 속도와 무관하게 수명의 변화는 거의 없었던 셈이다.

산업혁명은 인류의 생활을 획기적으로 바꾸었다. 인력과 축력이 전부이던 노동력이 화석연료를 사용하는 동력의 등장으로 생산량은 극적으로 향상되었다. 인구의 구십 퍼센트 이상이 농업에 종사하던 시대를 벗어나자 인간의 유휴 노동력으로 모든 분야에서 엄청난 발전을 이루었다.

인류의 수명은 극적으로 향상되었다. 그중에서도 우리나라는 더욱 극적이다. 1960년대 불과 50여 세에 불과했으나 현재는 여든을 넘겼고 2030년에는 일본을 제치고 세계에서 장수국가 1위에 오른다고 한다. 생명체의 본성이 생존과 번식이고 인간의 1차 목표도 다르지 않다면 우리 국민은 행복하다. 우리가 그렇게 소망하는 일등 아니던가? 모든 일에는 양면이 존재한다. 장수는 또 다른 문제를 부른다.

현재 기대수명이 여든을 넘었고 앞으로 발전할 의학을 고려한다면 너는 100세를 걱정해야 한다. 역사에서 노후를 걱정한 시대는 없다. 보통 자식이 성장할 무렵에 사망하였고, 오래 산다고 해도 예순 전후였다. 충분히 일할 나이고 죽을 때까지 자녀와 함께 생활하였다. 너무 빠르게 증가한 수명이 대한민국의 근간을 흔들고 있다.

60년대 설계한 공무원연금과 군인연금, 70년대 시작한 교직원연금, 80년대 출발한 국민연금 모두 적자를 걱정한다. 설계가 잘못되었다기보다는 예상 밖으로 빠르게 늘어난 수명 탓이다. 더 내고 덜 받는 식으로 연금개혁을 지속하였으나 모두 적자를 걱정한다. 젊은이는 은퇴 후 50년의 삶을 설계해야 한다. 기존 연금체계가 유지될 것인지, 연금만으로 노후 생활이 가능할 것인지 불안감이 증폭하고 있다.

30년 후를 상상해라. 30년 후 닥칠 상황을 예견하고 미리 준비하라. 준비한다고 모든 문제가 해결되지 않겠지만, 되는대로 살다가 노후를 맞는 사람과는 다르리라. 30년 후에 어떤 일이 벌어질 것인가? 취직과 결혼으로 평범한 삶을 보낸다면 30년 후 자녀는 현재의 네 위치일 것이다. 학업을 마치고 독립을 준비 중이겠지. 그 자식에게 무엇을 어떻게 도와야 할까? 은퇴 후 노후는 어떻게 살아갈 것인가?

생계와 건강에 문제가 없다면 취미가 삶의 질을 결정하리라. 은퇴한 뒤 조금 쉬다가 출근하는 사람을 자주 본다. 일하는 이유를 물으면 할 일이 없어서라고 한다. 할 일이 없어서 일한다니 얼마나 슬픈 일인가? 하고 싶어서 하는 건 좋다. 할 일이 없어서 하는 건 아니다. 젊어서부터 좋은 취미를 이어가는 게 좋다. 선진국 국민은 악기 하나쯤은 다룬다고 한다. 음악, 미술, 문학에서 재능 있는 분야를 취미로 개발한다면 유용하리라. 할 일이 없어서 출근하는 일은 없으리라.

고상한 취미가 하루아침에 만들어지는 건 아니다. 음악, 미술, 문학은 많은 시간을 투자해야 일가견을 이루는 법이다. 바쁘게 일할 나이에도 짬짬이 시간을 내어 자신만의 특기를 개발해라. 30년의 세월이 흐른다면 무시하지 못할 수준에 이르리라. 30년 뒤 두드러지기 위해서 지금부터 할 일은 무엇인가?

아빠는 사십 대 초반에 버킷리스트를 작성했다. 책을 읽고 나서였다. 전원생활이나 세계 여행 등 시간과 돈만 있으면 가능한 건 뒤로 미루고 오래 걸리는 일부터 실천하고 있다. 책 만권 읽기, 매일 운동하기, 시 소설 수필집을 내는 일은 진행 중이다. 운동과 읽기와 쓰기가 일과다. 이제까지 크게 이룬 건 없으나 현재 삶에 만족한다.

오지랖 넓은 아빠는 자식과 후배에게 모범이 되고 싶다. 타락하거나 부패하지 않은 사람으로 인간다운 삶을 살았다는 평가를 받고 싶다. 아빠가 매일 운동하고 읽고 쓰는 것은 내 삶을 위해서이기도 하지만, 자식에게 보여주기 위해서다. 잔소리해 봐야 소용없다는 걸 알기에 몸소 실천하는 것이다. 아빠가 사는 방식을 눈여겨 살펴서 30년 후 네 삶을 설계하라.

아내에게 쓰는 편지

사십 대에 버킷리스트를 작성했으므로 할 수 있는 범위가 좁아졌다. 더 일찍 출발했다면 더 크고 멀리 가는 목표를 세웠으리라. 아직 이십 대인 아들은 30대 40대 50대에 이루고 싶은 버킷리스트를 작성해서 실천하길 바란다. 구체적인 내용을 적어서 매일 읽으면서 다짐한다면 이루는 바가 크리라.

청춘

며칠만 지나면 아들 생일이다. 편지를 쓰다 보니 새삼스럽네. 몸이 약해서 건강하게 자라기만 바랐던 엄마 아빠다. 건강할 뿐 아니라 건전하며 유능한 청년으로 성장한 아들이 자랑스럽다. 누나와 여동생과 달리 엄마에게 살갑게 대하는 게 고맙다. 너는 딸들보다 어려서부터 다정다감했다. 여러모로 고맙고 감사한 일이지.

알다시피 아빠는 잔소리하지 않는다. 하는 사람이나 듣는 사람이나 괴롭기만 한 시간 낭비란 걸 알기 때문이다. 잔소리 대신 아빠는 매년 생일에 편지 쓰는 방법을 택했다. 아마 네가 글을 읽기 시작한 초등학교 입학할 무렵부터 편지를 받기 시작했을 것이다. 정확히 기억나지 않지만 네 나이가 스물여섯이니 스무 번에 가까운 아빠 편지를 읽었겠지. 아빠 요구사항이 쉽지 않겠지만 최대한 실천하길 바란다.

너는 현재 중요한 기로(岐路)에 서 있다. 기다리고 있는 공익근무는 대한민국 남자라면 누구나 거쳐야 하는 의무다. 음식 알레르기로 입대할 수 없는 너에게 남다른 기회일 수 있다. 집에서 출퇴근하는 자유를 2년이나 얻는 셈이다. 네 의지로 할 수 있는 일이 엄청나게 많다는 데서 하늘이 내린 선물이다. 공익근무 기간에 한 가지만 확실히 하면 된다. 네 인생과 운명을 좌우할 좋은 습관을 만드는 일이다.

공익근무를 마치면 서른이 가깝다. 내 집 마련, 연애, 결혼, 출산, 자녀교육에 자아실현까지 해야 할 일은 무수하다. 경주를 위한 준비는 서른 이전에 마쳐라. 어쩔 수 없는 일이 아니라면 미리해라. 평생 써먹을 게 무엇인지 착안하여 차근차근 준비해라. 세상은 준비된 자의 것이다. 기회가 왔을 때 단숨에 낚아챌 수 있도록 체력과 재능을 연마해라.

늠름하고 의연한 아들을 믿는다. 네가 하는 생각과 걸어갈 길이 바르다는 걸 믿어 의심치 않는다. 시련과 역경에 굴하지 않고 한번에 한 가지씩 해결하면서 꿋꿋하게 나아간다면 언젠가 목표에 도달하리라. 큰 성취를 이루리라.

멋진 외모와 향기로운 정신을 소유한 아들의 생일을 진심으로 축하한다. 사무엘 울만이 '청춘'에서 노래한 것처럼 경이로움을 향한 동경, 아이처럼 왕성한 탐구심, 인생에서 기쁨을 얻고자 하는 열망으로 언제까지나 청춘으로 살아가라. 사무엘 울만의 '청춘'을 읽고 마음에 간직해서 언제까지나 누리기를 바란다.

아내에게 쓰는 편지

청춘(Youth)

- 사무엘 울만(Samuel Ullman)

청춘이란 인생의 한 시절이 아니라
가슴속에서 타오르는 불꽃을 뜻하나니
붉은 입술이나 고운 뺨이 아니라
이상을 향한 뜨거운 열정을 뜻하나니

청춘이란 두려움보다 용기가 앞서고
안락함보다 모험을 선택하는 마음가짐이리니
때로는 스무 살 청년보다 예순 살 노인이 더 청춘이라네
나이가 든다고 늙는 것이 아니라
꿈과 열정이 사라질 때 늙어가리니

세월은 피부를 주름지게 하지만
꿈을 향한 열정을 꺾지는 못하리니
두려움과 걱정을 떨쳐내지 못하고
삶에 대한 확신을 잃어버리면 시들어가리라

예순이든 열여섯이든 가슴에는
아이와 같은 순수함과 정의를 향한 열망, 끝없는 호기심으로

삶의 경이로움을 찾아 떠나려는
두려움 없는 모험심을 품어야 하나니
희망과 용기, 아름다움이 울려 퍼지는 한
우리는 언제까지나 청춘이라네

그러나 용기가 사라지고
냉소와 회의가 마음을 덮어버린다면
그대가 스무 살이라도 늙은이가 된다네
이상을 간직하고
희망의 끈을 놓치지 않는다면
그대가 여든 살이라도 싱그러운 청춘이라네

2023. 9.

아내에게 쓰는 편지

큰딸 생일 축하 편지

세월 빠르다. 지난해 생일 축하 편지를 보낸 게 며칠 전 같은데 어느새 1년이 흘렀네. 추워지면 생각나는 딸 생일, 올해는 아직 본격적인 강추위가 오지 않아서인지 이른 감이 든다. 사랑하는 내 첫딸 생일 축하한다. 공교롭게도 딸 생일날 동기생 부부 동반 만찬이 있어서 함께하지 못하겠네. 그 전에 맛있는 거 많이 사 먹자.

1년간 무엇이 바뀌었을까? 아빠는 책 두 권을 냈어도 소득이 없는데 딸은 성과가 있었네. 우선 9급이지만 원하는 공무원 시험에 합격했으니 본격적인 사회생활을 눈앞에 두었고, 절대 따지 않겠다던 운전면허증을 땄으니 한 해 성과로는 충분하겠지. 언제 공무원 임용이 있을지 모르겠지만 차분히 미래를 상상하렴.

아빠는 딸이 굉장히 부럽다. 탁월하지 않은 지능으로 엄청난 노력에도 성과는 늘 보잘것없는데, 딸은 별다른 노력 없이도 시험 성적이 좋으니 말이야. 아빠가 네 위치였다면 아마 이미 판검사가 되었거나 행정고시를 통과했을 거야. 물론 판검사나 고위공무원이 더 나은 직업이라는 생각은 바뀌었지만 말이다.

고위직이나 많은 연봉은 남 보기에만 좋다. 다른 사람이 인정하니 체면은 서지. 타인보다 우월하고 싶은 허영이 인간의 본성이니 누구나 높은 지위와 많은 연봉을 바란다. 대가가 따르게 마련이다. 업무 강도가 다르고 실적을 내야 하는 스트레스를 받는다. 능력이 탁월하다면 별문제 없겠지만, 능력보다 높은 지위를 차지한다면 개인 시간을 갖기 어렵다. 평생 일에 파묻혀 살아갈 소지가 다분하지.

그렇다고 하급자가 마냥 편하기만 한 것은 아니다. 일은 단순하고 편하지만 어떤 상관을 만나는가에 따라 삶의 질이 달라지지. 멍청하면서 방관하는 상관이라면 편하지만, 발전이 없다. 지나치게 긴장이 이완되어 따분할지도 모른다. 편한 게 좋기만 한 것은 아냐.

똑똑하고 욕심이 많은 사람이라면 꼬치꼬치 따질 것이다. 보고서를 준비하는 시간이 길어지게 마련이고 피곤하다. 인간성이 부족하여 수시로 모욕하고 경멸하는 사람이라면 참기 힘들다. 직장이 곧 지옥이다. 직장인이 힘들다면 상관의 요구에 따르지 못하는 게 가장 큰 이유다. 힘들지만 크게 성장한다. 능력이 뛰어난 상관이 세심하게 가르친다면 이내 그 위치에 도달하지. 세상은 공평하다. 힘들면 얻는 게 있고 편하면 앞날에 도움이 안 된다.

무시하거나 말을 함부로 하는 상관을 만나면 견디기 어려울 것이다. 참아내야 한다. 그것이 직장인의 운명이지. 돈 버는 일은 쉽지 않아. 무능하면서 모욕하는 상관을 만나면 진급하고 싶은 욕망이 생길 게다. 그 사람을 뛰어넘는다면 사라질 문제니 말이야.

아내에게 쓰는 편지

그런데 진급이 쉽지 않다. 정해진 기간이 지나야 하고, 때가 되더라도 많은 동료와 치열하게 경쟁해야 해. 직장생활이 힘들어서 진급해야겠다는 생각이 든다면 아마도 진급보다는 7급 공무원 시험이나 행정고시를 치는 편이 빠를 거야.

　문제는 7급이나 5급이 된다고 해결되지 않는다는 거야. 다른 고수가 기다린다. 무능하고 모욕적인 상관은 단지 참으면 된다. 유능하고 모욕적인 상관을 만나야 진짜 지옥을 경험한다. 유능한 상관은 열심히 일한다고 해결되지 않는다. 정확한 해답을 제시해야 하지. 매일 반복되는 인격적인 모독에 절망할지도 모른다. 그 과정을 이겨내야 한다.

　나이 든 사람이 평온한 노후를 보낸다고 하여 마음마저 그런 건 아니다. 어쩌면 세찬 풍파에 찌들어 숨쉬기조차 힘들어할지도 모른다. 사람을 겉으로만 판단해서는 안 돼. 누구나 하는 일이라고 만만하게 보아서도 안 되지. 다른 사람이 하는 일은 풍경이기에 언제나 평화롭지만, 막상 자신에게 닥치면 무시무시한 현실이다. 그걸 거부해서는 안 된다. 너에게만 오는 게 아니라 누구에게나 주어지는 상황이다.

　딸은 재능이 탁월하기에 일이 어렵지 않을지도 모른다. 네가 어렵지 않은 일이라고 하여 다른 사람도 그러리라고 생각해서는 안 돼. 타인의 마음을 이해하고 공감하는 것, 어쩌면 그게 인간 제일의 덕목일지도 몰라. 직접 경험하지 않으면 쉽지 않은 일이지. 그래서 독서를 하는 거다. 경험으로 알 수 없는 걸 간접 경험으로 깨닫기 위해서지.

아마 네 재능이라면 아무 문제가 없을 거야. 아빠가 30년 이상 군 생활하면서 느낀 걸 말했다. 딸에게도 비슷한 문제가 생기리라는 기우 때문이야. 아빠 염려가 기우(杞憂)로 끝나기를 바라. 중국 춘추시대 기(杞) 나라에 살던 사람의 쓸데없는 걱정을 기우라고 한다. 아빠의 걱정이 터무니없도록 직장생활을 잘하기 바란다.

운동과 독서는 꾸준히 해라. 분노와 스트레스에 시달릴 때는 운동이 좋고, 무미건조하고 따분할 때는 독서가 유용하다. 이래저래 운동과 독서는 사람이 살아있는 한 멈춰서는 안 돼. 새해는 딸에게 진짜 새해가 되겠네. 초등학교나 대학교에 처음 들어갈 때처럼 사회 초년병의 마음은 새로울 테다. 무엇인지 몰라도 그 초심을 잘 유지하길 바란다.

사랑하는 딸, 생일 미리 축하하고 새해에도 파이팅!!!

2022. 12.

아내에게 쓰는 편지

2023

아내 생일 축하 편지

4월의 신부였던 당신

4월의 신부였던 당신이 어느새 내일모레면 환갑이오. 세월은 유수와 같다더니 정말 부지런한 듯하오. 알지 못하는 사이에 휙휙 지나가 버리니 말이오. 답답하고 안타까운 일도 있었지만, 보람과 기쁨이 더 컸던 지난 세월인 듯하오.

중령 진급에 실패하고 초등학교 다니던 세 아이 미래를 걱정하던 때가 엊그제 같은데, 다 자란 아이들을 볼 때마다 듬직하고 당신의 노고가 보이는구려. 심신이 만신창이가 된 탓에 아이들 성인이 되는 스무 살까지 살 자신이 없어서 잠 못 이루고 뒤척이던 생각을 하면, 지금 불편 없이 사는 데 대하여 너무나 감사하고, 그럭저럭 성공한 삶이 아니었나 생각하오. 모든 공은 당신에게 있으리다.

전업주부라는 핑계로 모든 가정일을 당신에게 맡겼소. 복잡다단한 부모 형제 일이며, 세 아이의 뒷바라지까지 완벽했소. 덕분에 여러모로 부족한데도 별 탈 없이 부대 일을 수행할 수 있었소.

은혼식이라는 결혼 25주년 되던 해에 하필이면 발목 부상으로 여행도 못 했는데 금혼식이라는 50주년에 세상에서 제일 아름다운 장소에서 멋진 시간을 보냅시다. 이루지 못하더라도 꿈꾸는 동안 행복하다니 최대한 거창하고 화려한 꿈이 좋지 않겠소? 풍족하지 못한 생활이나 아이들이 독립한 뒤에는 조금 여유가 생길지도 모르겠소. 꿈꾸던 해외여행은 못 하지만, 주 한두 번 당신과 함께 한국의 명산을 찾는 생활이 행복하기만 하오.

간혹 불쑥불쑥 찾아오는 집착이 마음을 괴롭힐 때도 있지만 아직도 나와 세 아이 뒷바라지에 허덕이는 당신 모습을 보면서 마음을 다독이곤 하오. 부족한 재화와 공명심이 가끔 세상 속으로 돌아올 것을 유혹하지만, 처음 결심대로 살아갈 작정이오. 책과 여행으로 세상을 탐구하고, 살아온 흔적을 글로 쓰면서 말이오.

유명 작가를 꿈꾸었으나 늘 그랬듯이 망상이오. 하지만 소득이나 명예에 도움이 되지 않더라도 죽을 때까지 해볼 참이오. 결과가 중요하나, 과정 또한 소중한 삶의 일부분이니 말이오. 세상을 감동하게 하는 글은 아니더라도 먼 훗날 자식이나 손주에게 교훈을 줄 수 있다면 더할 나위 없이 행복하리다. 설령 저세상에서라도 말이오.

나와 아이들을 위해서 헌신하고 내 주변 사람에게 좋은 모습을 보여준 데 감사하오. 세상을 향해 거칠게 달려들던 나를 이 정도라도 순화시킨 건 당신 공이오. 감사하고 또 감사하오. 나도 당신이 사랑하거나 당신을 사랑하는 사람들에게 잘 보이도록, 당신이 빛나도록 노력하리다. 당신의 행복이 내 행복이듯이 당신의 명예와 영광은 내 것이기도 할 테니 말이오.

검은 머리가 이미 파 뿌리가 되었지만 이제 백세 시대가 박두하였으니 앞으로 오십 년 이상 등산하며 삽시다. 대한민국이 세상에서 가장 아름다운 나라라는 걸 증명할 수는 없으나 가장 등산하기 좋은 나라인 것은 사실이오. 두세 시간 이내에 당일 코스 명산이 수백 개씩 널려 있는 나라는 우리나라뿐이오. 큰 투자 없이 마음껏 누릴 수 있는 금수강산에서 사는 행운을 실컷 누려야 하지 않겠소?

아마 우리 부부처럼 최대한 금수강산을 즐기고 활용하는 사람은 없으리다. 일 년에 백 번 등산하는 사람이 몇이나 되겠소? 십 킬로미터 이십 킬로미터 등산할 수 있는 당신 체력이 고맙고도 감사하오. 건강한 몸과 건전한 정신이 우리의 가장 큰 자산이오. 부족한 재화나 명성을 우리의 몸과 정신으로 보상하며 삽시다.

4월 15일 결혼기념일 축하해요! 고흥 천등산이나 남해 망운산 철쭉꽃밭 속에서 오찬을 즐기려고 했으나 전국에 비가 내린다니 모처럼 아이들과 함께 맛있는 외식을 즐깁시다. 마음이 따뜻한 당신을 사랑하오. 오늘도 행복한 하루~

아내를 위하여

그래요. 세상은 쉽지 않아요. 누가 쉽다고 했나요? 엄마는 나를 버렸어요. 아니 버린 건 아니지요. 애 못 낳는 이모를 위해서 희생하였지요. 그건 몰라요. 어른들 이야기는 이해하기 어려우니까요.

이모 엄마는 너무 힘들었어요. 세상에서 가장 완벽한 사람을 만들려고 했지요. 저는 완벽한 사람이 아니걸랑요. 그러니 힘들 수밖에요. 이모 엄마를 이길 수 없었걸랑요. 저는 너무 슬펐어요. 레이스 달린 옷도 맛있는 과자도 행복하지 않았어요.

이모 엄마는 저를 자랑스러워했어요. 집 앞 길거리에서 머리를 빗겼지요. 저는 세상에서 가장 예쁘지도 가장 뛰어나지도 않아요. 내세울 게 없는데도 이모 엄마는 뭇사람이 지나치는 거리에서 자랑하듯 저를 내세웠어요. 이유를 몰랐어요. 그냥 이모 엄마가 너무 밉고 싫었지요. 아니 이모 엄마가 시키는 행위가 싫었어요. 그래도 어쩔 수 없었어요. 이모 엄마를 이기기에는 제가 너무 어렸으니까요.

그러다가 집으로 돌아왔어요. 갈 때 몰랐듯이 올 때도 까닭을 몰랐어요. 어른들은 늘 알 수 없는 행동을 해요. 아이에게 생각을 묻는 법이 없어요. 자기 뜻대로 하면서 마음에 들지 않으면 화를 내고 마음에 들면 괜히 혼자 좋아하지요.

엄마는 괴로웠나 봐요. 이모 엄마가 자식이 많으니 한 명 달라고 해서 줬을 뿐인데 막상 주고 나니 괴로웠던가 보죠. 돌아온 나는 변한 게 없는데 특별 취급을 받았겠죠? 오빠 언니 동생 아무도 못 누리는 호사를 누렸대요. 저는 어려서 몰랐어요. 커서 들어보니 오빠 언니 동생이 자랄 때 너무 슬펐대요. 엄마가 나만 특별대접해서요.

엄마는 버린 건 아니지만 이모 엄마에게 주었던 것만으로도 참을 수 없었나 봐요. 알 수 없는 사연으로 엄마가 두 차례나 바뀌었고 다른 사람보다 훨씬 호의호식했다나 봐요. 나는 전혀 몰랐지만, 형제는 저를 부러워했다나요?

이모 엄마의 온갖 정성에도 인형이나 로봇 같은 느낌에 싫었어요. 그래서 저는 이모 엄마를 미워했어요. 세상에서 저를 가장 사랑한 이모 엄마한테 단 한 번도 사랑한다는 말을 하지 않았고 죽었을 때 찾아가지도 않았어요. 저는 정말 이모 엄마가 미웠으니까요.

돌아보니 마음 아파요. 어른이 되어 애를 키워보니 잠시 자식을 이모에게 맡겼던 엄마 마음이나 자식같이 키운 이모 엄마 마음을 알 것 같아서요. 이미 세월은 지나갔어요. 엄마의 저를 향한 지극 정성을 모르고 자랐지요. 형제가 느낀 걸 제가 알 수는 없잖아요?

공부는 늘 수위를 다투었지만, 대학 간다는 생각은 안 했어요. 두 오빠도 두 언니도 가지 않았으니까요. 군대를 꿈꾸지도 않았고 꿈꿀 이유도 없었지만, 우연히 여군 모집 광고에 솔깃했겠지요? 왜 그런지는 몰라요. 우연이거나 운명이겠지요. 고등학교 졸업하

　　　　　　　　　　　아내에게 쓰는 편지

고 대학에 가지 않고 여군에 합격했어요. 딸이 다섯이나 되었지만, 엄마는 울고불고 난리였지요. 버릴 뻔하다가… 실제론 버린 게 아니지만… 다시 데려다가 온갖 정성으로 키웠는데, 남부럽지 않은 사람에게 시집가는 게 아니라 여자가 군에 가다니요.

그러거나 말거나 슬퍼하는 엄마를 아랑곳하지 않고 군에 갔어요. 겁이 없었지요. 하사로 내무생활하면서 비로소 엄마 말 듣지 않은 걸 후회했어요. 세상은 좁지 않아요. 사람은 너무 다양하지요. 경험한 사람은 부모 형제 교사 친구가 전부지만, 그들이 다는 아니어요. 모질고 독한 사람이 숱하지만 경험한 사람이 전부가 아니에요. 더 센 사람이 있게 마련이지요.

저는 누구한테 아부하는 사람이 아니에요. 머리도 남 못지않게 똑똑하고 남자보다 주먹은 약해도 자존심은 뒤지지 않아요. 아무것도 뛰어나지 않은 한 기수 위 선배 횡포에는 견딜 수 없더라고요.

원래 상냥하지 않았으나 살기 위해서 상냥해졌어요. 이런 걸 운명이라고 하나요? 아니면 우연일까요? 선배나 제 의도가 아니었음에도 저는 상냥해졌어요. 비로소 여자다운 여자가 되었다고 할까요?

우습지만 세상은 좋은 게 좋은 게 아니에요. 장애물을 넘을 때 비로소 성장하지요. 착하지도 상냥하지도 않은 제가 착하고 상냥해졌잖아요? 왜요? 한 기수 선배 언니에게 흠 잡혀서 구박받지 않으려고요. 다른 선배가 그랬어요. 네가 참아야 한다고요. 참고 참으면서 피나는 연습을 했겠지요. 거울 보면서 늘 다짐했어요. 웃자. 웃어야 산다. 하하하, 호호호!

그 선배가 아니었으면 사람들이 저를 좋아하지 않았을 거예요. 독한 선배 덕분에 제가 착해진 거예요. 그 언니는 좋은 사람일까요, 나쁜 사람일까요? 당시에는 나쁜 사람이었는지 몰라도 저를 좋은 사람으로 변화시켰기에 좋은 사람 같아요.

나라를 지키기 위한 사명감으로 군인 된 것도 아니기에 때가 되어서 전역했는데 군을 벗어날 운명이 아니었나 봐요. 육군본부에서 군무원으로 일했어요. 결혼할 생각이 없었고 남자한테 관심도 없었지요. 뭐 가끔 며느리 삼겠다는 선생님도 있었고, 쫓아다니는 촌놈도 있었지만 제 눈에 찰 리가 있나요? 왕이든 왕자든 제 눈에 안경이잖아요? 저는 안경을 안 썼거든요. 그래서 제 눈에 맞는 사람이 없었어요.

어느 날 부사관 선배 언니가 닦달하는 거예요. 훌륭한 사람이라나 착한 사람이라나 하면서요. 친한 언니가 사정해서 소개를 받았어요. 그저 그런 사람이었는데, 뭐 특별히 나쁜 사람 같지는 않더라고요. 그 사람도 특별히 내게 관심 있는 기미가 없었고, 나는 더더욱 그랬죠.

언니가 난리예요. 두 번이나 세 번은 만나봐야 한다나요? 남자가 만나자는 말도 안 하는데 먼저 말할 수 있나요? 답답했어요. 2주일이나 지나서 만나자는 연락이 왔어요. 마음에 들지도 않는 놈이 2주나 지나서 만나자는 게 괘씸해서 딱 거절하고 싶었지만,

사무실에 와서 늘어붙다시피 하는 언니 체면 생각해서 만나 주었지요.

하하 참 기가 차서… 결혼하자는 거예요. 아니 그가 저를 알아요? 저는 그 사람을 전혀 모르고 관심도 없어요. 그런데 뻔뻔스럽게도 두 번째 만남에서 결혼하자는 거예요. 기가 차서 퉁명스럽게 쏘아붙였지요.

"저 알아요? 아무에게나 결혼하자고 하나요?"

자신감이라기보다는 오만해 보였지만, 말이나 태도를 봐서는 순수해 보이기는 했어요. 순수라는 게 다른 말로는 모자라는 거지만요. 결혼한다는 생각으로 만나지 않았음에도 차츰 만나는 횟수가 늘었어요. 어처구니없던 사람이 괜찮은 사람으로 보이는 거예요. 바야흐로 눈에 콩깍지가 씌는 시점이 온 거지요. 그래서 불과 몇 달 만에 넘어갔어요.

그 사람이야 자기 능력으로 유혹한 것으로 치부하겠지만, 어쩌면 제가 외로웠는지도 몰라요. 당시만 해도 스물여덟은 노처녀였으니까요. 남자에 관심 없어도 남자 없이 평생 살리라고 다짐한 건 아니었어요. 불행하게도 처음 마음을 연 남자와 결혼했어요. 불행하단 말은 그 사람이 나쁘다는 게 아니라, 다른 사람을 알 기회가 없었다는 점에서예요. 혹시 알아요? 많은 사람을 사귀었다면 진짜 킹카를 만났을지요.

공군 대위 조자룡이 겉으로는 그럴듯했어요. 집안이 찢어지게 가난하다는 말은 본인이 했고요. 형제가 많다는 것도 알았어요. 세상이 넓다지만, 그렇게 다양하고 복잡한 일로 집안이 시끄러운 줄은 몰랐어요.

남자의 군대 이야기와 여자의 시댁 이야기는 끝이 없다지요. 정말 끝이 없을 정도로 할 말이 많아요. 애 셋을 낳을 때까지만 해도 잘 몰랐어요. 우리 살기에 바빠서 그랬을지도 몰라요. 큰 아주버니와 큰 동서, 작은 아주버니가 내 삶을 뒤흔드는 거예요. 우리 아빠나 엄마도 그런 적이 없는데 말이에요. 애 아빠는 마치 구국의 영웅이라도 되는 듯 부대 일에 미쳐 있고요. 부모 형제 일을 상의하면 큰소리쳐요.

"나는 바깥일을 책임질 테니 가정은 전업주부인 당신이 책임지소."

자기 부모 형제 일인데 나더러 책임지라니 그게 말이 되나요? 그래도 전업주부니, 돈 안 버는 가정주부니 웬만하면 내가 처리하자, 나도 한때는 영재 소리 들었는데 가정일 정도야 해결 못 하겠는가? 몇 번 경험하니 요령이 생기더라고요. 과대망상자였던 남편이 한 말이 기억나요.

"나는 가정을 책임질 수 없소. 내 사명은 조국을 위하여 열심히

아내에게 쓰는 편지

일하다가 장렬하게 산화하는 거요. 그 뒤에는 당신이 가족을 책임져야 하오."

　군인은 원래 나라를 위해 죽는 게 맞잖아요. 당연한 말을 하니까 뭐 그러려니 했지요. 당장 죽는 것도 아니고, 언젠가 죽어야 하는 사람이 제때 적당한 장소에서 죽는다잖아요?
　그게 다가 아니에요. 사관학교 나온 사람도 아니고, 보기에 재능이 탁월한 것도 아닌데, 장군 대통령을 입에 달고 살아요. 그냥 농담인 줄 알았어요. 물론 장군도 대통령도 보통 사람이지만, 내 남편이 그러리라고는 믿어지지 않잖아요? 그저 농담이려니 생각했고, 설사 농담이 아니더라도 언젠가 제정신을 찾으리라 생각하고 대꾸조차 하지 않았지요.
　육군 하사 출신인 저는 군인이 진급하기 어렵다는 사실을 잘 알아요. 육군은 중령은커녕 소령 진급 못 하는 사람이 태반이거든요. 공군은 웬일인지 그 어려운 소령 진급을 제때 하더라고요. 쉽게 이해할 수 없었지만, 남편 진급은 좋은 일이잖아요? 당장 새로운 직업을 구하지 않아도 되고 무엇보다도 소령은 연금 받을 때까지 근무할 수 있으니까요. 남편의 명예가 중요하지만, 저는 세 아이 생계가 중요하잖아요?
　사실 중령 진급은 바라지도 않았어요. 조자룡이라는 사람이 눈에 띄게 훌륭한 사람으로 보이지도 않았고, 사관학교 출신이 아닌 사람이 진급하는 건 쉬운 일이 아니걸랑요. 이 사람이 진급에 목숨을 매는 거예요. 의아했지요. 사람은 누울 자리를 보고 다리를 뻗어야 한다잖아요. 그러지 말라 해도 막무가내인 거예요. 중령 진급도 1차에 하지 못하면 어떻게 장군 대통령 되느냐면서요.

열심히 산다는 데 만류할 수는 없었지만 안타까웠어요. 그렇게 열심히 살지 않아도 살아가는 데 문제없는데요. 부부는 일심동체라는 말이 있지만, 그 말을 믿지 않았어요. 그런데 그렇게 되더라고요. 세 아이를 위해서는 애 아빠가 출세하는 게 좋았고, 가장이 가정의 버팀목이 되어야 하잖아요?

열심히 도왔지만, 주변 사람 말대로 중령 1차 진급에는 실패했어요. 비 사관 출신은 1차는 무조건 그냥 통과래요. 나는 괜찮았어요. 그런데 남편이 문제에요. 정말 걱정이 되더라고요. 잠자기 전에 불면을 핑계로 매일 소주 한 병을 마셨어요. 아침마다 설사까지 했지요. 남편을 하늘같이 떠받들지는 않았어도 늙어서 저보다는 오래 살기를 바랐어요. 나와 아이를 위해서요. 무성하던 머리카락은 다 빠지고 나이 마흔에 백발로 바뀌더라고요. 그러면서 하는 말이 더 가관이겠지요.

"애들 성인 되려면 십 년은 버텨야 하는데 큰일이네. 내가 먼저 가면 당신 혼자 애 셋을 어떻게 데리고 사누?"
"걱정이 팔자네요. 우리 걱정하지 말고 당신이나 잘사세요."

말은 그랬어도 걱정되었어요. 남자가 집에 있는 것과 없는 건 천

아내에게 쓰는 편지

지 차이예요. 남자의 가장 큰 임무가 경제라고 해도 그 외에도 성가신 일은 부지기수지요. 남자 없는 집 여자가 힘든 건 다 알잖아요? 온갖 놈팡이가 집적대잖아요? 정말로 남편이 갑자기 죽기라도 하면 큰일이잖아요?

매일 회식에 잠자기 전 혼술이 마음에 들지 않았지만, 아침마다 해장국 끓여 줬어요. 절반은 남편을 위해서였고 절반은 아이와 나를 위해서였지요. 이 사람이 타고난 재능은 탁월하지 않아도 끈기는 좀 있거든요. 당장 죽지만 않는다면 누구 못지않게 성실하게 살 사람이에요. 내 근심과 조바심이 효과를 봤는지 금방 죽지는 않더라고요.

1년 뒤에는 크게 기대하지 않던 중령 진급까지 하는 거예요. 이제 살았다 싶었지요. 정말 그 후로는 아침마다 하던 설사가 멈췄어요. 저는 종교 신자가 아니에요. 그래도 믿는 건 있지요. 세상만사 일체유심조예요. 모든 게 마음먹기 나름이지요. 2년 동안 하루도 빠지지 않고 하던 설사가 멈춘 이유가 무엇일까요? 위나 대장의 문제는 아니라고 봐요. 마음이 안정되지 않으니 몸이 제 역할을 하지 못한 게 아닐까요?

남편은 몰랐어도 제 고민은 또 있었어요. 남편이 대대장 하면서 골프를 배웠는데 부대 골프장을 이용해도 돈 드는 게 장난이 아니거든요. 부대 관리만 잘해서 진급하는 게 아니고 세상만사 사람 탓이잖아요. 나중 일은 어떻든 남편 돈 걱정하지 않도록 뒷바라지했어요. 꽤 돈이 들었지요. 나중에 남편이 빚진 걸 알고 소스라치게 놀랐지만, 여러 선배 아주머니가 그러더라고요.

"돈 몇 푼이 중요한 게 아니다. 남편이 살고 봐야 하지 않느냐?"

대대장 3년에 빚이 천만 원이에요. 누구한테 뇌물 주지 않았는데도요. 그래도 결과가 좋았으니 얼마나 좋아요. 빚은 빚대로 지고 진급은 못 할 수도 있거든요. 아니 그럴 확률이 훨씬 높았지요. 고생 끝 행복 시작이었어요. 아니 그런 줄 알았지요. 지난 3년이 즐거운 일이 많았어도 너무 힘들었걸랑요.

세상은 미로에요. 장애물 몇 개를 넘는다고 문제가 사라지지 않아요. 어쩌면 이제까지 삶보다 더한 난관이 있을지도 몰라요. 그때는 몰랐지요. 남편은 진급한 뒤 등산을 시작해서 몸도 마음도 회복했어요. 오랜만에 보는 여유와 행복이었지요. 그 시간은 얼마가지 않았어요. 새로운 고난이 시작되었지요. 그러니 붓다가 말했다잖아요. 인생은 고해라고, 삶은 고통의 연속이라고.

시부모가 거의 동시에 쓰러졌어요. 남편이 셋째 아들이니 책임져야 할 위치는 아니어요. 믿을 만해서 선택한 남편이었던 죄로 모든 걸 떠안아야 했어요. 조자룡은 결혼 전 판단대로 탁월한 재능도 모든 사람을 아우르는 인덕도 없었지만, 딴짓하지 않고 성실하기는 했어요. 문제는 남편 형제 중 그만한 사람도 없다는 거였지요.

큰아주버님은 이혼하였고, 둘째 아주버님은 다문화가정이었으며, 늦게 장가든 바로 밑 남동생은 자식 없는 두 사람 살림에도 황망하였고, 하나뿐인 올케도 가족 건사에 바빴으며, 젊은 막내도 이혼한 상태였어요. 저는 시부모를 흔쾌히 모시고 싶지는 않았어요. 어쩔 수 없었지요. 어떻게 해요? 쓰러진 시부모를 모실 사람이 없다는데….

비행단 관사에서 일곱 식구 살림이 시작되었어요. 남편은 예전대로 새벽에 출근하고, 애 셋은 일어나기 무섭게 학교에 가는 건 똑같았어요. 나만 생활이 바뀌었지요. 몸이 부자유스럽고 치매기가 있는 시부모 모시는 일은 생각보다 힘들었어요. 책에서 보고 드라마에서 이런저런 사정을 봐서 알았지만, 막상 현실에서 맞닥뜨리니까 전혀 다르더라고요.

처녀 때는 비쩍 말라서 살찌는 게 소원이던 때도 있었어요. 남편은 날씬한 제가 좋았다지만, 저는 바람에도 흔들리는 제 몸이 너무 싫었거든요. 시부모 모시고 집안에 틀어박히니 무섭게 살이 찌더라고요. 세상에 슈퍼모델보다 더 날씬하던 제가 살찔 줄은 꿈에도 몰랐어요. 애가 셋이나 되고 나이도 사십 대니 아줌마가 맞지만, 진짜 아줌마가 되는 데는 긴 시간이 걸리지 않더라고요. 온 세상을 점령할 듯 부대 일만 열심히 하는 남편은 그런 사실도 몰랐지요.

애 셋 중고등학교 뒷바라지하며 시부모 모시는 일만 해도 몸이 열 개라도 모자란 판에 위아래 시아주버니는 교대로 일을 만드는 거예요. 대령 진급에 실패한 남편이 홀로 떨어져 타 기지를 전전하는 마당에요. 너무 슬펐어요. 일이 힘들어서가 아니라 아무도 알아주지 않는 상황에서 혼자 힘든 게 서러웠지요.

　남편이 알 거 같아요? 몰라요. 혼자 살면서도 술 마시면 횡설수설 불평불만을 토로했으니까요. 물론 혼자 살면서 힘든 점도 있었겠지요. 혼자 의식주 해결하며 하는 생활이 외로웠겠지요. 그런데 혼자 산다면 얼마나 좋을까요? 남편은 혼자 사는 게 외롭다고 하소연인데 저는 다섯 식구 뒤치다꺼리하는 터에 남편 넋두리에 기가 막히는 거예요.

　그래도 어쩌겠어요? 내가 선택한 남편이고 시댁이고 낳은 자식인데 어떻게든 책임져야 하잖아요? 불행 중 다행히도 애 셋은 머리가 좋았어요. 공부를 잘했지요. 모든 천재가 그렇듯이 노력은 덜 했지만요. 그래도 명문대학에 진학했으니 체면은 섰지요. 체면은 중요하지 않지만, 자식 공부 잘하는 걸 자랑하는 사람은 그 재미로 살잖아요? 그렇지 못한 사람은 듣느라 고통이고요.

　남편이 지나치게 보호하는 건 좋지 않다고 하였지만, 나는 내 애가 비참한 처지에 빠지는 게 싫었어요. 선생한테 혼나는 것도, 친구에게 기죽는 것도 싫었거든요. 전업주부가 할 일이 뭐 있나요? 일이란 아무리 해도 끝이 없지만 가장 중요한 게 양육이잖아요? 시부모와 남편이 중요했어도 애는 더 중요했어요. 과잉보호해서라도 잘 키우고 싶었어요. 엄마 마음을 알아서인지 모두가 원하는 명문대학에 진학하였지요.

　모시던 시부모는 요양병원에 가고 애는 모두 대학 간 상황에서 남편과 둘만의 살림은 편안하고 행복했어요. 남편 출근하면 심심하냐고요? 천만에요. 혼자서 TV 드라마 보며 커피 마시는 시간이 얼마나 좋은데요. 저는 여럿보다 혼자가 좋아요. 결혼 뒤 혼자 살 기회가 없어서일지도 몰라요. 늘 남편이 맘에 드는 건 아니지만 그래도 하나뿐이잖아요? 다섯 명, 일곱 명 사는 것보다는 훨씬 좋지 않겠어요? 가끔 외로울지도 몰라요. 당장 외롭지 않아도 하나뿐인 남편이 장거리 출타할 수도 있잖아요?

기우였어요. 애들이 돌아왔어요. 취직 준비차 큰딸이 돌아오고, 아토피로 군에 가지 못한 아들은 공익근무 한다면서 돌아왔지요. 둘만의 평화는 깨졌어요, 남편 정년퇴직 후 불과 2년이 되지 않아 대가족으로 복귀했지요.

대학을 마치고 돌아온 애는 애가 아니에요. 몸만 성인인 게 아니고 정신도 어른 대접 받길 원해요. 먹는 것이나 빨래나 청소 따위 남편과 둘만 살 때와는 비교할 수 없을 정도로 많아졌어요. 이러니 인생이 고해라나 봐요. 남편은 자랄 때 어울릴 시간이 없던 터라 때늦은 동거가 오히려 다행이라네요. 서로 알게 될 시간이라면서요. 그 사람 처지에서는 옳은 말인지도 몰라요. 워낙 솔직한 사람이니 거짓말은 아니겠지요.

사람은 운명이란 게 있는지도 몰라요. 원하지 않아도 일이 따라다니는 사람이 있는 거 같아요. 저는 일이 싫어요. 뭐 일 좋아하는 사람이 있겠어요? 그렇지만 일없이 지낸 적은 없는 거 같아요. 초등학교 다닐 때부터 남편이 전역한 현재까지도요.

남편은 현역 시절 한때 엄격한 상관 때문에 고생했어요. 아이가 중고등학교에 다니지 않았다면 어쩌면 조기 전역했을 거예요. 목구멍이 포도청이란 점과 남편의 단 한 가지 자랑인 끈기와 성실 때문에 버텼겠지요. 그때 얘기했어요.

　"전역 후에는 어떤 일도 하지 않는다. 하고 싶어서 하는 일 외에는."

　그러라고 했어요. 당장 죽겠다는데… 하루를 버티기 힘들다는데 뭐라 그러겠어요? 시간이 지나면 생각이 바뀌겠지요. 노는 게 쉬운 일이 아니잖아요? 누군들 일하고 싶어서 죽을 때까지 일하겠어요? 살다 보면 해야 하니까 하는 거지요. 다다익선(多多益善)이 진리가 아니고 탐욕이라는 말, 과유불급(過猶不及)이 유일한 진리라는 말은 들어서 알아요. 그래도 돈은 늘 부족하잖아요. 미리 벌어서 쌓아둘 수 있다면 최선이겠지요. 보통 사람 대부분 그렇게 살잖아요?
　남편은 고집이 센 사람입니다. 대체로 옳은 결정을 내리기는 하지만, 때로 억지스러운 일도 일단 결심하면 잘 흔들리지 않아요. 늘 텃밭과 프리랜서 작가를 입에 달고 살았어요. 텃밭이라면 늙어서 심심풀이로 괜찮은 일이지요. 프리랜서 작가는 쉬운 일이 아니에요. 글 쓰는 일 자체가 쉽지 않은 데다 쓴 글로 책을 내어 생계를 유지한다는 건 우스운 일이지요.

　　　　　　　　　　　　　　　아내에게 쓰는 편지

남편이 젊어서 입만 떼면 꿈이라고 주장하던 탁월한 장군이나 위대한 지도자가 되겠다는 말과 큰 차이가 없어요. 그때처럼 그저 그러려니 했지요. 설마 진짜로 글을 써서 책을 낼 줄은 몰랐어요. 처음 한두 번 하고 나면 보통 사람으로 살아갈 줄 알았지요. 잘못 판단한 거예요. 남편은 진짜로 비범한 사람이 아니에요. 아무리 봐도 평범해 보이는데 늘 특별하다고 주장하는 거예요.

범상하든 비범하든 사람은 모두 독특해요. 아무리 평범한 사람도 본인 만의 색깔이 있게 마련이지요. 내 남편은 꿈속을 거니는 게 특기예요. 좋은 말로는 이상을 꿈꾸는 사람이지만, 비 현실주의자, 현실 부적응자일 수도 있어요. 한마디로 몽상가지요. 무지몽매는 아니더라도 황당무계하다고 할까요?

벌써 여덟 권째 수필집을 냈어요. 당연히 투자비 회수는 꿈도 꾸지 못해요. 글이 늘기는 한 거 같아요. 잠자고 운동하는 시간 외에는 늘 읽고 쓰거든요. 늘 천재는 둔재를 감당하지 못한다면서요. 어쩌면 그 말이 맞는지도 몰라요. 사실 나는 늘 성적에서 수위를 다투었어도 단 한 번도 열심히 공부한 적은 없거든요.

공부 열심히 하지 않는 내 아이들을 탓했지만, 속으로 피는 속일 수 없다는 생각을 한 적이 한두 번이 아니에요. 제가 자랄 때 딱 그랬거든요. 남편과는 정반대의 삶을 살았다고 할까요? 스스로 둔재라고 평가하면서도 위대한 인물을 꿈꾸는 남편과 스스로 천재인 걸 알면서 거창한 꿈을 꾸기보다는 늘 현실에 안주하는 저와의 차이예요.

아이가 공부를 열심히 하고 끝까지 노력하면 공무원으로 치면 5급이나 3급 정도 되겠지요. 대충 적당히 산다면 6급이나 7급에 만족하겠지만요. 주변 사람에 대한 체면에서 차이가 나겠지만, 그것으로 성공과 실패를 가름할 수는 없잖아요? 그러면서 한편으로는 아이에게 열심히 하라고 닦달하는 걸 보면 저는 그냥 보통 여자, 평범한 엄마인가 봅니다.

남편의 연금이 적지 않지만, 돈이란 게 아무리 많아도 늘 부족하잖아요. 많은 돈을 벌어온다면 저나 아이에게는 좋겠지요. 차마 하고 싶다는 프리랜서 작가 집어치우고 돈 벌어오라는 말은 못하겠더라고요. 사실 남편이 대령 장군이 못 된 건 노력이 부족해서가 아니에요. 항상 노력했어요. 내가 보기에 지나치게요. 탁월한 장군이나 위대한 지도자는 아는 게 많아야 한다면서 먹고 자고 일하는 시간 외에는 책 속에 파묻혀 살았고요.

학교 다닐 때 일이 아니에요. 결혼하고 지금까지 죽 그래요. 늘 출근하거나 잠자거나 외출할 때가 아니면 TV나 컴퓨터 앞이 아니라 책을 들고 있지요. 천재는 둔재를 절대 이길 수 없어요. 천재는 남보다 지능이 뛰어나기도 하지만 상황 판단도 빠르잖아요? 해서 될 일과 불가능한 일을 너무 쉽게 구분하잖아요? 천재는 불가능한 일은 아예 시도 자체를 하지 않아요. 아까운 인생을 낭비할 필요가 있나요? 그러니 꿈속에서 벗어나 늘 현실에 있겠지만요.

그런데 둔재는 머리만 나쁜 게 아니에요. 판단도 느리고 제대로 하지 못하지요. 불가능한 길도 미리 포기하지 않고 끝까지 가서 확인해요. 가다 보면 새로운 길이 보일 수도 있어요. 천재가 둔재를 이길 수 없는 것은 그래서예요. 가보지 않은 길은 상상으로 알 수 없거든요.

지금은 어쩌면 남편 말이 옳을지도 모른다고 생각해요. 하여튼 가보는 거죠. 가다가 길이 없으면 멈추거나 돌아오고요. 그래서 굶주릴 정도는 아니기에 남편을 만류하지 않아요. 저는 잘 알아요. 남편이 작가로 유명해질 일은 절대로 없다는걸요. 유명하지 않으면 어때요? 사람이 전부 성공하고 모두 유명해지는 건 아니잖아요?

남편이 쓴 글에 감동하지는 않더라도 크게 틀린 말은 아니더라고요. 남편은 글쓰기가 스스로 하는 명상이나 수양이라고 해요. 글쓰기는 그 자체로 반성이나 성찰이라나요? 그럴 거 같아요. 똑똑한 사람은 상상만으로 생각을 깔끔하게 정리하지만, 아둔한 사람은 어렵잖아요? 정리가 안 되는 사람은 글로 써야지요.

프리랜서 작가가 소득에는 도움이 되지 않지만 좋은 점은 있어요. 시간이 충분하다는 점이지요. 돈이 부족하기에 해외여행은 할 수 없지만, 좋은 날을 택하여 가까운 명산에는 갈 수 있어요. 우리 부부 장점은 딱 둘이에요. 건전한 정신과 건강한 몸이지요. 십 킬로미터 이십 킬로미터 걷는 일은 끄떡없어요. 부부는 닮는다잖아요? 정말 그런 거 같아요.

그렇게 자주 산에 가지만 산 위에서 먹는 도시락 맛이 최고거든요. 산은 배신하지 않아요. 늘 그 자리에 있으면서 반겨주지요. 계절마다 혹은 같은 계절에 가도 느낌이 다 달라요. 마치 새로운 사람을 만나는 기분이지요. 그래서 산을 좋아한답니다. 산을 좋아하는 사람을 좋아해요.

그래서 유유상종이니 부부는 일심동체니 하는 말이 있나 봐요. 우리가 서로 믿는 건 사람이 좋아서가 아니라 어쩌면 산을 좋아하는 사람을 믿는 것인지도 몰라요. 닭이 먼저든 달걀이 먼저든 상관없어요. 부부가 같은 방향을 보고 가는 게 좋잖아요? 나는 산을 좋아하는데 남편이 낚시를 좋아하면 어떻겠어요? 비용이 두 배로 들 뿐만 아니라 공감하기 어려울 거예요.

천만다행이라고 생각해요. 살아보니 느끼는 건데 좋은 배우자 조건은 직업과 재산이 아니라 같은 종교와 비슷한 취미라고 생각해요. 자식에게 늘 하는 말이지요. 사랑하면 종교를 바꿔서라도 따라올 거 같지요? 그게 가능한가요? 아마 그렇다면 역사에 종교 전쟁은 없었을 거예요. 사람의 신념이나 정체성은 바뀌지 않아요. 그건 아무리 노력해도 황인이 흑인이나 백인이 될 수 없는 것과 같지요.

불가능을 가능하다고 아무리 외쳐봐도 소용없어요. 배우자의 종교를 바꾸는 건 불가능한 일이기도 하지만, 좋지 않은 시도이기도 해요. 배우자를 사랑한다면서 왜 그 사람의 정신을 바꿔요? 정신이 바뀌는 건 영혼이 바뀌는 거잖아요? 그렇다면 사람이 바뀌는 것과 무슨 차이가 있을까요? 사랑은 있는 그대로를 인정하는 거예요. 조건을 내세우면 안 되지요.

아내에게 쓰는 편지

이런 생각을 처음부터 한 건 아니에요. 살면서 터득한 거예요. 프리랜서 남편이 자랑스럽지 않더라도 부끄럽지는 않아요. 적어도 책 읽고 글 쓰는 게 골프보다는 낫잖아요? 무얼 해도 돈이 들지요. 당구든 테니스든 축구든 심지어 수다 떠는 데도 돈이 필요해요. 차라도 마셔야 하잖아요?

돈 버는 일이 아니라면 모두 쓰는 일이지요. 사람이 하는 일은 두 가지뿐이에요. 돈 버는 일과 쓰는 일. 글쓰기가 돈 버는 일에는 적절하지 않더라도 쓰는 일에는 나쁘지 않다고 생각해요. 평생 버는 일에 몰두했으니 이제부터는 쓰는 일에 열중하는 게 옳을지도 몰라요. 그래서 남편이 하는 대로 따라가요.

몇 년 전에 시아버지가 돌아가셨고 시어머니와 친정엄마가 요양병원에서 사시는 게 마음이 걸려요. 언젠가 우리가 살아가야 할 모습이기도 하고요. 어르신이 처음 요양병원에 갈 때는 슬퍼하지요. 다시는 멀쩡한 몸과 마음으로 나올 수 없을 거라면서요. 사실 그렇잖아요? 몸과 마음이 불편해서 요양병원에 가시는 노인이 회춘의 묘약으로 젊어져서 돌아올 수는 없겠지요.

얼마 지나지 않아서 적응해요. 오히려 체계적으로 관리하는 병원이 더 편하다지요. 가족은 정은 있어도 식사와 배설을 때맞춰 수발하기 어렵잖아요? 너무 많은 시간과 인력이 필요하고요. 다좋아요. 병원에 계신 어르신도 편하고 가족도 편하고요.

그래도 마음 한구석으로 불편해요. 남편과 여러 명산을 즐기면서도 시어머니와 엄마 생각이 나요. 사람이라면 누구나 가는 길이라고 해도 안타깝지요. 이렇게 아름다운 세상을, 살아있으면서도 이 좋은 세상을 충분히 누리지 못하다니요.

가까운 거리에 사는 친정 언니와 막내 여동생만 막역하게 지내요. 멀리 떨어져 살면 마음도 멀어진다는 게 맞는 말인가 봐요. 한 시간 거리에 사는 두 자매와는 일주일이 멀다 하고 왕래하니까요. 심심하지 않고 의지할 수 있어서 좋아요.

특히 진영 사는 둘째 언니는 마치 친정엄마 같아요. 꽃 농사를 짓는데 비닐하우스 곳곳에 온갖 채소를 심어서 갈 때마다 한아름씩 선물하지요. 사람은 별수 없어요. 조금이라도 이익이 되는 데를 찾게 마련이지요. 진영에 시어머니와 친정엄마 요양병원이 있어서 자주 찾지만, 언니가 주는 농작물이 유혹하는지도 몰라요.

큰딸은 공무원이 되어서 매일 출근해요. 낮만이라도 집안에 공간이 넓어졌어요. 아들 공익근무가 끝나려면 2년이 남았지만, 어딘가 취직하겠지요. 취직한다고 당장 집을 떠나지 않더라도 여러모로 도움이 되겠지요. 혼자 서울에 떨어져서 씩씩하게 사는 막내딸은 아마도 혼자 알아서 살아갈 테고요.

늘 바쁜 생활이지만 이를테면 앞날에 희망이 보인다는 말이에요. 물론 문제 해결과 더불어 살아갈 날이 줄어든다는 게 문제지만요. 그래도 앞이 보이지 않는 것보다는 좋지 않겠어요? 영원한 삶을 바랄 수 없는 처지이니 하루하루가 편안하고 행복했으면 좋겠어요. 코로나 이후 요양병원 외출이나 외박이 어려운데 가끔 시어머니와 엄마 모시고 식사나 하고요. 애 셋 취직해서 제 앞가림

아내에게 쓰는 편지

하고요. 남편이 너무 빨리 늙지 말고 오래 등산 함께 하고요.

예전에는 당연하던 결혼이 요즘에는 하늘에서 별 따기라 기대하지 않지만, 애 셋 모두 좋은 짝을 만나서 떡두꺼비 같은 자식낳아 아웅다웅 살아간다면, 더할 나위 없겠지요. 바빠도 그런 생각에 마음이 편하고요, 누구 말대로 9988123으로 살다 갔으면 좋겠어요. 이대로가 좋아요. 이것이 현재 내 생각이고 희망이에요. 9988123은 아흔아홉까지 팔팔하게 살다가 하루이틀 고생하고 사흘째 죽는 거예요.

머칠 뒤 아내 생일이다. 나와 28년을 함께 살았다. 아내 나이가 만 56세니 정확히 인생의 절반을 나와 함께한 셈이다. 아내의 삶을 돌아보았다. 이 글은 아내가 쓴 게 아니다. 아내 인생을 내가 돌아본 것이다.

결혼 전에는 어떻든 결혼 후에는 나보다 아내가 훨씬 고생하며 살았다. 물론 현재도 그렇다. 나와 가족을 위해 평생 헌신한 아내에게 감사한다. 앞으로의 삶은 아내가 최우선이다. 아내의 행복이 곧 내 행복이다. 아마 아내 없는 삶은 지옥이 되리라. 세 아이도 내 생각에 동의할 것이다. 가족 모두가 원하는 삶을 살아가리라.

2023. 4.

막내딸 생일 축하

늘 당당하고 씩씩한 예쁜 막내딸, 잘 지내고 있겠지? 무소식이 희소식이니 당연하겠지. 무슨 일이 있었으면 진작 도움을 청했겠지. 필요할 때는 어김없이 연락하는 당찬 딸이니까. 언니 오빠보다도 더 겁 없이 세상을 향해 직진하는 막내딸이 자랑스럽다. 벚꽃과 진달래가 지고 철쭉이 피는 걸 보니 딸 생일이 다가왔네. 벌써 스물네 살이야. 스물넷 생일 축하해. 맛있는 거 많이 사 먹고 남자친구하고 재미나게 보내서.

대학에 진학하지 않는다고 억지 부리던 때가 엊그제 같은데 졸업이 얼마 남지 않았네. 대학 가지 않고도 잘 살 수 있다던 자신감 넘치던 모습이 눈에 선하다. 엄마 마음을 무진 애태우더니 막상 가니 다른 사람보다 더 대학 생활을 잘하더군. 언니 오빠는 감히 생각도 하지 못할 그룹 리드싱어도 하고 말이야. 무대에 서는 일은 쉽지 않지. 어떤 형태든 무대 일은 어렵지만, 모두가 주목하는 노래로는 더욱 그래. 세상에 두려움 없는 막내딸이니까 가능한 일이지. 대단한 딸이야.

남자를 기다리는 게 아니라 먼저 선택해서 사귀는 용감한 딸을

아내에게 쓰는 편지

아빠는 걱정하지 않아. 그래도 바라는 바가 있고 해 주고 싶은 말은 있지. 엄마가 대학 졸업하고 그림 그리는 일 해도 충분하다고 간절히 설득했는데도 막무가내였던 딸이었으니 아빠의 조언이나 충고가 무의미할 건 알고 있어. 아빠 말을 참고하건 말건 네 자유지만, 아빠도 최소한의 역할은 해야겠지. 지나고 나서 후회하면 너무 늦으니 말이야.

대한민국 최고 미술대학을 다니면서 학점도 잘 받고 웹툰이나 애니메이션 아르바이트 또는 사업을 한다는 건 대단한 일이야. 학업과 일 두 가지를 노리는 건 쉽지 않지. 딸이 대단하고 훌륭한 사람이란 건 잘 알아. 네가 가진 스펙과 실력이면 어떤 직장이라도 쉽게 갈 수 있을 거야. 최근 가장 인기 있는 카카오나 네이버에 가서도 실력을 인정받겠지. 프리랜서는 쉽지 않아. 업계를 충분히 경험하고 독립해도 충분하지. 아빠가 프리랜서 작가잖아. 아빠가 쓰는 글과 네가 하려는 웹툰이나 애니메이션이 물론 차원이 다르겠지. 아빠는 어설픈 초보 작가고 너는 차근차근 실력을 쌓은 전문가일 테니까. 그래도 다시 한번 생각을 해보자.

추세를 제대로 읽고 충분한 구상과 자본을 가진 지도자가 수백 수천 명의 도움을 받아 만드는 웹툰이나 애니메이션은 개인이 구상하여 혼자 힘으로 만드는 것과는 비교조차 할 수 없을 거야. 오류 년, 아니 최소 1년이라도 기업의 업무처리 과정을 보고 경험한 뒤 틈새시장을 노리는 게 좋지 않을까 싶어. 아빠가 지식이 없어서 구체적으로 조언할 수 없는 게 안타깝다. 아빠 상식으로는 대학 졸업 후 직접 사업에 뛰어드는 것보다 업계 생태를 이해하는 시간을 갖는 게 필요하다고 생각한다.

이미 뜻이 굳건한 네 생각을 바꿀 수는 없겠지만, 아빠 의견을 따른다기보다 앞서 졸업한 선배에게 조언을 구해보는 게 좋을 거야. 문외한인 아빠 의견은 무시해도 무방하지만, 그 업계에서 살아갈 각오를 한 사람은 여러모로 심사숙고하여 자신이 갈 길을 결정했겠지. 후배의 진로 탐색에 엉터리 같은 답을 할 사람은 아마 없을 거야. 창의적인 네 견해를 존중하지만, 주변 선배나 친구의 생각이나 결정을 참고하는 게 유리하겠지?

아빠는 내 아이가 건전한 정신과 건강한 몸으로 호의호식하며 남부럽지 않게 살기를 바라. 충분한 소득과 더불어 명예롭게 일한다면 더할 나위 없겠지. 세상에 없는 단 한 사람으로 잘 살아간다면 그보다 좋은 일은 없겠지만, 앞서가는 건 모험이 따른다. 하지 말라는 게 아니라 돌다리도 두드려보고 돌아가는 지혜를 가지라는 거야. 누구나 하나뿐인 소중한 삶이다. 한 번 지나간 세월은 돌이킬 수 없다. 처음 방향을 제대로 잡는 게 무엇보다도 중요하지. 사소한 차이가 노년에 이르면 뛰어넘을 수 없는 거대한 장벽으로 바뀔 수도 있어.

사람은 다 다르다. 대체로 비슷한 면도 있지. 대학 졸업 후 약간의 차이로 출발하지만, 결과는 천차만별이다. 누군가 경험한 사람이 조언한다면 유리한 결과를 얻을 수 있지. 엄마와 아빠에게는 그런 사람이 없었다. 시대가 그렇기도 했어. 당시에는 산업화 민주

아내에게 쓰는 편지

화 정보화로 급변하는 시대였기에 누군가의 경험은 중요하지 않았어. 현재 꽉 짜인 사회와는 전혀 달랐지. 엄마와 아빠가 적절히 판단하고 선택한 측면이 있겠지만 운이 좋았을 거야. 또래 친구가 사는 걸 보면 모두가 비슷하다고는 할 수 없어. 차이랄 게 없는 출발이었어도 삼십 년의 세월은 차이를 만들어내지.

잔소리를 싫어하고……, 긴 글을 싫어하는 거 잘 알아. 중언부언해도 효과가 없는 걸 알지. 이를테면 노파심이야. 아흔 먹은 할머니는 일흔 된 아들이 걱정이래. 그래서 외출할 때마다 잔소리한다지. '차 조심해라.' '길 조심해라.' '길 건널 때 신호등 잘 보고.' 망령들 나이에도 자식 걱정하는 걸 노파심이라고 해. 마음에 들지 않는 글이라면 그런 정도로 이해해 주고…….

글이 길어졌네. 온 세상이 초롯초롯한(내가 만든 신조어야. 우리 말이 아름답고 어휘가 다양한데 딱 하나 초록색을 표현하는 순우리말이 없더라고. 그래서 초롯초롯하다, 초르스름하다…) 게 어디를 보나 아름답다. 아름다운 청춘에 아름다운 신록의 계절을 맞았으니 인생 최고의 시기라고 할 수 있지. 그 봄의 한가운데에서 맞은 생일에 아름다운 추억 많이 남기고 잘 기록해 두길… 지나가면 대부분 잊히니까 일기든 블로그든 기록하는 게 최고야. 훗날 삶의 멋진 자산이 되지.

사랑하는 막내딸, 생일 축하해! 사랑한다, 행복한 하루~

2023. 4.

아들 생일 축하 편지

아름다운 계절

아침저녁으로 선선한 게 완연한 가을이다. 하늘은 높고 말은 살 찐다는 살기 좋은 계절이 다가온 게지. 산을 좋아하는 아빠는 기 암괴석 사이에서 붉게 빛나는 설악산 단풍을 생각하면 마음이 설 렌다. 하나밖에 없는 아들 생각에 애틋해지기도 하지.

10월 1일은 아들 생일이다. 열흘이나 남았으나 생각난 김에 미 리 축하한다. '생일 축하해!' 아들을 낳을 적에는 천상천하 유아독 존(天上天下 唯我獨尊) 격으로 야심만만할 때다. 세상에 불가능은 없다고 생각했지. 국방부 최초 정보체계인 탄약시스템을 내 손으 로 완벽하게 개발한다는 열정으로 몇 달씩 출장 다닐 때야.

출산일이 다가오자 엄마는 걱정이 많았다. 남편 없이 병원에 가 고 오는 일이 쉽지 않았지. 고심 끝에 내린 결론이 국군의 날이 이 어지는 주말에 유도분만 한다는 거야. 핸드폰도 없던 때라 출장 중 연락이 어려웠고, 설사 연락이 돼도 전국에 흩어져 있는 비행 단에서 계룡대까지 와서 출산을 돕는다는 건 현실적으로 곤란했기에 대안이 없었다. 그래서 결정된 네 생일이 국군의 날 10월 1일이다.

직업군인이었던 아빠가 주인공이어야 할 날이 이후 아들이 주인공으로 바뀌었다. 아빠는 전형적인 군인의 사고방식으로 남자는 튼튼하고, 똑똑해야 한다고 믿었다. 세상 남자에게 한 주문이 아들과는 부합하지 않았다. 엄마는 네 임신 중에 제대로 먹지 못했다. 무엇을 먹어도 토하기 일쑤였지. 나중에 태어나고 나서야 이유를 알았다. 심하게 음식 알레르기가 있었던 거야. 달걀이나 팜유 시금치를 먹으면 네가 살 수 없었다. 아토피를 타고날 네가 살기 위하여 엄마가 먹은 음식을 거부한 거야. 생명 현상은 오묘하다. 어떤 의식도 없던 네가 스스로 음식을 거부하여 살아난 것을 보면 말이야.

몸이 약한 너를 보면 마음이 아팠다. 아빠는 가난했어도 다른 사람에게 지면서 살지는 않았거든. 재능은 대수로울 게 없었어도 의지로 대등하게 살았지. 몸이 약해 친구와 어울려 놀지 못하는 게 너무 안타까웠다. 그래서 엄마와 아빠의 너에 대한 기대는 '공부 못해도 좋다, 튼튼하게만 자라다오'였다.

바람 불면 날아갈 듯하던 아들이 어느새 청년이 되어 아빠보다 더 큰 몸집을 가졌다는 게 자랑스럽다. 음식 알레르기 아토피를 극복하지 못하여 여전히 음식은 제대로 먹지 못하지만, 겉으로 보기에는 멀쩡하지. 네가 보통 사람이 된 건 전적으로 엄마의 공이야. 네가 먹지 못하는 달걀 우유 시금치 팜유가 섞인 음식을 먹을까 봐 노심초사했지. 가공식품 중에 달걀 우유 팜유가 들어가지 않은 건 거의 없다. 가공식품 봉투에 깨알같이 쓰인 성분표시를 반드시 확인하였지. 모든 엄마가 그렇겠지만, 엄마는 보통 사람이 아니다.

앞날에 대해 걱정이 많을 줄 안다. 네 인생이기에 당연히 그렇겠지. 엄마가 가끔 하는 잔소리를 이해해라. 사실 아빠 마음도 엄마와 비슷하다. 너보다는 못하겠지만, 부모라는 사람이 자식 걱정하지 않을 사람은 없겠지. 아빠가 잔소리하지 않는 이유는 딱 하나다. 하고 싶은 말이 없어서가 아니라 해도 소용이 없어서지. 엄마는 아무런 효과가 없다는 걸 번연히 알면서도 말하는 사람이다. 스스로 몸으로 키워낸 자식을 어떤 이유로도 포기할 수 없는 거야. 그런 정도 이해하고 엄마 말 새겨들어라.

아빠 직장 일로 세상에 나오는 일정이 약간 바뀌었지만, 아무튼 아름답고 살기 좋은 계절에 세상에 온 걸 축하한다. 네 의도와는 무관한 일이지만 좋은 계절에 태어난 건 축하받을 일이다. 한여름이나 엄동설한에 태어난 아이나 엄마는 고생이 크다. 엄마는 행여나 잘못될 세라 좌불안석이고, 아이는 처음부터 만만치 않은 세상에 적응하느라고 고생하겠지. 춥지도 덥지도 않은 쾌적한 가을이 얼마나 좋으냐?

태어나서 놀거나 공부하는 것 외에는 해본 일이 없는 너로서는 지금 하는 공익근무가 쉽지 않은 일이겠지만, 현재를 즐겨야 한다. 지나고 나면 추억이 된다. 참혹한 시련이나 역경마저도 네 인

아내에게 쓰는 편지

생의 일부다. 그걸 이겨낼 때 영혼이 성장하지. 아름다운 계절에 아름다운 추억을 만들어가길 바란다.

돌아본 삶

생존의 조건에는 여러 가지가 있겠지만 건강이 최고다. 아이 세계에서 권력은 몸집 큰 사람이다. 자라는 속도가 빠르기에 한 살 터울이라도 극복하기에 쉽지 않지. 예전에는 빨리 초등학교에 보내서 한 살이라도 일찍 사회에 진출하는 걸 원하였으나 요즘에는 애 기죽는다고 최대한 늦게 보내는 게 유행이다.

인간은 관계다. 혼자서 성장할 방법은 없다. 부모 형제 친구와의 관계에서 살아가는 요령을 터득하지. 누구라도 다른 사람의 영향을 받는다. 서로 주고받은 영향으로 만들어지는 게 개인의 정체성이다. 몸집이 크고 지능이 뛰어난 사람은 쉽게 우두머리가 된다. 그 영향이 평생을 가지. 어려서 기를 펴지 못하고 자란 사람은 어른이 되어서도 내성적인 성격이 된다.

어려서부터 활달하게 자라는 건 그래서 중요하다. 신체나 정신적으로 장애가 있는 사람은 어려서부터 따돌림을 받는다. 따돌림을 받아서 정신은 더욱 위축하지. 악순환이야. 부모 처지에서는 자식이 친구에게 따돌림받거나 뒤처지는 것처럼 괴로운 게 없어. 각자에게 타고난 운명이기에 어쩔 수 없는 일이지만, 네가 제대로 먹지 못해서 연약한 모습에 마음 아팠다. 내가 자라면서 전혀 하지 않은 고민을 아들 덕분에 하게 된 게지.

아토피는 원인을 알 수 없는 피부질환이다. 예전에는 드물었지만, 지금은 상당한 사람이 태어날 때부터 증상을 갖는다고 해. 아마도 인간으로 뒤덮인 지구의 오염으로 발생하였겠지만, 아무도 그 원인을 규명하지 못하는 실정이다. 하나밖에 없는 아들이 하필 그런 운명이라니 속상하였으나 누구 탓할 수는 없다. 그저 성인이 될 때까지 건강하게 자라기를 기도하는 수밖에. 그게 네 어릴 적 엄마 아빠 마음이었다.

초등학교 4학년인가 5학년 때 과학자가 되고 싶다는 말에 깜짝 놀랐다. 누나가 똑똑하고 공부 잘하는 건 익히 알았지만 네가 공부 잘한다는 생각은 못 했거든. 누나가 워낙 일찍 글을 깨쳐서 상대적으로 늦었던 너와 네 여동생은 지능이 평범한 줄 알았지. 아프지만 않고 자라기를 학수고대하던 엄마와 아빠는 네 탁월한 수학 재능에 놀라고 감사했다. 비로소 아이들 모두 범상치 않다는 걸 알게 되었지. 하늘이 우리에게 큰 선물을 준 거야.

네가 중학교 1학년 때 한 말이 생각난다.

"나는 학교에서 존재감이 없어."

아빠는 깜짝 놀랐다. 아빠도 본능적으로 친구 사이에서 주도하려고 노력했다. 하지만 존재감에 대한 고민 자체를 한 적이 없다.

아내에게 쓰는 편지

육체적으로 부실했기에 친구를 압도하지 못한다는 걸 알고 있었지만, 존재감이 없다는 네 말은 뜻밖이었다. 뛰어난 성적에도 주도하지 못하는 현실이 안타까웠겠지. 아빠는 네 처지를 이해하면서도 한편으로는 기뻤다. 몸이 약해도 정신은 이미 성장하였구나. 벌써 자신의 존재를 고민하는구나. 이제 아이가 아니라는 걸 처음 깨달았지.

몸은 약했어도 네가 존재감이 없는 정도는 아니었다. 무엇보다도 전교에서 가장 뛰어난 수학 성적으로 선생과 학생 누구도 무시하지 않았지. 모두가 네 재능을 부러워하였으나 너는 네 약점을 고심한 게지. 사람은 다 그렇다. 무언가 고민이 있게 마련이다. 남녀노소를 막론하고 자기만의 고민은 있는 법이다. 하나의 고민이 사라지면 다음 문제가 수면 위로 떠오르지. 하하, 그게 인생이야. 그래서 부처가 인생은 고해(苦海)라고 했다.

좋은 고등학교, 대학교에 진학해서 열심히 앞날을 개척하는 모습이 보기 좋았다. 아빠는 내 일을 제외하고는 매사 낙관적으로 판단한다. 주변 사람이든 가족이든 다 좋은 사람이고 다 잘 될 거라고 믿지. 그게 편하거든. 주변 사람을 모자라거나 못난 사람으로 의심한다면 대처해야 할 일이 많지. 어떤 문제가 생기기 전까지는 그냥 믿는 게 좋아. 문제가 생겨도 그 자신이 해결하게 마련이고. 내가 믿으면 그도 믿는다. 신뢰하는 인간관계가 형성되지. 아빠의 믿음에 아들은 충분히 부응하며 모범적으로 살았다.

사실 아빠는 조금 걱정되는 부분이 있다. 착한 건 좋은데 너희 모두 지나치게 범생이라는 거야. 약삭빠르게 사는 게 훌륭한 태도는 아니지만, 세상이 교과서와는 다르다. 스스로 활동하면서 경험으로 깨달아야 하는데 너희 셋 모두 너무 정적이다. 엄마가 너무 통제한 측면도 있고. 모범적인 학생이 훌륭한 성인이 되는 건 아니다. 이십 대인 지금도 너무 집안에 틀어박혀 사는 듯하다. 컴퓨터보다는 세상에서 배워야 한다. 착한 마음으로 사는 건 좋지만 현실을 제대로 봐야 하지. 게임보다는 세상을 직접 경험해서 삶의 지혜를 터득하기 바란다.

수학 교수를 꿈꾸며 대학원까지 갔는데 코로나 대유행으로 학업을 중단하게 된 게 못내 아쉽다. 물론 교수가 되기까지는 험한 길이 이어진다. 그래도 일 년 내내 교수 얼굴도 보지 못하는 상황에 절망하여 학업을 중단하지 않았다면 지금도 꿈을 이어가고 있을 텐데 말이야. 그건 어쩔 수 없는 운명이다. 학업을 계속했어도 교수가 되리라는 보장은 없지.

지금부터 잘해야 한다. 아빠는 다른 사람이 보기에 훌륭한 업적을 쌓지는 못했어도 살면서 후회하지는 않았다. 상황이 나빠지면 더 좋아지는 계기로 만들어야 해. 이른바 전화위복이지. 좋은 일 끝에 닥치는 액운을 호사다마(好事多魔)라고 한다. 호사다마는 운명이다. 사람의 노력으로 모든 액운을 막을 수는 없지. 전화위복(轉禍爲福)은 의지다. 현재 닥친 불운을 앞날에 행운으로 바꾸는 건 전적으로 네 의지다. 과거를 후회하고 현재를 비관하기보다 미래를 위해서 오늘 할 일을 실천해야 한다.

선배나 친구가 살아가는 모습을 보면서 미래에 막연한 두려움이 있을 거야. 세상이 단순한 건 아니다. 그러나 딱히 두려워할 이유도 없지. 복잡하게 생각할 거 없다. 한가지씩 해결해 가면 돼. 한 번에 하나씩, 그렇게 한 발 한 발 나아가다 보면 꿈꾸던 목표에 다다를 거야. 지금 당장 할 일 하나만 고민하면 된다. 10년 혹은 20년 뒤 찬란한 미래를 위해 오늘 무엇을 할 것인가?

공익근무

아빠는 어려서부터 군인이 꿈이었다. 아니 장군, 대통령이 꿈이었지. 단 한 번도 의사나 교사 판검사를 꿈꾼 적이 없다. 삼국지 관운장의 영향이지만 내가 생각해도 아이러니하다. 생계는 제쳐두고 명예만 추구했다는 사실이 말이야. 걱정하지 않아서인지 어릴 때를 제외하고는 살면서 굶주린 적이 없다. 내 능력 덕분이 아니라 어쩐지 운명의 도움이었다는 생각이 든다.

두 딸은 그렇다 쳐도 아들이 군에 가지 않을 줄은 꿈에도 몰랐다. 알 수 없는 게 우리네 삶이다. 아빠는 다른 직업은 상상조차 한 적이 없을 정도로 평생 사나이, 남자, 군인을 부르짖었다. 남자가 세상에 존재하는 가장 큰 이유는 국가, 사회, 가족의 안전보장이라고 믿었다. 유사시 목숨 걸어야 하는 군인보다 더 소중한 존재, 보람 있는 직업은 없다고 확신했지. 그런데 그런 내 자식이 군에 가지 않을 줄이야.

물론 네 탓은 아니다. 너무 심한 아토피로 국가에서 받아주지 않았으니까. 젊은이가 원치 않는 게 병역 의무지만, 누구나 할 수 있는 건 아니다. 군에 갈 수 없는 이유는 여럿이다. 너무 크다거나 작거나 무겁거나 가벼우면 갈 수 없지. 너무 작거나 가벼우면 한 사람 몫 임무를 할 수 없을 뿐만 아니라 비용이 추가된다. 옷이나 군화를 특별 제작해야 하지. 너무 무겁거나 큰 사람도 마찬가지다. 침상 길이가 이 미터인데 이 미터가 넘는 사람은 침상 끝으로 머리가 덜렁거려서 곤란하다.

대부분 원하지 않는 병역 의무라도 평범하지 않은 신체가 이유라면 서글픈 일이다. 작은 사람은 큰 사람을 부러워하지만, 큰 사람 나름대로 애환은 있어. 사람은 다른 사람이 모르는 아픔을 간직하고 있는 게야. 어쩌면 네 친구는 현역 입대하지 않고 공익근무하는 네 처지를 부러워할지도 모른다. 당연히 네 마음은 그렇지 않겠지만 말이야.

설령 네가 모두가 하는 군대 생활을 할 수 없는 게 슬프더라도 어쩔 수 없다. 하기 싫어도 해야 하는 사람이나 하고 싶어도 하지 못하는 사람이나 불편한 건 마찬가지지. 사람은 주어진 운명에 따라야 한다. 노력으로 극복할 수 없는 운명은 탓해 봐야 소용없다. 기꺼이 받아들여라. 아주 기쁘게, 신의 가호라고 생각하면서 말이야.

네가 공익근무하는 사천문화원 청소년교육관 일이 쉽지 않다고 투덜거리는 소리를 들었다. 물론 쉽지 않겠지. 세상에 원해서 하는 취미가 아닌 직업에 쉬운 일은 없다. 다른 사람이 보기에는 아무리 쉬워 보여도 당사자는 어려움이 있게 마련이지. 엄마의 완벽한 보호 속에 공부만 하던 네가 다른 사람 지시를 받아 천방지축 날뛰는 청소년을 통제하는 일이 쉽지 않을 건 자명하다. 삼사십 년 전이라면 욕설과 구타가 효과적인 통제 수단이었으나, 사소한 일로 교사를 고소하고, 민원에 시달리던 교사가 연이어 삶을 포기하는 세상에서는 통하지 않는 방식이지.

심신이 고단하리라는 걸 안다. 너무 심각하게 생각하지는 마라. 비록 네 처지가 고단하더라도 세상에서 제일은 아니다. 젊은이가 군대 생활에 쉽게 적응하지 못하는 건 구타나 욕설, 가혹행위 때문이 아니다. 물론 수십 년 전에는 가혹행위가 고통스러웠지. 지금은 아니다. 병사에게 핸드폰 소지가 허용된 마당에 그런 일을 한다는 건 스스로 무덤을 파는 일이라는 걸 모를 사람이 없다. 그래도 군대 생활은 힘들다.

아침저녁으로 매일 하는 점호만 해도 쉽지 않다. 젊은이가 군대를 힘들어하는 이유는 훈련이나 업무 강도보다는 통제된 자유 때문이다. 군은 사람이 왜 자유로워야 하는가를 절실하게 깨닫게 한다.

네 일이 어렵더라도 내무생활을 하지 않는다는 데서 현역 병사와 비교할 수 없다. 사람은 낯선 환경을 두려워한다. 무슨 일이 있을지 알 수 없기 때문이지. 막상 닥치면 문제가 안 된다. 다른 사람이 할 수 있는 일이라면 네가 할 수 없을 리 있느냐? 이런저런 난관을 현명하게 대처하기 바란다. 시간이 약이다. 서툰 일도 시간이 지나면 능숙해지리라.

사람은 죽을 때까지 배워야 한다. 세상 전체가 교육의 장이다. 매일 모든 장소와 사람이 배움의 대상이지. 누구에게나 배울 건 있다. 무식하고 천박한 비렁뱅이조차 말이다. 잘살고 못사는 사람, 칭찬받거나 욕먹는 사람은 이유가 있다. 사람을 관찰하여 그 원인을 찾아야 한다. 추구할 이상과 버릴 악습을 구분하여 삶의 지표로 삼아라.

역사는 반복한다. 교체되는 정권마다 비슷한 부정부패 비리가 드러난다. 아마도 몰라서 그렇지는 않을 테다. 인간의 본능적 욕망을 억제하지 못해서겠지. 그 원인과 과정과 결과를 통찰해라. 어쨌든 기준은 프로타고라스가 역설했듯이 너 자신이다. 다른 사람을 관찰하여 너 자신의 행위 규범을 만들어야 한다.

모든 사람이 타산지석이나 반면교사다. 네 경험과, 접하는 모든 사람의 장단점을 파악하여 활용한다면 무의미한 시간은 없다. 군이든 민간이든 사람 사는 건 같다. 어디서든 배우려는 의지가 있는 사람이 크게 성취하리라. 모든 사람에게 좋은 영향을 받기 바란다. 네가 한 공익근무가 네 인생의 좋은 길잡이가 되기를 바란다.

아내에게 쓰는 편지

기본군사훈련

입대하면 가장 먼저 하는 게 기본군사훈련이다. 기본군사훈련을 마쳐야 군인이라고 할 수 있지. 기본군사훈련이 끝난 뒤 근무하는 게 맞지만, 현역 병사와 달리 인원이 적어서 순서가 바뀌었다고 들었다. 공익근무요원 전체를 모아서 한꺼번에 훈련한다지. 공익근무 시작한 지 여러 달 지났는데 며칠 후 기본군사훈련단에 입소한다는 말을 들었다. 이제 진짜 군인이 되는 게다.

요즘에도 머리를 빡빡 밀고 부대에 들어가는 아들 모습에 엄마는 눈물짓는다. 욕설, 구타, 가혹행위가 1980년대 이전 훈련소 풍경이었다. 엄마 또래가 들은 바에 따르면 군대는 지옥이다. 여자는 훈련소 경험이 없다. 친구나 남편 이야기만 듣고 상상하게 마련이지. 군대가 많이 바뀌었다고 하지만 경험 없는 엄마는 무엇이 어떻게 바뀌었다는지 상상하기 어렵다. 그저 애지중지 키우던 외동아들 대신 고생할 수 없는 현실이 안타깝고 서글플 뿐이다.

사실 사십 년 전 군사훈련은 지옥이었다. 아빠는 고등학교 1학년인 1982년에 처음 병영훈련에 들어갔다. 들어갈 때부터 나올 때까지 모든 게 훈련이었다. 8월의 땡볕 아래 활동한다는 자체가 고문에 가까웠고, 먹고 자고 씻는 모든 환경이 열악하였다. 밥에는 쌀벌레가 섞여 있고, 블록과 함석지붕으로 만들어진 숙소는 한증막이었다. 천장에 매달린 선풍기 한 대에 의지하여 잠을 청해야 했지.

먹고 씻고 쉬는 데는 항상 시간제한이 있었다. 5분 이상 시간을 준 적이 없다. 그것도 훈련이라는 게지. 군대 다녀온 남자는 무언가 절도 있어 보이고 주어진 일을 신속하게 해내는 건 훈련소 때 만들어진 습관이다. 빨리 일을 마쳐야 여유 있게 준비할 수 있지. 막간을 이용해서 담배도 피우고 말이야.

8월의 땡볕 아래 군사훈련은 고역이다. 섭씨 35도가 오르내리는 무더위에 통풍 안 되는 군복을 입고 총 들고 연병장에서 달리는 모습을 그려 봐라. 그 고통은 말로 표현할 수 없다. 경험한 사람만 알지. 물에 빠졌다가 나온 사람처럼 땀에 흠뻑 젖은 몸으로 포복 훈련하고 나면 사막 군으로 바뀐다. 보호색이 국방색에서 황토색으로 바뀌는 게지. 시커멓게 탄 얼굴에 누런 벙거지를 뒤집어쓴 형국이지만 두 눈만은 번쩍인다. 혹독한 상황을 견디다 보니 생존 의지에 독기로 가득해지는 거다.

욕설과 단체 기합이 기본이다. 혹시 눈에 띄게 게으르고 어설픈 모습을 보이면 조교와 교관에게 주먹질, 발길질당하기 일쑤다. 심각한 인권유린이지만, 예전에는 그게 관습이었다. 군대에 관한 한 남자는 할 말이 많다. 겪은 상황과 과정이 다 다르지. 군대는 공평하다. 훈련소에서는 신분이나 학력에 무관하게 완전히 평등하지. 그래서 사회에서 비참하게 살아가는 사람도 군대 이야기에서는 빠지지 않는다. 유일하게 다른 사람과 대등하게 살아갈 때니 말이야.

이런 사실을 아는 엄마가 하나밖에 없는 아들이 훈련장에 들어가는데 애달프지 않은 사람이 있겠느냐? 걱정하지 마라. 예전 혹독하게 훈련하던 시기에도 모든 남자가 견뎠다. 대한민국은 투명한 사회다. 밤말은 쥐가 듣고 낮말은 새가 듣지 않더라도 곳곳에 CCTV가 지켜보고 있다. 개인이 소지한 핸드폰으로 쥐도 새도 모르게 촬영해서 실시간으로 세상에 전파하지. 남모르게 사악한 행위를 하는 건 사실상 불가능하다.

처음 부모와 떨어져서 자취해 본 사람은 안다, 부모의 소중함을. 병영에 가서 구속받아 본 사람은 알리라, 왜 수많은 사람이 자유를 위해 싸우다 스러져갔는가를. 살아가는데 정녕 힘든 것은 마음대로 할 수 없는 것이다. 자신의 의지와 무관하게 살아가는 것이다. 홀로 살 때 부모의 사랑을 깨닫듯 완전한 통제에서 자유의 소중함을 알게 된다.

아빠가 걱정되는 건 허약한 네 몸과 먹지 못하는 음식이다. 네 몸 상태를 스스로 잘 확인해서 대처해야 한다. 견딜 수 있는 건 견디되 모든 걸 참으려고 해서는 안 된다. 몸이 망가지지 않는 범위에서 훈련에 임해야 한다. 견딜 수 없다면 부끄럽더라도 교관에게 사정을 설명해야 한다. 너를 지키는 건 너 자신뿐이다. 부모가 없는 세상에서 당당히 홀로 서야 한다. 누구의 도움 없이 홀로 서는 것, 그게 남자의 첫걸음이다.

나이 스물여섯이나 되어서 동생뻘 전우와 하는 동고동락이 쉽지 않겠지만 슬기롭게 이겨내기를 바란다. 짧은 군사훈련 동안 사랑과 자유와 조국의 소중함을 완전히 터득하기 바란다. 현재 착하

고 반듯한 정신에 시련과 역경을 극복하는 지혜를 더해서 돌아오
길 바란다. 기본군사훈련으로 한층 더 단단한 남자로 성장하기 바
란다.

지금 해야 할 일

얼마 뒤 전역이다. 네가 병역 의무를 핑계로 취업에 적극적이지
않았으나 시간은 쉬는 법이 없다. 사람의 처지나 감정과는 무관하
게 흐른다. 사람은 이런저런 이유를 들어 후일을 기약하지만 눈
깜짝할 사이에 그때가 닥친다. 나중을 기약하는 사람에게 기회는
없다. 할 일은 당장 해야 하지. 미래를 위하여, 빛나는 삶을 살아
가기 위하여 오늘 할 일은 무엇인가?

하고 싶은 일이 많을 것이다. 타인이 선망하는 삶은 누구나 원
하는 바다. 그러려면 다른 사람이 하는 일, 보통 사람이 누리는
대부분 삶을 경험해야 한다. 삼사십 년 전까지만 해도 취업, 결혼,
출산, 육아는 누구나 겪는 일이었다. 특별한 예외가 아니라면 그
걸 성취라고 여기지 않았다. 세상이 바뀌었다. 남녀평등 사상에다
여성의 경제력이 동등해진 상황에서 결혼을 희망하지 않는 여성
이 많아졌다.

왜 여성은 결혼을 원하지 않는가? 모든 건 기성세대 남자 탓이
다. 물론 그 이전에 전통과 관습의 문제이기도 하지. 현재 50대 이

아내에게 쓰는 편지

상 여자는 남자보다 고생한 게 사실이다. 같이 맞벌이하는 처지에서도 가정에서 여자에게 주어진 책무가 더 크다. 어려서부터 엄마의 삶을 목격한 소녀에게 그건 아름답지도 행복하지도 않은 삶이다. 의무는 다하지 않으면서 목소리만 내고 폭력을 행사하는 아버지가 적지 않았다. 할아버지, 아버지 세대 남자의 허물을 너희 세대가 고스란히 뒤집어써야 하는 처지다. 이제 남자의 결혼은 성취한 자만의 몫이 되었다.

절반의 여자가 결혼을 희망하지 않는 터에 결혼하지 못한다고 해서 실패한 남자로 낙인찍을 수는 없지만, 대부분 남자가 결혼을 바라기에 경쟁에서 밀린 건 사실이다. 결혼하는 둘 중 하나가 되기 위해서는 어떻게 살 것인가? 당장 해야 할 일은 무엇인가? 취업, 승진, 내 집 마련, 결혼, 출산, 육아, 자녀교육……. 너무 많은 걸 생각하면 머리만 복잡하다. 하나만 생각하자. 청년 남자라면 누구나 갈망하는 사랑과 결혼에 성공하려면 당장 무엇을 해야 하는가?

결혼을 망설이는 젊은 여성이 원하는 건 단순하다. 첫째 처자식을 먹여 살릴 능력이 있는지다. 안정적인 직업과 살 집이 있어야 한다. 남자에게 좋은 직장과 자가(自家)는 결혼의 전제조건이다. 가혹한 현실이다. 여자가 선호하는 남편의 직업은 대기업과 공무원과 전문직 얼마다. 상위 오 퍼센트만 가능하다. 게다가 집값은 최소한 수억 원이다. 남자가 결혼을 원하지 않는다면 그의 취향이 아니라 결혼의 전제조건을 충족할 수 없어서다.

너는 현명하고 아름다운 여자와의 사랑과 결혼을 꿈꿀 것이다. 엄마 아빠도 그걸 원한다. 불행하게도 우리가 도와줄 일은 없다. 너 스스로 헤쳐나가야 한다. 당장 내 집 마련은 어렵더라도 최소한 취업은 해야 한다. 5년 혹은 10년, 아니 그 이상이 걸리더라도 안정적인 직장만 잡는다면 전세자금 정도는 마련하리라. 삶은 성적순이 아니고 돈이 인생의 전부는 아니지만, 빈털터리로 자유로운 삶을 살 방도는 없다. 자본주의 사회에서 자유란 경제적 속박에서 벗어나는 것이다. 경제력 없는 자유는 허구다.

취직과 아울러 할 일은 건강한 몸과 건전한 정신을 유지하는 것이다. 취직을 위한 공부에 몰두하되 평생 갈 좋은 습관을 만들어야 한다. 혹자는 인생의 성공 여부는 습관에 달렸다고 한다. 맞는 말이다. 큰 성취를 이룬 자는 타고난 천재보다 꾸준히 노력하는 사람이다. 게으른 천재는 성실한 범인을 당해내지 못한다. 좋은 습관이 무엇인가? 게임과 SNS가 아니다. 운동과 독서다.

훌륭한 아들, 멋있는 남편, 존경하는 아버지로 살아가기 위해 고심할 아들아, 먼 훗날을 고민하지 말고 하나의 목적을 정해 오늘 할 일을 하자. 사랑과 결혼, 성공적인 인생을 보내기 위해서 지금 당장 할 일은 취업 준비와 좋은 습관 길들이기다. 운동과 독서는 직장과 가정에서 돋보이는 삶의 토대가 될 것이다.

　　　　　　　　　아내에게 쓰는 편지

삶의 자세

인생에 정답은 없다. 어떠한 삶도 하나의 인생이다. 죽을 때 후회하지 않을 삶을 살아야 하리라. 스스로 만족하고 뭇사람이 선망하는 삶을 살아야 하리라. 바야흐로 세상의 주인공으로 살아갈 때가 도래했다. 학창 시절까지는 어쩔 수 없이 부모에 의존해 살았다. 경제적 독립이 실현될 때 인간은 속박에서 벗어난다. 어른, 자유인이 되는 것이다. 취직 후 부모에게서 독립할 때 진정한 삶의 주인공이 된다.

주인공으로 살아가라고 말한다. 주인공의 삶은 어떤 것일까? 사람은 모두 자기 인생에서 주인공이다. 아무리 비참한 삶이라도 말이다. 영화나 드라마의 주인공은 두드러진 삶을 살아간다. 삶의 목적이 확고해서 적지 않은 시련과 역경을 맞닥뜨리지만 인내하고 극복한다. 주인공의 삶은 대체로 행복하다. 비극적인 결말도 있지만 전해지는 감동이 가볍지 않다. 스스로 만족하고 주변 사람에게 존중받는 삶을 살아간다.

주인공으로 살기 위하여 반드시 찬란하게 빛나거나 우뚝 서야하는 건 아니다. 그럴 수만 있다면 더할 나위 없겠지만, 모든 사람이 두드러진 삶을 살 수는 없다. 타고난 재능과 주어진 조건에서 가장 나은 삶의 방식을 찾아내야 한다. 자라난 환경에 따라 다르다. 개인이 추구하는 이상, 가치관에 따라서도 달라진다. 네가 살아서 이루고 싶은 일과 죽어서 남기고 싶은 것은 무엇이냐?

쉽게 답을 찾기가 어렵다면 30년 혹은 40년 후 자식의 삶을 그려보아라. 네 자식이 나중에 살아가길 원하는 삶을 상상하라. 그것이 네가 살아야 할 방식이다. 40년 뒤 네 아들이 살기 바라는 삶의 자세, 살아가는 방식을 실천한다면 죽어가면서 후회하지 않으리라. 살아서 칭찬받고 죽음에 슬퍼하리라.

아빠가 전역 후 프리랜서 작가로 살아가는 이유는 세 가지다. 첫째는 얼마 남지 않은(50년을 더 산다고 해도 충분하지 않다) 삶을 엄마와 행복하게 보내기 위해서고, 둘째는 몸과 마음이 구속받지 않는 완전한 자유를 누리기 위해서며, 셋째는 내 자식에게 늙어서 살아가는 방식을 몸소 보여주기 위함이다.

삶에는 비용이 든다. 아빠에게도 돈이 필요하다. 지구상 절경을 찾아 여행을 떠나고 싶은 마음이 간절하다. 그런데도 취직하지 않고 프리랜서 작가를 고집하는 이유는 앞에 말한 세 가지다. 작가는 은퇴 시기가 따로 없다. 치매로 정신을 놓지 않는 한 죽을 때까지 작업이 가능하다. 읽고 쓰는 데는 나이 제한이 없다.

아빠의 생각이 꼭 옳은 건 아니다. 현재 옳다고 생각하는 방향으로 살아갈 뿐이다. 더 좋은 방식을 발견하면 기꺼이 바꿀 테다. 아빠는 내 자식이 은퇴 후 프리랜서 작가로 살아가기를 바란다. 읽고 쓰는 것으로 사유하고 성찰하기를 바란다. 누구에게도 몸과 마음이 얽매임 없이 완전한 자유와 더불어 행복을 만끽하기를 바란다. 이것이 너에 대한 희망이다.

아들아, 너도 네 자식이 살아가길 원하는 삶의 방식을 그려보아

라. 그 길을 가라. 아빠는 이제야 그런 삶을 살아가지만, 너는 삼
십 대부터 자식이 원하는 삶을 살아가라. 네 자식이 기꺼이 따라
가고 싶은 삶의 궤적을 그려라. 인류가 추앙하는 찬란한 삶이 아
니라도, 국민이 우러르는 영웅적 삶이 아니더라도, 자식이 존중하
는 삶이라면 만족하리라. 자기 인생에서 떳떳한 주인공이라고 자
부하리라.

2023. 9.

큰딸 생일 축하 편지

어느새 연말이군. 딸은 연간 계획을 모두 마쳤는가? 보람찬 한 해였기를 바라며 더 보람찬 새해가 되기를 바라오. 12월 첫날에 미리 딸 생일 축하하네. '생일 축하합니다!'

딸이 직장인으로 산 첫해가 지나가네. 28년간이나 부모 도움으로 살다가 직접 생활비를 벌어본 소감이 어떠신지…. 엄청나게 힘든 건 아니라도 역시 만만치 않지? 세상에 쉬운 일은 없다. 아무리 하찮아 보여도 막상 자신이 하려고 하면 쉽지 않지. 크게 걱정한 건 아니지만 직장에 잘 적응하는 것 같아서 아빠 마음이 기쁘네. 6개월간 적응하느라 수고했고 무사히 안착한 걸 축하해, 한번 더 취업 축하합니다.

직업에는 귀천이 없다. 말은 그렇게 하지만 막상 자기나 자식 직업을 선택하고 추천할 때는 생각이 바뀌지. 더럽고 힘들고 위험한 일은 피하려고 해. 심지어 무위도식하는 한이 있더라도 말이야. 인간의 모순된 이중심리지만 안락하게 오래 살기를 바라는 본성이니 어쩔 수 없는 일이지.

과거에는 직업에 귀천이 있다고 생각했다. 공자 말대로 사대부

아내에게 쓰는 편지

는 귀하고 백성은 천하다고 생각했지. 벼슬길에 올라서 부귀영화를 누리며 호의호식하는 사람이 훌륭하고, 생계유지에 급급하여 생업에 종사하는 일을 하찮게 생각했지. 유교식 잘못된 세뇌 교육 탓이야. 지금은 그렇게 생각하지 않는다.

40년 전에는 장교는 존중하고 부사관은 천대하였다. 공자 사고방식이 그대로 적용되었지. 지금은 다르다. 장교라고 해서 부사관에게 함부로 대할 수 없지. 진정한 인권 국가가 된 거야. 부사관이나 병사에게 함부로 했다가는 인터넷에 올려진 동영상 한 편에 몰락한다. 수십 년 공들여 쌓은 탑이 한순간에 허물어지는 거야. 기득권자에겐 두려운 세상이고 약자도 한 방을 갖게 된 거지. 완전하게 공정하고 평등한 세상은 아니지만 적어도 인권 측면에서는 가장 평등한 시대에 살고 있다.

9급 공무원 시험을 친다고 해서 사실 처음에는 걱정했다. 네 능력에 비추어서 떨어질 걸 염려하진 않았으나 적은 급여와 주변 사람 시선에 자존심을 상할까 봐 걱정하였지. 사람은 자기만족보다 주변 사람의 시선을 더 의식하는 사회적 존재거든. 다행히 그런 일은 없었다. 어디에나 있기 마련인 코드가 맞지 않는 사람 때문에 힘들어하는 모습이 안타까웠지만 꿋꿋하게 이겨내는 모습이 자랑스럽다. 행복의 비밀은 직급이나 봉급에 있는 게 아니라 만족하고 감사하는 데 있지. 만족하라, 수용하라, 감사하라 그게 행복의 첩경이야. 딸이 그 길을 찾아서 씩씩하게 가는 걸 보니 적이 안심이다. 고마워 딸, 걱정 덜어줘서.

나는 9급 공무원 딸이 자랑스럽다. 농담이 아니야. 봉급을 훨씬 많이 받고 집중 조명을 받으며 떵떵거리며 살아가지만, 절반의 국민에게 욕먹는 대통령이나 모두가 손가락질하는 국회의원보다 훨씬 영광스러운 일이라고 생각해. 아빠 생각은 그렇다. 아빠는 누구에게 욕먹는 것을 끔찍하게 싫어하거든. 설령 4천만 명이 추앙하더라도 천만 명이 비난한다면 아빠는 그런 일이 싫어. 아마 정치인은 국민이 싫어하는 걸 몰라서가 아니라 욕먹는 한이 있더라도 이익을 포기할 수 없어서일 거야. 시비선악을 떠나서 각자 취향이지. 욕먹더라도 이익을 얻는 게 행복하다면 그 일은 해도 무방하다.

아빠는 양심적으로 살기를 바란다. 당연히 합법적으로 살아야 하지만 그것만으로는 부족해. 법이 허락하더라도 부끄러운 일이라면 해서는 안 되지. 부동산 투기나 사교육, 정치도 그렇다고 생각해. 법은 최대한이 아니고 최소한의 제한장치야. 사회질서 유지를 위한 아주 적은 규제지. 모두가 한다고 해서 따라 해서는 안 된다. 기준은 법이나 관습이 아니라 양심이야. 하늘을 우러러 부끄럽지 않고 자식에게 자랑스럽게 말할 수 있어야 한다. 지지자만 포용하는 편협한 대통령보다는 떳떳한 9급 공무원이 더 훌륭한 사람이라고 생각한다.

9급 공무원이 최하위 직급이지만 그 일은 막중하다. 시민과 직접 상대해야 하지. 시민이 누구인가? 주인이야. 시장이 아니라 시민이 주인이지. 그래서 공무원을 공복(公僕)이라고 하잖아. 언제나

아내에게 쓰는 편지

시민의 처지에서 생각하고 일을 처리해야 해. 간혹 갑질하는 시민이 뉴스에 나오던데 힘들더라도 슬기롭게 대처해라. 화가 난다고 맞상대해서는 안 돼. 종이 기분 나쁘다고 주인에게 대들지 못하듯이 참아야 한다. 참고 참다 보면 금방 성장할 거야. 어른이 되는 거지. 청렴결백한 공무원, 공명정대한 인격자, 거인으로 성장하길 바란다.

미래를 상상하라

모든 생명체는 현재에 살아간다. 이성적 동물을 자처하는 인간만이 다르지. 소통을 통해 만물의 영장이 되었고 사고력을 극대화한 인간의 특성은 상상이다. 눈에 보이는 현실이 아니라 볼 수 없거나 보이지 않는 사물을 상상하는 힘이 오늘날 인류를 만들었다. 훌륭한 사람은 늘 현재를 즐기면서도 가끔 미래를 상상한다. 걱정하거나 고민하는 게 아니라 방향성을 잡기 위해서지. 오래 걷다 보면 아주 적은 차이가 넘을 수 없는 거대한 장벽으로 바뀌기도 한다.

당장 사는 게 괴롭다. 사람이 원하는 거의 모든 건 경쟁이 치열하지. 개인차가 있음에도 궁극적인 목표는 대체로 비슷하다. 부와 명예와 권력이지. 잘못된 교육과 관습에 따른 것이기는 하지만 남보다 우월해야 행복한 인간 본성 탓이다. 두 가지 해결책이 있다.

모든 경쟁에서 승리하여 압도적인 삶을 살아가거나, 삶의 목적을 바꾸는 방식이지. 어쨌든 미래에 대한 상상은 필요하다. 10년 뒤 어떻게 살아갈 것인가? 20년 뒤에는 무슨 일을 할 것인가? 30년 뒤에는 무엇을 즐길 것인가?

저출산 고령화가 사회적 문제다. 고령화는 산업과 의학의 발달에 힘입은 바 크지만, 저출산은 인간 삶의 경향이 바뀌어서다. 생명체의 본성 그대로라면 생존과 번식이 최우선이겠지만 인간은 자기 행복으로 바뀐 지 오래다. 예전에는 가족을 우선하였으나 현재는 개인의 행복이 먼저지. 자식을 낳아서 키우는 일은 힘들다. 사회 구조상 여성에게 더 불리하다. 젊은 여성이 결혼과 출산을 피하는 이유다. 그것은 당장 눈앞에 보이는 것만 생각하는 근시안적 판단이다.

물론 출산과 육아는 힘들다. 그 전에 연애와 결혼이라는 관문을 통과해야 하지. 평생 벌어도 살 수 없는 보금자리는 젊은이에게 너무 큰 장애물이다. 주변의 도움으로 어찌어찌 통과해도 출산과 육아는 온전히 젊은이의 몫이지. 홀몸으로 살아가는 데도 고달픈데 자식은 거추장스러운 짐으로 생각될 거야. 그 생각은 옳지 않다.

산속을 혼자서 걸어간다면 두려운 생각이 든다. 밤이라면 더욱 그렇지. 아기와 함께라면 다르다. 아기는 포식동물이나 악한을 만나면 전혀 도움이 되지 않는다. 혼자라면 달아날 수 있어도 아기가 있다면 포기해야 하리라. 그런데도 아이와 함께라면 두려운 게

아내에게 쓰는 편지

없다. 아기를 업은 아주머니의 표정을 봐라. 양손에 짐을 잔뜩 들고 있어도 두려운 게 없다. 거침이 없지. 혼자라면 달아날 수 있으나 아이가 있다면 어떤 위기에도 결연하다. 싸우다 죽는 한이 있더라도 물러설 수 없지. 막다른 골목에 다다른 사람은 용기백배한다. 젊은이가 실연에 죽기는 쉬워도 가장이 고달픈 삶을 포기하는 건 쉽지 않다.

더 어려운 상황이라고 해서 불행한 건 아니다. 오히려 용기를 내게 하지. 자신의 존재 이유가 확실한 거야. 부모가 포기한다면 아이의 삶도 끝이다. 자신보다 더 소중한 존재인 자식의 불행을 막지 않으려는 부모는 없다. 살고자 하는 욕망에 불타게 한다. 아이는 그런 존재다. 흔히 아이를 키운다고 한다. 부모가 아이를 키우는 건 맞다. 아이는 부모에게 배운다. 부모는 아이에게 더 많은 걸 배운다. 애를 낳고 키우면서 몰랐던 걸 너무 많이 깨닫게 되지. 애 키워보지 않은 사람이 아이라는 말은 정확하다. 책이나 드라마에서 본 것과 자신이 직접 경험하는 건 차원이 다르다.

결혼하지 않고 혼자 산다면 10년 뒤까지는 그럭저럭 괜찮을 거다. 결혼해서 자식을 갖지 않더라도 20년 뒤에는 외롭지 않을 거야. 남편과 둘이서 버는 돈으로 여유롭게 삶을 즐길 수 있지. 아마 30년이나 50년 뒤에는 상황이 달라질 것이다. 어쩌면 남편이 먼저 떠났을 수도 있지. 사람은 자기 자신을 가장 사랑한다. 그러나 혼자서는 살 수 없지. 자기 못지않게 혹은 자신보다도 더 사랑하는 사람을 가진 자는 행복하다. 스스로 죽음에는 초연하지만,

배우자나 자식의 죽음에는 고통스러워하지. 그런 의미에서 사람은 자신보다 가족을 더 소중하게 생각하는 존재다.

아빠는 너희가 모두 가정을 이루어 살아가기를 바란다. 엄마 아빠가 세상을 떠난 뒤에도 사랑하는 사람을 믿고 의지하길 바란다. 자식을 키우는 비용이나 노고로만 판단하지 말고 자식이 주는 깨달음이나 기쁨을 상상하길 바란다. 엄마 아빠는 너희 3남매를 잘 키웠다. 물론 대부분 엄마의 노력에 힘입었지만 자라는 모습을 보면서 얼마나 큰 기쁨과 용기를 얻었는지 모른다.

자식이 아니라면 어디서 그런 사랑을 경험한단 말인가? 네 몸 안에서 뛰는 너 아닌 사람의 심장박동을 느낄 때 어떤 기분일까? 네 몸 밖에서 뛰는 다른 사람의 심장박동이 마치 네 심장처럼 느껴진다면? 아빠는 모른다. 엄마만이 경험하는 신비한 체험이다. 그래서 엄마의 다른 이름이 신이요 사랑이다. 자식을 위하여 자신의 모든 걸 바칠 수 있는 게 엄마다. 그런 무한사랑을 직접 경험하지 못한다면 실패한 삶이다.

아빠는 행복하다. 엄마와 너희가 건강하게 살아가기 때문이지. 행복의 조건은 다양하지만, 의식주에 큰 지장이 없다면 가족의 건강만으로 행복할 수 있다. 이 단순한 진리를 깨닫거나 느끼지 못한다면 아무리 누리는 자라도 불행한 사람이라고 단언한다.

아빠도 10년 20년 30년 뒤를 상상한다. 젊어서 그랬듯이 지금도 그렇다. 어쩌면 죽었을지도 모르지. 죽으면 의식이 없으니 괜찮다. 죽기 전까지 사랑하는 사람을 느끼고 싶다. 가족과 친구에 손자

아내에게 쓰는 편지

손녀가 더한다면 좋겠다. 의식이 또렷하지 않고 말도 못 하는 주제에 생존 본능으로 방실방실 웃는 아기의 천진난만한 모습에 감동하지 않을 사람이 있는가?

오늘도 험난한 세상 속으로 당당히 뛰어드는 큰딸의 밝은 미래를 믿는다. 공명정대하고 청렴결백한 공무원과 더불어 어진 아내, 현명한 엄마가 될 걸 믿는다. 세상의 중심은 엄마다. 가정의 중심이자 우주의 중심이지. 그 중심에서 늘 찬란하게 빛나기를 바란다.

행복의 조건

누구나 행복한 삶을 원한다. 행복이란 무엇인가? 행복은 유쾌한 마음의 상태다. 행복에 절대적인 기준은 없다. 직전 마음의 상태에 따라서 더 좋으면 행복하고, 더 나쁘면 불행하다고 느끼지. 지속해서 더 좋아질 수 없는 게 인간 마음이라면 항상 행복할 수는 없다. 그런데도 늘 행복하기를 바란다. 인간은 불가능한 걸 알면서도 포기할 줄 모르는 불가사의한 존재야.

사람은 태어나면서부터 쾌락을 좇고 고통을 멀리한다. 쾌락이 무엇인가? 좋은 것이다. 좋은 것은 무엇인가? 생존과 번식에 유리한 상황이다. 생존과 번식에 불리한 상황을 맞이하면 사람은 고통을 느낀다. 자연재해나 사랑하는 사람과 헤어질 때 사람은 격심한 통증을 느낀다. 생존과 번식에 대한 위협을 인간의 정신은 공포로 받아들이고 몸은 고통으로 감지한다. 행복은 쾌락이 이어지는 상태 또는 고통이 없는 상태다.

쾌락이 좋은 것이지만 지나치면 고통을 부른다. 지나친 식욕과 성욕은 고통이 따르게 마련이다. 생명체는 제한된 자원을 놓고 경쟁한다. 먹거리와 이성 상대가 무제한이라면 지나쳐도 큰 문제는 없으리라. 끝없는 욕망은 곧 한계에 봉착하고 이루지 못한 욕망은 고통으로 나타난다.

쾌락주의자라고 알려진 그리스 철학자 에피쿠로스는 행복의 요소를 세 가지 욕망으로 구분했다. 필수적인 욕망과 필수적이지 않은 욕망, 그리고 허망한 욕망이다. 필수적인 욕망은 사람이 살아가는 데 없어서는 안 될 음식과 옷과 집이다. 필수적이지 않은 욕망은 있으면 좋으나 없어도 무방한 맛있는 음식과 좋은 옷과 쾌적한 집이다. 허망한 욕망은 사람이 끝없이 추구하지만, 생존과 직접적인 관계가 없는 대중의 인기와 사회적 명성이다. 에피쿠로스는 필수적인 것 외에는 욕망을 버려야 행복에 이른다고 보았다.

기본적인 의식주 구비에 큰 힘이 드는 건 아니다. 필수적이지 않고 허망한 욕망은 끝이 없다. 욕망을 이루기 위해서는 엄청난 경쟁과 노력이 따르고, 욕망을 이루고 나서는 새로운 욕망에 직면한다. 서민보다 높은 신분인 시장이나 군수는 국회의원을 노리고, 국회의원은 도지사나 대통령을 꿈꾼다. 대통령이 된다고 해서 만족하는가? 퇴임 후를 꿈꾼다. 10억 원을 가진 사람도, 100억 원을 가진 사람도, 1,000억 원을 가진 사람도 더 많이 가진 자를 질시

한다. 욕망은 얻기보다는 버려야 할 대상이다.

2500년 전 에피쿠로스의 통찰은 훌륭하다. 동시대 사람이 쾌락주의자라고 비난하였지만, 그는 쾌락주의자가 아니라 금욕주의자다. 쾌락을 추구하였으나 금욕이 쾌락에 이르는 지름길이라고 역설하였다. 에피쿠로스가 말한 쾌락은 무아지경이나 압도적인 감동이 아니라 몸과 마음이 아프거나 괴롭지 않은 편안한 상태다. 위협에 노출되지 않아 안락한 상태를 '아타락시아'라고 하고, 이것을 쾌락이라고 정의하였다.

에피쿠로스는 필수적인 욕망에 철학과 우정을 더하였다. 불필요한 욕망을 억제하고 사랑하는 사람과 소박하게 살아간다면 어떤 욕망에도 흔들리지 않고 고통이 없는 상태인 아타락시아에 이른다고 보았다. 철학은 지혜를 위하여 필요하고 우정은 사회적 동물인 인간의 본성을 충족하기 위해서다.

에피쿠로스의 통찰이 훌륭하지만 젊어서부터 욕망을 버릴 필요는 없다. 욕망을 위하여 지나치게 몰입하지 말라는 뜻이다. 타고난 재능을 발휘하지 못한다면 안타까운 일이다. 자신과 인류를 위하여 충분히 사용하는 게 좋다. 플라톤이 말한 지혜 용기 절제 정의라는 덕이 필요하다. 욕망에는 끝이 없다는 통찰을 실제 삶에 적용하는 데는 용기와 절제가 필요하다. 이웃과 갈등하지 않고 조화를 이루며 살아가는 데는 지혜와 정의가 필요하다.

행복의 조건은 대단하지 않다. 건강한 대한민국 국민이라면 필수적인 요소는 대부분 갖추었다. 문제는 마음의 상태다. 불행의

원인은 비교다. 겸손하면 행복하리라. 다른 사람을 부러워하지 않는 것만으로 행복할 수 있다. 부족한 게 있다면 노력하되 수용해라. 모든 면에서 탁월한 사람은 없다. 환경은 태어날 때부터 주어진다. 불평해야 소용없다. 그냥 받아들여라.

딸이 행복하기를 바란다. 부귀영화를 누리며 호의호식하기를 바란다. 압도적인 삶을 산다면 통쾌하겠지만 아마 불가능하리라. 에피쿠로스의 통찰대로 필수적이지 않고 허망한 욕망을 절제함으로써 행복하기 바란다. 무아지경과 압도적인 감동의 쾌락이 아니라 몸이 고통스럽지 않고 마음이 편안한 아타락시아로 살아가기 바란다.

어떻게 살 것인가

사람은 다르면서도 같다. 취향이 다르고 세부에서는 다르더라도 큰 틀에서 닮은 점이 많지. 부귀영화와 호의호식은 대체로 원하는 바다. 인정받고 존중받으며 사랑받길 원하지. 존경받는다면 더할 나위 없겠으나 사람이 사람을 존경하는 건 지극히 어려운 일이다. 인정과 존중받는 것만으로도 충분히 훌륭한 사람이다.

행복의 비밀은 간단하다. 의식주에 큰 지장이 없으면서 주변 사람과 좋은 인간관계를 맺으며 살아가는 것이다. 학력과 직업과 신분은 그 두 가지를 충족하는 데 유용한 도구지. 사람은 뛰어난 사람을 인정한다. 훌륭한 학력과 신분은 모든 사람이 원하기에 존중받는 배경이 된다. 직업을 구하기도 진급하기에도 쉽고 인간관계를 맺는 데도 유리하다. 딸은 좋은 조건을 갖춘 거야. 그동안 열심히 살아온 덕분이다.

당면 과제는 결혼이다. 문제는 배우자지. 너한테는 너 이상으로 중요한 사람이다. 어떤 남자가 훌륭한 남편감인가? 잘 생기고 부유한 사람이 여자가 첫손으로 꼽는 남자다. 그런 사람은 연애하기에 좋은 사람이지 배우자로는 적절하지 않다. 부부는 마음의 화합이 중요하다. 가치관이 가장 중요하지. 지향점이 비슷해야 하는 거야. 경제적으로 인색한 자는 천박하고 호탕한 자는 실속이 없지. 어떤 사람이 좋다는 게 아니라 네 성향과 일치해야 하는 거야. 연애할 때는 호탕한 사람이 좋다가 결혼하면 인색한 자가 좋다고 하는 건 모순이다. 현재 기분이 아니라 미래 남편의 처지나 제삼자의 눈으로 바라봐야 해.

평범한 외모와 의식주에 충분한 경제력을 갖췄다면 윤리적 사회적 공감이 중요하다. 종교와 취미가 같은 사람이 좋다고 생각해. 세 살 버릇 여든까지 간다는 말이 괜히 있는 게 아니다. 사람의 정체성을 바꾸는 건 힘들어. 있는 그대로 살아도 좋지 않다면 다른 사람을 고르는 게 낫다. 사람은 자신을 보편적인 사람으로 생각하는 경향이 있다. 자기 생각이 일반적이고 평균적이라고 생각하지. 모든 사람이 독특하다는 데서 보편적이거나 일반적인 사람은 없다. 각기 다른 개인만 존재할 뿐이지.

2023

아빠는 아빠가 보편적인 사람이라고 생각했다. 아마 엄마도 그랬을 거야. 실제로는 매우 독특한 사람이다. 네 생각이 일반적이기에 다른 사람 생각도 그러리라는 건 완전히 틀린 생각이다. 매우 다른 사람이 교감과 공감을 통하여 협력하고 살아야 하는 게 부부다. 그 사람과 가치관이 얼마나 일치하는가가 중요해. 옳고 그름의 문제가 아닌 성향이지. 우선순위가 돈인지 명예인지 종교인지는 미리 알 수 있잖아? 가치관이 비슷할수록 좋은 부부, 훌륭한 부모가 될 가능성이 크다.

지금까지 열심히 산 덕분에 딸은 건전하고 건강하다. 절반의 성공을 이룬 셈이지. 나머지 절반도 반드시 성공하리라 믿는다. 미래를 상상하여 행복한 삶을 만들어가라고 장황하게 설명하였지만, 한마디로 요약한다면 주변 사람과 조화롭게 살라는 말이다. 자신이 원하는 일을 하되 다른 사람이 싫어하는 말이나 행동을 자제하는 거지. 모든 사람한테는 아니더라도 주변 사람에게는 사랑받아야 해.

주변 사람이 바라는 사람은 어떤 사람일까? 예쁘거나 날씬하거나 똑똑한 사람은 아니다. 잘나거나 못나거나 지저분한 사람도 아냐. 외모와 학력이나 지식과는 무관하다. 도움이 되는 사람을 원하지. 못생겼어도 상관없어. 기쁠 때 박장대소하며 환호하고, 슬플 때 아파서 눈물 흘리며, 화낼 때 더 분노하고, 잘 들어주고 맞장구쳐주는 사람이야. 자기한테 필요한 사람이야. 철학적으로 말하자면 존재해야 하는 이유가 확실한 사람이지.

아내에게 쓰는 편지

경쟁이 치열한 각박한 세상이지만 아빠가 보기에는 역사상 가장 좋은 시대다. 과거에는 이렇게 풍요와 인권을 누린 적이 없다. 발전에 따른 기후변화 등을 고려하면 먼 훗날까지 이런 세상이 이어지리란 보장이 없다. 지금이 가장 좋을 때지. 가장 좋을 때 인생에서 가장 좋은 청춘을 보내는 딸에게 축하를 보낸다. 삶은 좋은 거야. 스스로 좋다고 생각하고 행복하다고 느끼면 그렇다. 매일 행복한 이유를 찾아내서 행복하기를 바란다. 오늘 하루도 행복하셔! 생일 축하합니다!

2023. 12.

2024

결혼기념일 축하 편지

만남 30주년

내일모레가 벌써 결혼 29주년 기념일이네. 정말 세월은 유수와 같아 쉬는 법을 모르는 듯하오. 인간이 과거를 회상하듯 종종 쉬었다 가면 좋으련만…. 어려서는 아저씨 할아버지가 딴 나라 이야기 같더니만, 이렇게 순식간에 늙을 줄 누가 알았겠소. 더 시간을 아껴 써야 할 거 같소. 최대한 행복하게 말이오.

올해는 결혼기념일과 당신 생일이 하루 차이네. 미리 아울러 축하하오. 태어나 줘서 고맙고 나와 함께 살아줘서 감사하오. 결혼기념일이 나한테는 축하받아 마땅한 날이지만 당신에겐 어떤지 궁금하오. 당신도 축하받고 싶은 날이기를 바라며, 오묘한 생명의 기운으로 이 땅에 온 것을 진심으로 축하합니다.

처음 만나고 나서 일 년이 채 안 되어 결혼했으니 만남 30주년이오. 처음 만났을 때는 대수롭지 않게 여겼으나 지나고 보니 만나기 전과 후의 내 삶은 천양지차요. 삶의 형태가 완전히 달라졌다는 데서 새로 태어난 거나 다를 바 없소.

아내에게 쓰는 편지

가난한 농부의 셋째 아들로 태어나 사랑을 모르고 각박하게 살았소. 생명의 본능으로 생존 의욕만은 왕성하였소. 내 삶은 투쟁의 연속이었소. 모든 걸 이기기를 바랐소. 어려서 읽은 삼국지의 영향으로 세상은 강자의 것임을 알았소. 약자는 비굴할 수밖에 없소. 목숨이 강자에게 좌우되는 비참한 삶을 살아야 하오. 비록 가난하였으나 약자로 살아가기 싫었소.

　초등학교 입학할 때는 남루하고 어리벙벙한 촌놈이었으나 글을 배우고 나서 바로 읽은 삼국지는 나에게 신세계였소. 비로소 농촌에서 땀 흘리며 사는 삶이 전부가 아님을 깨달았소. 그때까지는 고향 부여군 충화면 만지리와 우리 집이 내가 아는 세상 전부였소. 당연히 농부로 살아가리라 여겼소. 조조와 유비와 제갈량과 같은 생각을 하는 사람이 있다는 데 놀랐소. 관운장이나 조자룡 같은 삶이 있다는 걸 깨달았소.

　삼국지 등장인물은 모두 뛰어난 사람이오. 조연조차 평범한 사람이 아니오. 왕이 되는 조조 유비 손권의 삶도 훌륭하였고, 모사로 전투의 승부를 가름하는 가후, 곽가, 복룡, 봉추, 주유도 대단하였지만 대부분 꼬마가 그렇듯 용맹 무쌍한 장수에게 꽂혔소. 싸움에는 여포였으나 의리와 자부심의 대명사 관운장이 가장 강렬하게 꽂혔고, 무용과 충성심이 놀라운 조자룡을 꿈꾸었소. 관운장과 조자룡의 삶이 곧 내가 걸어야 할 길이었소.

　작가 나관중이 삼국지에서 가장 미화한 인물이 제갈량과 관운장과 조자룡이라고 하오. 정사와는 꽤 차이가 난다지. 나중에 안 사실은 나에게 의미가 없소. 나는 실제 관운장이나 조자룡의 삶을 흠모한 게 아니라 소설 속 인물을 추앙하였소. 나의 꿈은 촉나라가 아닌 대한민국의 번영과 영광이었소. 교과서 맨 앞에 나오던 국민교육헌장이 내가 살아갈 지표였소.

목적을 이루기 위해 할 일은 단 하나, 강한 사람이 되는 것이었소. 최강남아가 된다면 조국에 큰 힘이 되리다. 공부, 달리기, 글짓기, 그림, 싸움 모두 최고가 되기를 바랐소. 타고난 재능은 평범하였으나 삼국지가 불어넣은 무모한 꿈으로 삶에 몰입하였소. 나는 늘 처절하게 싸웠소. 대상은 만나는 모든 사람이었으나 주로 나 자신이었소. 평범한 사람이 앞장서는 일은 쉬운 일이 아니오. 늘 몇 배 노력해야 하오. 피곤하였으나 약간의 성취는 피로를 잊게 하였소.

훌륭한 대통령이 되고자 늘 책을 가까이했소. 읽을 책이 없었으나 눈에 띄는 모든 책을 읽었소. 대통령이 무엇인지 정확히 몰랐고, 되는 과정을 알 수 없었으며, 가능성이 거의 없다는 걸 걱정하지 않았소. 꿈이 이루어지지 않을 걸 걱정한 게 아니라 이루어졌을 때 무능한 지도자가 되는 걸 염려하였소. 훌륭한 사람이 대통령이 못 되는 건 나라에 피해가 없으나, 어리석은 주제에 지도자가 되는 불운은 절대 막아야 한다고 생각했소. 그래서 초등학교 이래 지금까지 나의 여유 시간은 늘 독서요.

중학교 때부터 결혼을 꿈꾸었소. 생리적인 욕구 해결을 위해서도 필요했으나 무엇보다도 시간을 아끼기 위해서였소. 나는 카사

　　　　　　　　　　　　　　아내에게 쓰는 편지

노바가 될 마음이 없었소. 여자 여럿을 사귀거나 농락하였다는 경험담이 부러울 때도 있었으나 그런 사람이 되고 싶지는 않았소. 그건 공자가 말한 입신양명이나 불멸의 명성을 남기는 길이 아니었소. 나는 살아서 대한민국의 번영과 영광을 이루고 죽어서 불후의 명예를 얻고자 했소. 알렉산더나 카이사르나 칭기즈칸에 비견되는 영웅이 되려고 했던 거요.

사랑은 커다란 기쁨을 선사하지만 위대한 업적과 비교하면 시시하오. 그러나 업적을 이룰 때 이루더라도 모든 게 때가 있는 법 아니겠소? 학교 다닐 때는 공부를 열심히 하고 젊어서 장가들 나이에는 결혼해야 하는 법이오. 나라의 번영뿐만 아니라 가문의 번성도 내게는 사명이었소. 여자를 사귀는 일은 즐겁지만 피곤한 일이오. 남자는 여자를 이해할 수 없소. 여자가 기대하는 걸 충족하기는 쉽지 않은 일이오. 결혼할 여자가 아니라면 아까운 시간과 비용과 체력을 낭비할 수 없었소. 젊어서 외로울 수밖에 없었던 까닭이오.

고등학생 때부터 절세미녀 한 명을 간절히 원하였으나 기회조차 없었소. 아름다운 배우자를 얻기 위하여 남이 하지 않은 별의 별 짓을 다 하였으나 별무신통이었소. 어쩌다 눈이 콩깍지에 씌워 따라다닌 여자는 모두 거부하였소. 알 수 없는 감정의 폭주로 엄청난 갈등과 방황을 마칠 무렵 만난 게 당신이오. 모든 게 신의 가호였다고 생각하오. 미녀를 얻기 위한 노력과 실패가 없었다면 당신과 쉽게 가까워질 수 없었을 거요. 약간 겸손해지고 주제 파악하였기에 짧은 시간에 의기투합하여 결혼에 이르게 된 거요.

당신과 만나기까지는 너무 긴 시간이었소. 아까운 시간을 허송 세월한 게 억울하였소. 만나는데 긴 세월이었으나 돌이켜보니 함께 한 시간이 더 오래구려. 나는 지금 행복하오. 나도 노력하였으나 당신은 진짜로 열심히 살았소. 우리가 현재 행복하게 사는 건 모두 당신 덕분이라 생각하오. 거창한 꿈, 부와 명예와 권력을 모두 내려놓은 지금 내 유일한 희망은 당신의 행복이오. 당신의 행복이 곧 내 행복이오.

대체 불가능한 존재

결혼 후 내 삶은 완전히 바뀌었소. 우선 아침을 먹고 출근하게 되었소. 결혼 전에는 아침을 건너뛸 때가 허다하였으나 절대 그런 일은 일어나지 않았지. 새벽 다섯 시든 여섯 시든 출근 시간 전에 아침 식사를 준비했소. 양식을 싫어하는 탓에 빵이나 우유로 간단히 때우는 일은 없었소. 시래기나 아욱 된장국을 늘 준비했지. 어려서는 매일 먹어서 그렇게 싫었는데, 웬일인지 질리지 않는 음식이 된장국이더구려.

총각 때는 후줄근하게 입고 다니는 게 예사였으나 당신은 그런 꼴을 보지 못했지. 거의 매일 갈아입으라는 통에 내가 오히려 귀찮을 지경이었소. 당신 덕에 한결 번듯한 모습으로 살았소. 총각 때 가장 귀찮고 번거로운 일이 식사와 빨래였는데 당신이 완벽하게 해결해주었소. 당신 덕에 아무런 잡념 없이 일에 몰두하게 된 거요.

만나고 1년이 채 안 돼서 결혼하였고, 결혼 후 1년이 안 돼서 첫 아이를 가졌소. 한국인의 특성이 '빨리빨리'라고 하는데 그런 측면에서 우리는 전형적인 한국인이오. 결혼조차 생각하지 않던 당신이 불과 2년 만에 처녀에서 아내로, 다시 아내에서 엄마로 변신한 거요. 처녀에서 아내로 변한 건 단지 환경과 상황이 바뀌었을 뿐이지만, 엄마가 된 건 경천동지할 일이었소. 여자는 한 사람일 뿐이지만 엄마는 모든 사물을 초월하는 존재요. 무한 봉사와 사랑을 실천하는 신격에 이른 게요.

아이를 잘 키우기 위해 전업주부로 변신한 당신은 모든 게 서툰 초보 엄마였지만 금방 완전해졌소. 아이나 나에게는 커다란 행운이었지. 거창한 꿈을 가졌기에 가정을 돌볼 여가가 없었소. 부족한 재능으로 사무실 업무조차 벅찰 정도였지. 그래서 당신에게 말했던 거요.

'당신은 가정을 책임지소. 어쨌든 간에 직장 일은 전부 내가 책임지리다.'

당신은 그 말에 완벽하게 부응하였소. 모든 에너지를 업무에 쏟은 결과 평범한 군인이 될 수 있었소. 성취랄 게 없지만, 만약 내가 세상에 무언가 도움이 되었거나 남기는 게 있다면 그건 전적으로 당신 공로요.

뜻하지 않게 애를 셋이나 둔 당신은 그야말로 눈코 뜰 새 없이 바쁜 나날을 보냈소. 둘째인 아들이 아토피를 타고나서 못 먹는 음식이 많았지. 우유, 팜유, 달걀, 시금치를 못 먹는다는 걸 알았소. 가공식품에 우유나 달걀이 들어가지 않는 음식은 거의 없소. 아들을 위해서 직접 만들어 먹여야 했지. 현재까지 아토피는 고쳐지지 않았소. 모든 사람이 엄마의 사랑이 없었다면 존재할 수 없겠지만, 우리 아들은 정말 당신의 노력과 헌신이 아니라면 살 수 없었을 거요. 아들에게 당신은 생명의 은인인 셈이오.

다행히 셋 모두 당신을 닮아서 똑똑하였소. 내 지능지수를 알고 있소. 둔재는 아니나 절대 천재는 아니오. 외모는 부모의 장점을 닮지 않았으나 두뇌는 완벽하게 당신을 닮았지. 평범한 나는 노력형이었으나 똑똑한 아이들은 그렇지 않았소. 하긴 천재가 노력한다면 세상 모두를 차지하겠지. 어쩌면 천재에게 노력하는 동기부여를 주지 않은 건 신의 배려라고 생각하오. 천재가 처절하게 노력한다면 온갖 영광을 독차지할 거요. 또래에게는 좌절을 선사하겠지. 남에게 처지지 않고 살아가는 것으로 만족합시다.

중령 진급에 실패한 뒤에야 내가 평범한 사람임을 확실히 알게 되었소. 꿈을 이루기 위해서가 아니라 생계를 위해서 진급해야 했소. 괴로운 시간이었소. 나는 그때까지 인생이 고통이라는 말을 이해하지 못했소. 어려서부터 찢어지게 가난하게 살았고 남부럽지 않게 살아본 적이 없는 데도 말이오. 망상이 있었기에 가능했소. 시련은 최후의 영광을 더 찬란하게 하기 위한 신의 배려라고 생각하였소. 역전승이 통쾌하듯 모든 어려움을 극복하고 난 후의 영광이 더욱 빛날 거요. 꿈을 이룰 걸 의심치 않았기에 어떠한 고난도 고통이 아니었던 거요.

생계를 위해 사는 보통 사람이 되자 힘들어졌소. 나는 군대 일을 좋아했소. 그것이 조국의 번영과 영광의 지름길이라고 확신했소. 봉급이 목표가 되자 스스로 하찮아지고 일은 보잘것없어졌소. 보람 없는 일은 괴로웠소. 사람들이 힘들어하는 이유를 늦게나마 알게 된 거요. 당장 때려치우고 싶었지만 세 아이와 아웅다웅 살아가는 당신 때문에 그럴 수 없었소. 세 아이를 제대로 키우려면 반드시 중령 진급에 성공해야 했소. 그때까지 군인 외 다른 직업은 생각조차 하지 않았으니 말이오.

중령 진급을 위해서 하는 일이 괴로웠지만, 그건 당신도 마찬가지요. 선배라는 사람들이 온갖 구실로 뜯어먹으려고 접근하였으나 대처 방법을 제대로 몰랐소. 나도 당신도 처음 겪는 일이니 모두에게 최선을 다해야 한다고 생각했지. 지나고 나니 나쁜 사람이라는 생각이 들었으나 그때는 모두 은인이라고 생각했소. 중령 진급 시기에 생활비가 배로 증가하였소. 세상은 그런 거요. 무거운 짐을 짊어진 사람에게 더 얹고 가난한 사람을 등쳐 먹는 거요.

지옥 같은 1년이 지난 후에 중령 진급에 성공한 게 그나마 다행이었소. 그런 시간을 보낸 수많은 사람이 진급에 실패하니 말이오. 3수 4수 끝에 진급한 사람도 있고 소령에서 마친 사람도 부지기수요. 생계를 위해서 노력해야 하는 내가 부끄러웠으나 그게 보통 사람의 운명이오. 자부심은 사라졌으나 아이들이 성인이 될 때까지 책임질 수 있다는 데 안심하였소. 부모보다 먼저 죽는 게 가장 큰 불효요, 아이가 성인이 되기 전에 죽는 부모가 최악이오. 중령 진급으로 가족에게 최소한의 책임은 다할 수 있었소.

진급이 해결되자 이번에는 부모님이었소. 두 분이 거의 동시에 뇌졸중이 와서 모시게 되었소. 군 관사에서 부모 모시는 사람이 흔치 않았으나 형제 중 형편이 되는 사람이 없어서 어쩔 수 없었소. 세 아이를 건사하면서 치매가 있는 부모를 모시는 건 쉬운 일이 아니요. 더군다나 대령 진급에 실패한 나는 타지를 전전할 때요. 만 5년을 당신 혼자 다섯 식구를 건사한 거요. 효부상을 받았으나 당신 노고에는 만분의 일에도 미치지 못하리다.

제대 말년에 두 분 부모님을 요양병원에 모시고 나서야 우리는 합칠 수 있었소. 두 아이가 대학에 진학한 후여서 막내만 데리고 오붓하게 살았지. 신혼 이후 그렇게 한적하게 살 기회가 없었소. 국방기술품질원에 근무할 때여서 업무도 바쁘지 않았소. 주말마다 이틀 연속으로 당신과 함께하는 등산에 행복하였소.

거창한 꿈을 버린 마당에 전역 후 일할 마음이 없었소. 당신에게 늘 말한 대로 시골에서 텃밭이나 가꾸면서 책 읽고 글이나 쓸 요량이었으나 세상은 만만치 않더이다. 돈이 부족하여 텃밭 딸린 집 한 채를 구할 수 없었소. 텃밭 가꾸는 꿈마저 포기하고 허름한

아내에게 쓰는 편지

아파트에 입주할 수밖에 없었던 거요.

텃밭은 없으나 후회하지도 불행하지도 않소. 하고 싶은 일 하고 사니 말이오. 내가 하는 건 읽고 쓰고 운동하는 일뿐이오. 사람이 불행한 까닭은 부족해서가 아니오. 사랑하는 사람과 헤어져야 하거나, 미워하는 사람과 함께해야 하기 때문이오. 나는 하고 싶은 일만 하는 게 아니라 사랑하는 사람과 살고, 보고 싶은 사람만 만나면서 살고 있소. 산악대장으로서 한 달에 한 번 산악회를 이끌고 등산하며, 진주 사천 지역 금오공고 동문, 공군 ROTC 동문, 예비역 무장장교와 교류하고 있소. 모두가 보고 싶고 만나고 싶은 사람이오.

인간관계를 유지하는 데 적당한 규모가 150명 내외라고 하오. 내가 일상에 접하는 사람이 그 정도인 듯하오. 더구나 그중에 싫어하는 사람이 없다는 게 중요하오. 애별리고(愛別離苦)와 원증회고(怨憎會苦)가 없는 나는 행복하오. 하루 세끼를 집에서 먹는 삼식(三食)이를 마다하지 않는 당신 덕분이오. 종일 집에 틀어박혀 세끼를 축내는 나를 꼴 보기 싫어하였다면 내가 억지로라도 직업을 가졌으리다. 읽고 쓰는 걸 허락한 당신이 고맙소.

당신은 대체 불가능한 존재요. 아마 나뿐만 아니라 세 아이한테도, 본가나 처가 가족한테도 마찬가지일 테요. 해맑게 웃으며 낭랑하고 사근사근하게 말하는 당신을 싫어할 사람은 없을 거요. 엄마는 가정의 중심이지만 내가 보기에는 우주의 중심이오. 중력이 만물을 끌어당기듯이 엄마는 가족을, 사람을 끌어당기오. 늘

그 주변을 맴돌게 하지. 모든 사람에게 좋은 영향을 주는 당신을
존경하고 사랑하오.

오늘 그리고 미래

당신과 함께하는 일은 매일 하는 산책과 일주일에 몇 차례 하는
등산이오. 자주 하는 등산이지만 산이 주는 기쁨이 가장 크더이
다. 산은 많은 것을 깨닫게 하오. 정상에 이르는 험난함을 가르치
며, 압도적인 풍광으로 마음의 때를 털어내게 하고, 인적이 뜸한
산길의 공포는 사람의 소중함을 되새기게 하며, 하산길의 위험은
삶의 마무리가 중요함을 깨닫게 하오.

산이 주는 즐거움은 여럿이지만 그중에서도 으뜸은 사계절이
주는 아름다움일 거요. 봄에는 주작산 덕룡산 달마산 장복산 영
취산 대금산 광려산 와룡산 화왕산 비슬산의 진달래가 아름답고,
망운산 천등산 일림산 봉화산 무등산 와룡산 황매산 천황산 지리
산의 철쭉이 화려하오.

여름에는 지리산 능선과 백운산 기백산 조계산 월악산 주왕산
가야산 덕유산에서 바라보는 변화무쌍한 뭉게구름이 장관이요,
가을에는 장안산 천관산 오서산 민둥산 황매산 화왕산 무장산의
억새와 월출산 백암산 내장산 대둔산 계룡산 덕유산 가야산 속리
산 설악산 북한산 지리산의 오색 단풍이 시름을 잊게 합니다.

아내에게 쓰는 편지

겨울에는 폭풍 한설에 괴롭지만, 설악산 지리산 태백산 소백산 덕유산 가야산의 황홀한 설경이 추위를 건디게 하오. 남해안에 펼쳐진 망산 가라산 계룡산 정병산 미륵산 벽방산 여항산 금산 호구산 와룡산 팔영산은 사시사철 장려한 한려수도의 조망을 선사하오.

　일 년에 백 번 넘게 등산하는 이가 흔치는 않으리다. 부부가 우리처럼 자주 등산하는 사람은 없을 거요. 나는 운이 좋은 사람이요. 가치관과 취미가 같은 사람을 배우자로 맞은 게 그 첫 번째요, 아이 셋이 건강하게 산다는 게 두 번째요, 함께 등산할 수 있을 정도로 튼튼한 심장과 다리를 가진 게 세 번째요, 생계유지가 가능한 상황이 네 번째요, 일 년 내내 가도 지겹지 않은 한려수도를 조망하는 산이 지천이라는 게 다섯 번째요.

　부모 형제 일이 뜻대로 풀리지 않아서 고민이 없는 바는 아니지만, 이 정도면 누구 못지않은 행운과 행복을 움켜쥐었다고 생각하오. 바쁘게 살아야 하는 당신에게는 미안하지만, 아직 독립하지 않고 함께 사는 아이들이 좋소. 자랄 때 가까이하지 않아서 몰랐던 서로를 알게 되어서 좋소.

　현재는 최상의 결과요. 나는 살아오면서 늘 그렇게 생각했소. 공군 어느 기지에서 근무할 때도 만족하고 행복했소. 일도 사람도 좋았소. 지금도 그러하오. 우리 가족뿐만 아니라 교류하는 산악회 사람도, 금오공고와 공군 ROTC 동문도, 예비역 무장장교도 모두 좋소. 가끔 만나는 초등학교 동창도 철없던 때의 추억을 불러 행복하게 하오.

　행복은 성취와 비례하지 않소. 누구나 거머쥐려는 성공이 행복을 보장하는 건 아니요. 쾌락주의 철학자 에피쿠로스와 염세주의 철학자 쇼펜하우어는 세상을 전혀 다르게 보았지만, 행복에 관한 견해에서는 일치하였소. 행복이란 엄청난 감동이나 희열의 연속이 아니라 몸이 아프지 않고 마음이 괴롭지 않은 상태요. 행복은 획득하는 게 아니라 깨닫는 거요.

　현재에 만족하고 즐깁시다. 행복의 다른 말은 만족과 감사라고 합니다. 현재에 만족하고 주변 사람에게 감사하는 마음을 가진 사람이 행복하다는 거요. 나는 꿈을 이루지 못해서 불행하지 않소. 오히려 허황한 꿈을 버려서 다행이고 국회의원이나 대통령이 아닌 데 감사하오. 과정이 더럽고 치졸하며, 일이 괴롭고 힘든데도 많은 사람에게 욕을 먹어야 한다면 굳이 나설 필요가 있겠소?

　우리가 아무리 열심히 운동하고 음식을 조절해도 노화는 피할 수 없으리다. 언젠가는 늙어서 죽을 거요. 그래도 행복을 포기해서는 안 됩니다. 거동이 불편해서 등산이나 산책할 수 없어도 그 상황에서 행복을 찾아야 하오. 손자나 증손자의 재롱을 보는 것도 행복일 거요, 친구와 차 한 잔, 아침에 일어나서 밝은 태양을 보는 것만으로 충분히 행복할 수 있으리다.

　현재를 즐깁시다. 미래를 걱정하지 말아요. 그때는 그 상황에 맞추면 되리다. 미래의 행복을 위하여 온전히 현재를 포기하는 어리석음을 범하지 맙시다. 미래를 위하여 적게 먹고 많이 운동하더

　　　　　　　　　　　아내에게 쓰는 편지

라도 기쁨과 즐거움은 현재 누려야만 하오. 나는 늘 당신이 즐길 거리를 상상하오. 비용과 시간과 육체가 허락하는 한 최대한 세상을 누리려고 하오.

열심히 살아온 당신을 존경하고 사랑하오. 영원히 헤어지는 순간까지 최대한 행복하기를 바라오. 결혼기념일과 생일을 아울러 축하하오. 사랑합니다.

2023. 4.

아내 생일 축하 편지

매년 결혼기념일 혹은 당신 생일에 편지를 쓰고 있소. 올해는 결혼기념일이 먼저라서 이미 보낸 바 있소. 계획하지는 않았지만, 당신 생일 전날인 결혼기념일에 기분 좋게 술 취한 김에 한 줄 더 쓰리다.

가정은 남편과 아내의 결정체요. 누구 한 사람 소유일 리 없지요. 가부장 제도에 익숙했던 우리나라는 아버지가 왕이었소. 김정은이 이인자 장성택을 고사포로 총살했듯 사람은 딱 두 종류요. 왕과 백성, 나는 그걸 거부하오. 내 경험으로는 아버지보다 어머니의 사랑과 헌신이 훨씬 더 컸소. 그래서 세상에서 어머니를 가장 존경하고 사랑했소. 당신은 내게 아내지만 사실상 정신적으로는 어머니와 마찬가지요.

당신이 베푸는 사랑과 헌신의 크기는 감히 내가 범접할 수 없는 수준이요. 내 아이가 좋아할 수밖에 없겠지요. 화 난 김에 해서는 안 될 말을 한 적이 있지만 내 본심은 아니요. 찰나의 감정을 억제하지 못해서 쏟아낸 소음이오. 나는 당신을 사랑하오. 물론 아이들도 사랑하오. 당신을 향한 아이들의 사랑이 순수하겠지만, 그건 보살핌에 대한 대가일 거요. 아마 결정적인 순간 드러나는 사랑은 내가 더 크리다.

당신의 음력 생일과 양력 결혼기념일은 앞뒤가 바뀔 때가 많소. 가정에서 가장 중요한 게 엄마고 결혼기념일도 아내에게 더 중요하리다. 남자도 결혼이 중요하지만, 결혼에 따라서 극적으로 바뀌는 건 여자요. 처녀와 아내와 엄마는 모두 여자지만 아마도 같은 여자일 수는 없을 거요. 아내와 엄마로서 헌신하는 모습을 보면 미안하고 안타깝소.

당신 생일은 음력 3월 8일이고, 결혼기념일은 양력 4월 15일이오. 음력과 양력은 보통 한 달 차이가 나오. 매년 비슷한 시기에 닥치지요. 내 생일은 딱 일주일 늦은 음력 3월 15일이오. 셋 중 가장 먼저 오는 날만 축하하기로 약속했기에 내 생일은 뒷전이오. 사실 내 생일은 중요하지 않소. 내가 중학교 때까지 어머니가 끓여 준 동태국이 전부였소. 나는 특별하지 않소. 당신은 다르오. 모두가 사랑하고 그리워하는 엄마니까……

외식을 싫어하는 당신이지만, 결혼기념일에 당신이 만들어서 차려주는 밥을 먹기 싫었소. 한 명은 노동하고 한 명은 거저먹는다는 게 불편하오. 그래서 외식하자고 했지. 모처럼 다니러 와서 늦잠 자는 막내딸을 억지로 깨워서 먹고 싶다는 갈빗집을 찾아갔지. 억수로 쏟아지는 빗줄기를 뚫고서 말이오. 좋았소. 아들딸 좋아하는 육회도 좋았고 돼지갈비도 좋았소. 당신을 포함한 가족의 즐거운 표정이 좋았소. 물론 좋아하는 소주의 영향도 있을 거요.

키는 나보다 더 크지만 늘 어린애같이 여겨지던 아들이 계산하는 걸 보고 놀랐소. 뭐 그 돈이 그 돈이겠지만 그래도 아직 취업하지 않고 공익근무 중인 아들에게는 큰돈일 거요. 표정과 태도에서 엄마를 사랑한다는 걸 알았지만 식사비를 계산하는 아들을 보니 만감이 교차했소. 어른이 되었구나 하는 마음과 애가 어른이 되었다면 우리가 살날이 머지않았구나 하는 생각이 동시에 들더이다. 고마웠지. 당신의 살뜰한 보살핌이 헛되지 않았다는 생각에 한껏 유쾌하였소. 아마 평소보다 말이 많았으리다.

자기 전에 술 한잔을 하니 오늘 하루가 더욱 유쾌하구려. 술이 문제지만 머지않아 못 마실 날이 오리다. 과음하지 않으려 나름 노력하지만, 뜻대로 안 되는구려. 당신이 잔소리하지 않게 스스로 통제해야 하는데 남자의 의지는 큰소리와는 다른가 보오. 담배는 후두암이라는 의사의 오진으로 억지로 끊었는데 어쩌면 술도 마시면 죽는다는 의사의 사형선고가 나와야 끊을 수 있을 듯하오. 어차피 늙어서 치매에 걸리거나, 죽고 나면 못 마시는데, 제정신일 때 마시는 건 그냥 참고 봐주시오. 건강하게 오래 살기를 바라는 마음은 충분히 이해하지만, 그놈의 중독을 이기기는 정말 힘들구려.

종일 좋았던 건 술기운도 있었으나 내일 가기로 한 고흥 팔영산에 대한 기대도 컸소. 팔영산의 기암괴석은 언제 봐도 좋지만, 특히 맑은 날씨가 제격이요. 팔영산 1봉부터 9봉까지 선녀봉을 배경으로 바라보는 한려수도 풍광은 환상이오. 하늘과 바다가 푸른색

아내에게 쓰는 편지

으로 어우러진 풍경은 금강산 못지않을 거요. 오늘 많은 비가 내렸기에 내일은 미세먼지가 전혀 없을 거라고 예상했소. 안타깝게도 황사가 밀려온다는 예보에 계획을 바꾸었소. 고흥 팔영산은 자주 가기에 쉽지 않은 거리요. 먼지 없는 좋은 날을 기약합시다.

통영 벽방산도 좋은 산이요. 산은 늘 기대를 저버리지 않지요. 특히 한려수도를 조망하는 바닷가에 올망졸망 이어진 산은 남해가 마치 호수를 방불케 하오. 산을 사랑하는 당신의 내일 생일축하 장소는 벽방산이요. 우리가 하산할 때까지 황사가 다가오지 않기를 바랄 뿐이오. 설사 황사가 시야를 가리더라도 하루를 즐깁시다. 날씨를 조절할 수 없을 바에야 그저 기꺼이 받아들일 수밖에 없지 않소? 잘 자고 내일도 행복하게 보냅시다. 사랑합니다.

2023. 4.

막내딸 생일 축하 편지

온 천하가 꽃으로 물든 아름다운 계절에 이 세상에 온 걸 축하한다. 뜻밖에 얻은 셋째 딸을 언제 키울지 걱정하던 게 엊그제 같은데 벌써 스물넷 봄 처녀가 되었네. 새천년이 시작되던 2000년에 태어나 만 나이 계산하기 쉬워 좋다. 연도 앞 숫자 둘을 지우면 그냥 나이가 되지. 밀레니엄베이비 붐으로 또래 친구가 유난히 많지. 친구가 많다는 건 경쟁이 치열하다는 걸 의미한다. 막내딸은 앞장서서 거침없이 걸어왔다. 씩씩하게 살아가는 너에게 감사와 축하의 말과 아낌없는 박수를 보낸다. 생일 미리 축하해!

어려서부터 누군가의 조언과 간섭을 싫어해서 엄마도 잔소리하지 않았다. 할 일을 알아서 척척 해결했으니까. 체격이 왜소했던 언니와 오빠와는 달리 너는 어려서부터 우량아로 자라서 누구한테도 밀리지 않았지. 군인 아빠를 둔 탓에 잦은 전학에도 학교에서 주도권을 빼앗긴 적이 없다. 공부, 그림, 싸움에서 뒤처진 적이 없지. 남학생까지 제압하는 너에게 엄마가 질겁하여 말릴 정도였다.

주관이 뚜렷하고 자기 결정을 확신하는 건 좋으나 한편으로는 걱정도 된다. 스스로 내린 판단을 확신하고 흔들림 없이 추진하는 건 좋으나, 자만은 시행착오를 낳을 가능성이 크다. 홍익대 미대를 나왔으니 대기업 취업에 유리할 것이다. 디자인이 필요하지 않은 기업은 없을 테니까. 엄마와 아빠는 너 혼자 하는 창작도 좋지만, 경험을 쌓은 후에 하기를 바라. 5년이나 10년 동안 회사에 다니면서 업황 추세를 파악하고 자기 사업하는 게 시행착오를 최소화하는 길이라고 생각한다.

물론 해봐야 소용없을 게 뻔해서 엊그제 엄마 생일에 다니러 왔을 때 긴말하지 않았다. 아빠가 말하지 않아도 엄마가 이미 말했겠지. 엄마 말을 듣지 않는 네가 아빠 말이라고 들을 리 없다. 확고한 결심으로 시작했으니 어려움이 있더라도 잘 헤쳐나가 봐. 큰 소득을 얻지 못하더라도 좋은 경험은 되겠지. 젊어서 고생은 사서라도 하라니 말이야.

독립심이 강한 딸이라서 얼굴 보기 힘드네. 대학 간 뒤에는 1년에 두어 번 내려오는 게 전부지? 작년 여름 방학에 보고 나서 처음이라서 무척 반가웠다. 엄마 생일에 다섯 식구가 모여 밥 먹은 게 얼마 만인지 기억조차 가물가물하다. 다 자란 자식 셋과 한꺼번에 같이 지내니 북적북적해서 사람 사는 집 같아 좋았다. 아빠가 출근하지 않으니 집이 비좁을 정도였지. 북적대도 좋으니 좀더 자주 내려오서.

네가 하는 일이 불규칙한 생활을 부른다는데 아빠는 건강이 걱정이다. 먹고 자는 시간이 일정하지 않으면 호르몬의 혼란으로 신체 리듬이 흐트러진다. 비만이나 부종이 발생할 수 있지. 한 번 무너진 건강회복에는 많은 시간과 비용이 드니 건강할 때 지키는 게 좋다. 먹는 시간과 자고 일어나는 시간을 정해서 지키고 하루 한두 시간 운동이 필수야.

아빠는 프리랜서 작가를 자처하지만, 소득이 변변찮은 터라 남 보기에는 사실상 백수다. 아빠가 하는 일은 읽고 쓰고 걷는 게 전부다. 읽는 시간이 가장 많지만 가장 중요한 건 걷는 일이다. 아무리 많이 읽어도 수입으로 연결되기는 쉽지 않지. 많이 걸으면 건강해진다. 아파서 드는 병원비 절약만도 큰 수입이다. 돈을 떠나서 건강보다 중요한 게 있겠니?

엄마와 아빠는 하루 한 시간 이상 걷고, 일주일에 한두 차례 등산한다. 읽고 쓰는 일은 정신 건강에 좋고 산책과 등산은 몸 건강에 좋다. 아빠는 한 가지 목적으로 일하는 걸 좋아하지 않는다. 일거양득(一擧兩得)이나 일석삼조(一石三鳥), 일타오피(一打五皮)를 원하지. 매일 하는 운동은 엄마와 아빠의 건강을 유지하고 너희에게 모범을 보이기 위해서다. 아빠의 삶은 먼 훗날 너희가 은퇴 후 살아가길 바라는 삶이다.

귀찮다고 끼니를 거르지 마라. 한두 끼 건너뛰는 건 절약도 아니고 다이어트도 안 된다. 폭식하면 비용은 마찬가지고 몸무게는 오히려 늘어난다. 건강에 치명적이지. 사람에게 가장 중요한 게 건강이고, 건강에 가장 중요한 건 잘 먹는 일이다. 잘 먹는다는 건 때 맞춰 골고루 적게 먹는 거지. 모든 동물은 사실상 먹기 위해 사는 거야. 부귀영화도 일단 먹고 난 다음이다. 혼자 사는 만큼

아내에게 쓰는 편지

잘 챙겨 먹어라.

　언니와 오빠에게 쓰는 생일편지는 미주알고주알 많이 쓴다마는 잔소리뿐만 아니라 긴 글도 싫어하는 막내딸이라서 할 말도 없네. 열심히 일하는 것도 좋지만, 몸이 찌뿌둥하면 한두 시간 걷는 게 최고다. 컴퓨터 앞에서 하루 내내 죽치고 앉아 있지 말고 가끔 기분 전환하는 것 잊지 마라. 며칠 뒤 생일축하하고 남자 친구하고 즐겁게 보내서. 주말에 초등학교 동창회가 있어서 편지 쓸 시간이 없을 거 같아 미리 쓴다. 다음 만날 때까지 안녕!!

2024. 4.

생일날 가족에게 쓰는 편지

오늘은 아빠 생일이다. 어제 막내딸 생일이었으니 내가 가장 어린 셈인가? 엄마보다는 늘 일주일 뒤에 오는 생일이기에 일단 축하는 엄마 차지다. 가정의 중심은 엄마니까 어쩌면 당연한 신의 배려라고 할 수 있지. 엄마 마음이 편하고 행복해야 가족 모두 골고루 행복하겠지. 엄마는 늘 일상의 중심이니까. 아빠는 세상과 소통하기 위해 노력하지만, 엄마는 세상은 늘 뒷전이다. 일 순위는 가족이지. 너희 셋과 내가 언제나 엄마가 고민하는 핵심이야. 아빠가 엄마에게 고맙고 감사하는 까닭이다.

막내딸 뒷날 생일은 처음이다. 엄마 아빠는 구식으로 음력 생일이다. 1960년대 이전에는 주로 음력을 사용했다. 양력으로 보면 매년 생일이 달라지는 까닭이지. 주민등록번호와 생일이 일치하는 사람이 드물지만, 제대로 출생신고를 했더라도 실제 생일과 같지 않은 이유다. 예전에는 돌 전에 워낙 많이 죽어서 1년 뒤 출생신고를 하는 게 보통이었다. 생일에 맞춰 출생신고하지 않았고, 동네 이장이 대리하는 일이 흔해서 이름도 엉터리일 때가 많지. 그나마 엄마 아빠는 비교적 정확한 편이야.

아내에게 쓰는 편지

아빠가 사 달라고 부탁한 선물은 엄마를 통해서 잘 받았다. 생일이 엄청나게 중요하거나 특별한 날이 아니라서 꼭 선물이 필요한 건 아니지만, 쓸데없는 물건을 사는 경우가 종종 있으므로 아빠는 미리 선물을 지정해서 받는다. 늘 일석삼조(一石三鳥), 효율을 중시한다. 그때그때 사므로 더 필요한 건 없다. 그래도 누군가가 꼭 주려고 한다면 책을 원하지. 1년간 읽고 싶은 책 목록을 만들었다가 엄마에게 준다. 엄마가 인터넷으로 주문해서 책에 너희가 생일 축하 편지를 쓰도록 종용하지.

생일 축하 편지를 강제로 쓰는 건 좀 그렇지만, 낭비 없이 원하는 것을 주고받는다는 측면에서는 효율적이다. 막내딸은 생일선물로 현금이 최고라고 말해서 올해도 돈을 선물했지만, 근시안적 사고다. 당장은 현금이 유용하지만 세월이 흐르면 돈에 차이가 없다. 금액으로만 가치가 있지 돈에는 서사가 없다. 누가 준 돈인지 구분할 수 없지. 책에 쓴 축하 메시지와 서명은 영원하다. 매년 읽을 때마다 글쓴이의 마음과 정성을 느낄 수 있다. 아빠 경험에는 누군가에게 오랫동안 특별한 사람으로 기억하게 하기에 책보다 좋은 선물은 없다.

올해 아빠가 받기로 선택한 책은 불교 경전『담마빠다』, 발타자르 그라시안의『사람을 얻는 지혜』, 김정운의『가끔은 격하게 외로워야 한다』, 김수현의 수필『나는 나로 살기로 했다』다. 책의 맨 앞쪽에는 엄마와 너희 셋이 쓴 메시지와 서명이 선명하다. 메시지에는 글쓴이의 심리가 뚜렷하게 보인다. 말이나 글은 곧 그의 정체다. 그의 영혼에서 나오지만, 그 말이나 글이 다시 영혼에 영향을 주지. 언제나 조심해야 하는 이유다. 함부로 한 말이나 댓글은 스스로 영혼을 혼탁하게 해. 간단한 축하 메시지라도 정성을 다해야 한다. 그 맑고 따스한 말이 자신의 영혼을 투명하게 정화한다.

생일축하 메시지 고맙다. 부모에게 기대어 사는 어린이의 세계에서 벗어나기 위해서 힘차게 나래 짓 하지만, 아직은 권모술수가 난무하는 혼탁한 어른의 세계가 낯설 거야. 교과서에 나오는 권선징악과 사필귀정과는 거리가 멀지. 교과서는 사실을 말한 게 아니라 가야 할 방향이다. 세상은 공정하거나 평등하지 않다. 모두가 이익을 위해서 경쟁하지. 세상의 작동원리는 이익이다. 세상에 공짜가 없다는 말이 진리다. 누군가 좋은 조건이나 뜻밖의 이익을 제안한다면 그는 친구가 아니라 사기꾼일 가능성이 크다.

공짜를 바라서도 안 되고 뜻밖의 행운을 기대해서도 안 된다. 공짜를 바라는 사람은 사기꾼의 제물이 되고, 뜻밖의 행운은 결과적으로 다른 사람의 정당한 대가를 가로채는 행위야. 뜻밖의 행운은 누군가가 잃어버렸거나 잠시 맡겨둔 재물이다. 행운에 감사하지 말고 원래 주인에게 돌려줘야 해. 공짜와 행운을 바라지 않고 오직 노력의 대가만으로 살아갈 때 진정한 행운이 따를 거야. 그건 바로 모두의 신뢰와 인정 그리고 존중이다.

많이 벌어서 마음껏 쓴다는 생각보다는 적당히 벌어서 버는 만큼만 쓴다는 마음으로 살아라. 아빠가 지켜보니 아무리 부유한 사람도 돈 남는다는 사람 없더라. 보통 10억 원의 재산을 원하지만 10억 있는 사람은 100억을, 100억 있는 사람은 1000억을, 10조 원의 거대한 재산을 가진 사람은 100조 원을 원해. 이상하게 아무리 많은 돈을 가져도 늘 부족하다. 돈 많이 벌어서 실컷 쓰려고 마음먹으면 죽을 때까지 일해도 목표하는 재산 못 모은다.

오늘 하루가 중요해. 물론 내일 결혼해서 자식과 먹고사는 일도 중요하지. 그렇다고 오늘을 온전히 희생해서는 안 된다. 일하는 와중에도 즐겨야 해. 시간은 한 번 가고 나면 다시는 돌아오지 않으니 말이야. 느낄 수 있는 즐거움을 최대한 누려라. 십 대에 하는 사랑과 이십, 삼십 대 사랑은 다르다. 오십, 육십 대에도 사랑할 수 있어. 그 느낌은 천양지차다. 열심히 노력해서 성취 후에 누리겠다는 건 어리석은 생각이다. 누리면서 할 수 없는 성취라면 목표를 바꾸는 게 나을 거다. 거창한 꿈에서 소박한 소망으로.

사회에서 처음 접하는 어른의 행태가 마음에 들지 않더라도 분노하거나 절망하기보다 그러려니 이해하고 수용하렴. 이익을 위해서 이전 투구하는 게 어른이지만, 한 꺼풀만 벗기면 어린이 못지 않게 순진무구한 구석이 있다. 혼탁한 세상에 적응해서 살다 보니 조금 각박해진 거야. 이해관계를 떠나면 사악한 이는 흔치 않아. 이익이 걸려 있을 때만 독해지는 게 인간이야. 각박한 사람에게 약간의 관심과 사랑을 베푼다면 마음의 문을 활짝 열 거야.

이제까지 그래왔듯이 쉽지 않은 세상 거침없이 살아가길 바란다. 아빠는 두려움을 모르고 살았다. 능력에서 비롯한 게 아니라 과대망상이었지만, 차라리 세상 사는 데는 편했다. 두려운 것보다는 근자감이 낫다. 웅크리는 것보다 뛰쳐나가는 게 유리하지. 네가 싫어하고 두려워하는 일이라면 다른 사람도 마찬가지다. 먼저 도전하는 자가 성공할 확률이 높다. 앞장서기를 두려워하지 말기 바란다.

부모와 자식에게는 의무와 책임이 있다. 아이에게 가장 큰 행운은 어른으로 성장할 때까지 부모가 사이좋게 보살피는 것이다. 최악은 이혼하거나 일찍 죽는 거지. 자식이 부모에게 하는 가장 큰 효도는 건강하게 잘 자라는 거다. 최악은 부모보다 먼저 죽는 거야. 일단 엄마 아빠와 너희 셋은 기본 의무와 책임은 다한 셈이다. 성인이 될 때까지 엄마 아빠가 정성껏 보살폈고, 너희는 건전하고 건강하게 잘 자랐으니 말이다. 남은 건 엄마 아빠보다 오래 건강하게 사는 거다. 그거 하나면 아빠는 만족이다. 나머지는 부수적이야. 너희가 누리는 부와 명예와 권력에는 큰 관심이 없다. 나보다 오래 건강하게 살기만 하렴.

아빠는 행복하다. 엄마가 정성껏 끓여준 소고기뭇국 때문이 아니라 가족 모두 건강하기 때문이다. 열심히 살아가는 모습이 기껍다. 지극히 소박한 엄마 아빠를 닮아서 사치와 허영을 추구하지 않고 만족하는 삶이 예쁘다. 현재와 같은 삶을 유지하렴. 조만간 맞을 새 식구(?)와도 사소한 데서 기쁨을 찾아서 알콩달콩 행복하게 살아가길 바란다. 오늘은 엄마와 너희가 책에 써 준 축하 메시지 대로 행복하게 지낼게. 사랑해요!

2024. 4.

　　　　　　　　　　　　　　　아내에게 쓰는 편지

아들 생일 축하 편지

성공하려면

날 더운데 고생이 많다. 올해는 유난히 덥네. 현역 군 생활과는 비교할 수 없겠지만 공익근무하는 게 만만치 않을 거다. 도서관 정리와 청소도 힘들고, 톡톡 튀는 요즘 청소년 대하는 게 쉽지 않겠지. 특히 118년 만의 폭염과 열대야라고 하는 요즘에는 말이야. 인생에서 쉬운 일이나 때는 없다. 지금이 최악이 아니라는 걸 알아야 한다. 살아남기 위해서는 반드시 일해야 해.

국군의 날이 한 달 남았네. 바쁜 군인 아빠를 둔 탓에 국군의 날이 생일이 된 아들에겐 우연이 아니라 운명이었을 거야. 군인이 국군의 날 아들을 낳는다는 건 특별한 경험이었다. 그것이 비록 자연분만이 아니라 피치 못할 사정에 따른 유도분만이었더라도 말이야. 이름을 국군이라고 지을까도 생각했었다. 아빠 성이 조가니 아들 이름이 조국군이 되겠지. 너무 희화화하는 것 같아 돌림자를 넣어서 이름을 지었다.

아직 시간이 많이 남았지만, 미리 생일 축하한다. 너무 좋아할 건 없어. 아들이 내년이면 병역 의무를 마치고 사회에 진출하는데 준비에 소홀한 것 같아서 길게 잔소리를 하기 위해서 미리 펜을 든 것뿐이니까.

어떻게 살아야 할까? 무엇을 해야 하지? 어떠한 삶이 스스로 만족하고 모두의 찬사와 갈채를 받을 수 있을까? 어쩌면 그건 불가능한 일인지도 모른다. 모두에게 찬사와 갈채를 받는 일 말이다. 그러나 불가능하더라도 인간이 가장 큰 행복을 느끼는 게 허영심의 충족이라면 시도하지 않을 수 없다. 성공하려는 건 부귀영화를 누리려는 목적도 있으나 더 큰 이유는 우뚝 서서 찬란하게 빛나고자 하는 허영심이다.

성공이란 무엇인가? 사람에 따라 천차만별이다. 살아가는 목표나 목적이 다른 이유다. 사람마다 다르지만, 보편적인 인간의 본성이 입신양명에 따른 부귀영화라고 가정하자. 입신양명이나 부귀영화는 대체로 모두가 원한다. 경쟁이 치열하다. 크고 자원이 넉넉한 나라라면, 성공하지 못하더라도 생계 걱정이 덜하다. 우리나라는 그렇지 않다. 젊은이가 헬조선이라고 하는 건 한국이 지옥이라기보다는 어쩔 수 없이 경쟁에 내몰리는 현실을 한탄하는 말이다. 어떻게 성공할 것인가?

주철환이라는 사람이 있다. 1980년대, 90년대의 전설적인 프로듀서다. 1987년 '퀴즈 아카데미', 1989년 '우정의 무대', 1991년 '일요일 일요일 밤에'를 맡아 대박을 터뜨렸다. '우정의 무대'에서 병사의 어머니가 부대를 방문하여 장막 뒤에서 아들 후보 군인과 얘기

아내에게 쓰는 편지

하다가 아들과 만나 포옹하고 눈물을 흘리는 장면은 전 국민의 심금을 울렸다. '일요일 일요일 밤에' 이경규의 몰래카메라는 전 국민이 시청하였다. 이후 대학교수와 강연, 집필 등의 활동을 이어오고 있다.

아빠가 2003년 공군교육사 무장교육대장으로 근무할 때다. 교육사 전 간부를 대상으로 한 초청강연회에 주철환이 초대되었다. 당시에는 이화여대 교수였는데 여느 강사와 달랐다. 인기 프로듀서답게 말로 하는 강연이 아니라 중간에 공연을 끼워 넣어 모든 사람을 주목시켰다. 한 편의 종합예술 같았다. 재미있기만 한 게 아니라 강연 내용이 머릿속에 쏙 들어올 정도로 감동하였다.

강연 제목은 '성공하려면'이다. 성공하려면 세 개의 쌍디귿(ㄸ)과 여섯 개의 쌍기역(ㄲ)이 필요하다는 독특한 논리다. 세 개의 쌍디귿은 바로 뜻, 땀, 때이고 여섯 개의 쌍기역은 꿈, 꼴, 꾀, 끼, 깡, 끈이다. 완전 감동이었다. 다음날 바로 교안을 만들어 신임 장교, 부사관, 병사에게 교육하였다. 첫 수필집 『니들이 알아?』에는 그 교안 내용이 들어있다.

사랑하는 아들아, 아빠는 현재 무엇이 성공이라고 확신하지 않는다. 사람마다 가치관과 성공 기준이 다르기 때문이다. 각자 기준으로는 다를 것이나, 세상 사람의 평가는 대체로 비슷하다. 스스로 만족하는 삶이 최선임은 분명하지만, 사회적 동물인 인간이 타인의 인정이나 존중 없이 생존하고 행복하기는 어렵다. 깨달은 자 붓다의 말대로 인생(人生)이 고해(苦海)라면 그 원인은 인간관계다. 사람은 사람을 상대하는 일이 가장 어렵고, 가장 슬프거나 괴로운 일도 바로 사람 때문이다.

아빠는 주철환 교수가 말한 세 개의 쌍디귿과 여섯 개의 쌍기역으로 성공의 조건을 설명하련다. 네가 만약 보통 사람이 말하는 입신양명과 부귀영화에 관심 있다면, 살아가는 동안 뭇 사람에게 존중받으며 찬사와 갈채에 휩싸여 살고 싶다면 아빠가 하는 말을 마음에 새겨라. 완전하지 않더라도 큰 도움이 되리라. 아들아, 사랑한다. 오늘도 파이팅!

뜻

사람은 동물과 다르다. 동물은 삶에 의미를 부여하지 않는다. 인간은 다르지. 절체절명의 순간에는 생존을 위해 고군분투하지만, 생계와 안전이 보장되면 고민한다. 나는 누구인가? 나는 무엇인가? 어디서 와서 어디로 가는가? 무엇을 할 것인가? 어떻게 살아갈 것인가? 무엇을 남길 것인가? 앞의 세 가지는 자신의 실존에 대한 철학적 질문이고, 뒤의 셋은 유한한 삶에 의미를 부여하기 위한 다짐이다. 동물처럼 그날그날 살아가는 건 누구보다도 찬란한 삶을 원하는 허영심이 허락하지 않는다.

공자는 서른에 뜻을 세웠다고 한다. 뜻을 세운다는 게 어떤 의미일까? 세상과 자아를 통찰한 것이다. 세상의 이치와 삶의 원리

아내에게 쓰는 편지

를 대략 파악했다는 거다. 사람이 추구해야 하는 이상과 자신의 재능을 깨달아 나아갈 바를 정한 것이다.

사람은 누구나 높은 위치에서 호의호식하며 살기를 바란다. 모두가 원하기에 쉽지 않다. 가능하다면 기꺼이 뛰어들어 도전해야 하지만, 그렇지 않다면 가능한 수준으로 조정해야 한다. 모두가 꼭대기까지 이를 수는 없다. 분야도 다양하다. 원대한 꿈을 가지라고 하지만, 허튼 꿈으로 인생을 허비하는 건 무의미하다. 세상과 자신을 충분히 이해하였다면 자신이 할 일과 살아갈 방식을 정해야 한다.

고관대작이나 저명인사가 되어 사회를 주도할 것인가? 진리 탐구에 몰두하여 후세에게 깨달음을 물려줄 것인가? 자기완성을 위해 예술가나 구도자로 살아갈 것인가? 험한 세상의 빛이 되어 비참하게 살아가는 사람을 위하여 헌신 봉사할 것인가? 어떤 길도 쉽지 않다. 시련과 역경이 이어지고 좌절하게 되리라. 현재 살아가는 사람은 그걸 이겨낸 사람이다. 부유하든 가난하든, 신분이 높든 낮든 간에 자기에게 닥친 장애물을 뛰어넘은 결과가 현재다. 하찮아 보이는 사람에게도 역경을 극복한 위대한 역사가 있다.

원한다고 이룰 수는 없다. 뜻이 단순한 희망이어서는 안 된다. 세상과 자신을 두루 살핀 후 결정해야 한다. 이제 그 뜻을 세울 때다. 어쩌면 너무 늦었는지도 모른다. 뜻은 방향을 정하는 일이다. 이러저러한 사정으로 목표가 바뀌더라도 방향만은 유지해야 한다. 뜻을 바꾼다는 건 새롭게 시작한다는 의미다. 인생에서 뒤

처지게 되리라. 네 뜻은 무엇이냐?

뜻은 포부다. 꿈이 구체적인 인생의 목표나 목적이라면 뜻은 목적 뒤의 세계다. 어떠한 수단으로 무엇을 이루어서 어떻게 세상을 바꿀 것인가? 뜻은 나아갈 바를 결정한다. 걸어갈 방향이다. 아직 정하지 않았다면 당장 고민해라. 사회에 나가기 전에 결정하는 게 좋다. 지향점이 있는 사람과 없는 사람은 곧 차이가 벌어지리라. 십 년 후에는 큰 차이가 아니더라도 삼십 년 뒤에는 까마득해지리라.

땀

뜻을 세웠다면 땀 흘려 노력해라. 땀은 의지다. 땀은 열정이요 인내다. 아무리 훌륭한 생각이라도 실천하지 않으면 무의미하다. 말이 아니라 행동으로 증명해야 한다. 세상에 쉬운 일은 없다. 대통령이나 재벌, 위대한 과학자만 어려운 게 아니다. 대기업 사원이나 공무원, 자영업자나 일용직 근로자가 하는 일 모두 만만치 않다. 일은 모두 힘들어도 성취감이 다르다. 땀은 노력만을 뜻하지 않는다. 힘든 일을 참고 견디라는 의미가 아니다. 목적에 맞는 직업을 구하기 위해서 노력하라는 것이다. 그 직장과 직위에서 향상심을 놓지 말라는 것이다.

세상에 공짜는 없다. 세상을 향하여 불평불만 하는 사람이 있

아내에게 쓰는 편지

다. 재벌이나 정치인, 고위 공직자의 부조리, 부정부패, 불공정을 탓하는 사람이 많다. 부모 잘 만나서 호의호식하는 사람이 있지만 극소수다. 재벌은 퍼센트로 표시할 수조차 없다. 그런 사람과 비교해서 세상에 불만을 드러내는 사람은 어리석은 자다. 왕자로 태어나지 못한 걸 한탄하는 것과 같다. 부모 후광은 오래가지 않는다. 스스로 노력해서 얻은 성취만이 오랫동안 빛나리라.

사회적으로 성공한 사람의 겉모습만 봐서는 안 된다. 그가 인격적으로 꼭 훌륭한 건 아니다. 어쩌면 약간의 편법과 행운의 결과일 수도 있다. 그렇더라도 보이지 않는 엄청난 노력이 있었으리라. 영화나 드라마의 주인공을 보라. 그냥 성공하는 사람이 있는가? 모든 사람은 각자 인생에서 주인공이다. 주어진 상황이나 조건은 다르지만 자기 위치에서 최선을 다한다. 세상과 자신을 제대로 통찰하여 최대한의 노력으로 기회를 잡은 사람이 현재 빛나는 사람이다. 부러워할지언정 무조건 욕해서는 안 된다.

늘 욕하는 사람은 패배자다. 남 보기에 실패하지 않은 사람이라도 불평불만을 입에 달고 사는 사람은 성취하지 못했다는 증거다. 그가 욕하는 건 부정부패나 부조리가 아니다. 남 탓하고 욕하는 사람은 그 사람이 부러운 게다. 스스로 저지르지 못하는 데서 오는 자괴감이요, 상실감이며 시샘이다. 같은 위치라면 현재 부정부패한 사람보다 더 사악한 자가 되리라.

행운을 타고난 극소수와 비교해서는 안 된다. 극소수를 부러워해서는 안 된다. 남 잘된 걸 시기하지 말고 최대한 노력해야 한다.

『논어』에서 공자가 말하였다. "지위가 없는 것을 걱정하지 말고 그 자리에 설 능력을 갖추기를 걱정하며, 알아주지 않는 것을 걱정하지 말고 남이 알아줄 수준이 되도록 노력해라." 스스로 재능을 키우고 인격을 향상하며 원만한 인간관계를 유지하기 위해 노력해라.

어느 분야든 전문가가 되어야 한다. 말콤 글래드웰은 그의 저서 『아웃라이어』에서 진정한 전문가가 되기 위한 매직 넘버는 1만 시간이라고 하였다. 어느 분야든 세계적인 전문가가 되려면 1만 시간의 연습이 필요하다. 1만 시간은 하루 세 시간, 일주일에 스무 시간씩 10년간 연습한 것과 같다. 물론 그만한 노력으로도 최고 전문가에 이르는 데 모자랄 수는 있다. 그러나 그보다 적은 노력으로 세계 수준에 도달하지는 못하리라.

세계적인 수준에 도달했다고 노력을 멈춰서는 안 된다. 땀은 정상 혹은 목표에 도달하기까지의 노력뿐만 아니라 유지하는 데도 필요하다. 땀은 숨과 같다. 살아 있는 한 멈춰서는 안 되리라. 땀은 강한 의지다. 고도의 집중이다. 뜨거운 열정이다. 인내의 크기다. 끊임없이 땀 흘려 노력해라.

노력한 사람은 세상을 탓하지 않는다. 다른 사람을 원망하지 않는다. 최대한 노력했으므로 어떤 결과도 받아들인다. 성공은 뜻과 땀만으로 이루지 못한다. 때를 만나야 한다. 때를 만나지 못했다고 하늘을 원망하는 건 어리석은 짓이다. 가능한 모든 걸 하였다면 나머지는 운명에 맡겨라. 사람은 순리에 따라야 한다. 현실에

아내에게 쓰는 편지

순응해야 한다. 최대한 노력하되 결과를 받아들여라.

때

뜻을 세워서 땀 흘려 노력하며 때를 기다려야 한다. 뜻을 세워 땀 흘려 노력해도 때를 만나지 못할 수도 있다. 슬픈 일이지만 그 삶에 만족해야 한다. 역사에는 억지로 때를 만든 사람이 있다. 혼란한 세상을 평정한 사람은 영웅으로 불리지만, 평온한 세상을 뒤엎어 야망을 이룬 사람은 역사에서 좋게 평가하지 않는다. 때는 천시를 말한다. 하늘이 기회를 준다면 기꺼이 쟁취하되 억지로 무언가를 성취하려 해서는 안 된다.

이성계나 수양대군이나 박정희나 전두환이 남긴 업적은 적지 않다. 사람마다 호불호가 다르지만, 개인의 성공에도 그를 바라보는 역사가의 시선은 곱지 않다. 성공은 결과만을 말하지 않는다. 과정이 공정하고 정정당당해야 한다. 사람에게 삶은 한 번뿐이다. 평생 추구한 뜻과 시련을 이겨낸 땀을 저버리는 건 안타까운 일이다. 성공을 향한 탐욕이 편법이나 불의를 부추긴다. 짧은 인생에서 찬란하게 빛나고자 하는 허영심이 건곤일척 도박으로 내몬다. 권력의 단맛을 위해 죽음도 불사한다.

물론 쿠데타 자체는 성공했다. 당시 백성에게 좋은 영향을 준 측면도 있다. 그러나 편법이나 불의에는 피해자가 따르기 마련이다. 피에 의한 성취나 영광은 영원하지 않다. 정통성이 없는 정권은 좋은 평가를 받지 못한다. 성공이라고 다 성공은 아니다. 충분히 가능하더라도 때가 아니면 나서서는 안 된다. 공자가 말했다. "나라에 도가 행해지는데 가난하고 천하게 산다면 부끄러운 일이며, 나라에 도가 행해지지 않는데 부귀를 누린다면 이 또한 부끄러운 일이다." 나서야 할 때와 물러나야 할 때를 제대로 구분하라는 말이다.

뜻을 이루기 위해 노력하는 일은 훌륭하다. 그 뜻을 이룰 수 있더라도 부정한 방식을 택해서는 안 된다. 잠깐의 영광 뒤에는 영원한 오욕이 따르리라. 하늘이 기회를 주지 않는다면, 정당한 방법으로는 뜻을 이룰 수 없다면, 슬프지만 포기하는 게 맞다. 부정하게 정권을 탈취했던 사람이 끝까지 때를 기다렸다면 아마 권력을 잡을 수는 없었으리라. 영광과 부귀영화가 없었으리라. 그래도 역사에 오명을 남기지는 않았을 것이다. 때는 하늘이 주는 것이다. 인위적으로 바꾸려 해서는 안 된다.

뜻을 세울 때는 통찰해야 한다. 세상과 자신을 정확히 파악해야 한다. 자신의 능력과 성향을 알아야 하고, 과거의 역사와 정확한 현실과 미래의 변화를 읽어내야 한다. 뜻을 세워서 땀 흘리면서 때를 기다려야 하지만, 때에 맞는 뜻을 세워야 한다는 의미이기도 하다.

어떻게 때를 읽을 것인가? 정답은 책이다. 미디어를 통해서 얻을 수도 있다. 하지만 단편적이다. 과학자나 공학자의 말을 경청하

아내에게 쓰는 편지

고, 철학자의 저서를 탐독해야 한다. 당장 즐거운 건 오락게임이지만 네 삶의 성공 여부는 얼마나 많은 책을 읽느냐에 달려 있다. 시나 소설도 인간 정서에 좋은 영향을 주지만, 성공에는 과학기술의 변화와 발전 추세를 읽는 게 중요하다. 과학자나 철학자, 미래학자의 말에 주목해야 하는 이유다. 네가 당장 해야 할 일은 게임이 아니라 독서다.

아들아, 네가 원하는 성공은 무엇이냐? 그게 무엇이든 너 자신과 세상을 제대로 파악해라. 세계 속의 네 위치와 역량을 정확히 식별하라. 뜻을 세워서 땀 흘려 노력하며 때를 기다려라. 아직 뜻을 세우지 않았다면 세상의 경향과 추세를 읽어라. 때에 맞는 뜻을 세워서 먼 훗날 우뚝 솟기 바란다.

꿈

아들아, 너는 꿈이 있느냐? 네 꿈은 무어냐? 사람은 꿈이 있어야 한다. 꿈이 없는 사람은 행복할 수 없기 때문이다. 꿈이 무엇인가? 희망 사항이다. 소망이다. 살아서 이루고 싶은 것, 하고 싶은 일이다. 사람은 대체로 부귀영화를 꿈꾸지만, 그 방식이 같은 것은 아니다. 서로 다른 자기 세상에서 살아가는 만큼 하고 싶은 일도 소망하는 바도 다르다. 다른 사람과 비교할 필요 없다. 너는 어떤 사람이 되어 무엇을 하고 싶으냐?

누가 행복한가? 어떤 사람이 가장 행복할 것인가? 언뜻 생각하면 놀고먹는 사람이 부러울 수 있다. 그건 착각이다. 노숙자가 하는 일은 없다. 실컷 놀다가 누군가에게 빌어먹으면 된다. 노숙자가 행복하겠는가? 몸이 편하니 마음도 편하겠는가? 그럴 리 없다. 이유는 하나다. 꿈이 없기 때문이다.

젊은 시절 성공적인 삶을 보내고 은퇴 후 여유 있게 생활하는 노인이 행복할 것인가? 물론 생계를 걱정해야 하는 사람 처지에서는 부러운 삶이다. 그렇다고 즐비한 난관을 힘겹게 넘겨야 하는 젊은이보다 더 행복한 건 아니다. 몸이 편하고 걱정거리가 사라졌다고 해서 행복한 건 아니다. 왜 그렇겠는가? 꿈이 없기 때문이다. 사람은 당장 죽지 않는다면 꿈을 가져야 한다. 젊은이는 물론이고 은퇴한 늙은이도 마찬가지다. 행복을 위해서는 작은 꿈이라도 가져야 한다.

꿈은 목표가 아니라 목적이다. 목표는 꿈을 이루기 위한 과정, 수단일 뿐이다. 대통령이나 검사, 변호사, 사장, 의사가 꿈이어서는 안 된다. 어떤 꿈을 가져야 하는가? 민족중흥이나 대한민국의 영광, 정의사회 구현, 사회적 약자의 구휼(救恤), 불치병으로 죽어가는 사람을 살리겠다는 꿈을 가져야 한다.

꿈은 직업이 아니다. 돈벌이가 꿈이어서는 안 된다. 돈은 벌기 위해 있는 게 아니라 쓰기 위해 있는 거다. 돈을 벌어서 어떻게 쓸 것인가가 목적이다. 대통령이 꿈인 사람이 꿈을 이룬 결과가 무엇이겠는가? 호의호식하고 부귀영화를 누릴 것이다. 잠깐 권력

　　　　　　　　　　　　　아내에게 쓰는 편지

의 단맛을 보다가 영어의 몸이 되는 일이 비일비재하다. 왜 그러한 가? 꿈이 잘못되었기 때문이다. 대통령이 아니라 경제 성장, 국민 복지증진, 시민의식 함양, 문화 발전으로 국위 선양하는 것이 꿈이어야 한다.

꿈을 이룬 사람은 뒤가 없다. 이미 꿈을 이루었는데 더 무엇을 바라겠는가? 그저 감각적인 쾌락, 방탕에 빠질 뿐이다. 끝이 있는 꿈이어서는 안 된다. 완전하게 이룰 수 없는 꿈을 가져야 한다. 대한민국의 영광에 끝이 있겠는가? 정의사회 구현에 끝이 있겠는가? 사회적 약자 보호와 빈민 구제에 끝이 있겠는가? 질병으로 죽어가는 사람을 살리는 일에 끝이 있겠는가? 꿈은 죽을 때까지 간직하는 것이다. 죽을 때까지 실천하는 것이다.

뜻이 인생의 큰 방향을 잡는 것이라면 인생의 궁극적인 목적인 꿈은 구체적이어야 한다. 구체적인 목적을 설정하였다면 거기에 이르는 과정, 수단을 찾아내야 한다. 정치인이나 언론인, 법조인, 사업가나 의사는 좋은 수단이다. 직업 자체에 만족할 게 아니라 직업을 선택했던 이유를 잊지 않고 늘 되새겨야 한다. 그래야 부정한 자나 파렴치한 사람으로 불리지 않으리라. 흔들림 없는 꿈을 가진 사람은 처음처럼 한결같다.

지금은 100세 시대다. 꿈을 은퇴 전후로 구분할 수 있다. 예술가를 꿈꾸는 사람은 보통 사람처럼 살아가기가 쉽지 않다. 돈 되는 일이 아니기 때문이다. 예전처럼 오십 년밖에 살 수 없는 시대라면 궁핍하게 살더라도 예술 활동을 포기할 수 없으리라. 돈 번

다음 하기에는 인생이 너무 짧기 때문이다. 지금은 시간이 충분하다. 은퇴 후에도 삼사십 년은 살아가는 게 보통이다. 예술가가 꿈이라면 취미로 유지하다가 은퇴 뒤 본격적으로 뛰어들 수도 있다.

예술은 끊을 수 없다. 어쩌면 얼마 뒤 모든 직업을 인공지능 로봇에게 빼앗길지도 모른다. 사람은 돈 버는 일에서 보람과 만족을 찾을 수 없고, 무위도식하거나 예술에서 즐거움을 찾아야 할지도 모른다. 예술은 취미로도 훌륭하다. 돈벌이는 안 되더라도 정서 함양에 좋다. 오락보다는 예술에 관심을 기울인다면 은퇴 후 삶이 더 윤택해지리라.

아들아, 뜻을 세웠다면 구체적인 목표와 목적을 설정해라. 5년 계획, 10년 계획, 30년 계획을 세우는 것도 좋은 방법이다. 결혼과 은퇴 전후로 나누어도 좋다. 어쨌든 무엇을 할 것인지 꿈을 정하여 한발 한발 나아가라. 십 년, 이십 년 뒤에는 불가능할지 모르지만, 오십 년, 칠십 년 뒤에는 꿈에 근접하리라. 뜻한 바가 흔들리지 않는다면, 한결같이 꿈꾼다면, 꿈은 이루어지리라.

꼴

사람은 꼴을 갖추어야 한다. 꼴이 무엇인가? 모양이나 생김새다. 사람이 갖춰야 할 꼴은 두 가지다. 몸과 정신이다. 신체와 영혼을 가다듬어라. 훌륭한 사람이란 위대한 업적을 남긴 사람을 이르기도 하지만, 보통 뛰어난 인격자를 말한다. 인격이 무엇인가? 사람의 품격이다. 물건에 품질이 있다면 사람한테는 품격이 있다. 어떻게 훌륭한 인격을 완성할 것인가?

그 사람의 정신이 드러나는 건 세 가지를 통해서다. 말과 태도와 행동이다. 그에 따라 개차반이나 시정잡배로 불리기도 하고, 고상한 인격자로 추앙받기도 한다. 누구나 시정잡배로 보이지 않고 고매한 인격자로 보이고 싶으리라. 어떻게 스스로 만족하고 타인이 우러러보는 품위 있는 사람이 될 것인가? 반듯한 정신과 향기로운 영혼을 만들기 위해서는 지식을 쌓고 성찰과 실천이 중요하다.

인격 향상에는 지식이 필수다. 향상을 위해서는 우선 알아야 하기 때문이다. 사물의 옳고 그름과 좋고 나쁨과 진짜와 가짜를 구별할 수 없다면 바른말을 할 수 없으리라. 상황에 맞는 태도를 정할 수 없으리라. 적절한 행동을 취하기 어려우리라. 사람은 말과 태도와 행동으로 평가한다. 그의 의중은 알 수 없기 때문이다. 지식에는 진리(眞)와 도덕(善)과 아름다움(美)이 있다. 그것을 터득해야 한다.

위대한 사람으로 기리는 철학자나 영웅이 남긴 건 무엇인가? 어떤 상황에서 무슨 말을 하고 어떠한 태도를 보였으며 무엇을 실천하였는가? 현재 잘사는 사람이나 추앙받는 사람은 어떠한 삶을 살아가는가? 우리에게는 인류의 문화유산인 책이 있다. 책을 통하여 붓다나 묵자, 에피쿠로스와 대화할 수 있다. 알렉산더와 카

이사르와 칭기즈칸의 행적을 추적할 수 있다. 정몽주나 이순신, 안중근의 정신을 가늠할 수 있다. 지금까지 살았던 사람, 현재 살아가는 사람의 말과 태도와 행동에서 네가 지향하는 바를 찾아내어 추구해야 한다.

충분한 지식을 쌓았다면 그 지식에 비추어 스스로 돌아보라. 오늘 허튼 말을 하지 않았는가? 타인의 삶에 쓸데없이 간섭하고 불편하게 하지 않았는가? 다른 사람 눈썹을 찌푸리게 하는 말과 행동을 하지 않았는가? 양심이 꺼리는 짓을 하지 않았는가? 사악한 행위를 상상하지 않았는가? 이것이 매일 자신을 돌아봐야 하는 일이다.

옳은 것과 좋은 것, 아름다운 것을 식별하고 자신을 돌아보아 마음을 다잡았다면 그것을 실천해야 한다. 실천은 네가 해야 할 구체적인 말과 태도와 행동이다. 칭찬하되 비난하지 말고, 화를 내는 대신 웃음 지으며, 개인보다 공동체의 안전과 이익을 위하여 노력한다면 모든 사람이 우러르리라. 찬사와 갈채를 보내리라. 보이는 건 말과 태도와 행동뿐이지만 그의 뛰어난 인품을 미루어 짐작하리라.

정신만 중요한 게 아니라 몸도 중요하다. 아니 어쩌면 정신보다는 몸의 꼴을 먼저 완성하는 게 순서일지도 모른다. 바른 정신은 건강한 몸에서 나오기 때문이다. 타고난 외모는 어쩔 수 없다. 콩 심은 데 콩 나고 팥 심은 데 팥 난다. 엄마 아빠가 황인종이기에 너도 어쩔 수 없이 황인종이다. 흑인이나 백인은 노력해서 될 일

　　　　　　　　　　　　　아내에게 쓰는 편지

이 아니다.

타고난 기본 골격은 바꿀 수 없다. 다른 사람에게 호감을 줄 방법은 있다. 비록 못생겼더라도 매일 닦고 깨끗한 옷으로 갈아입는다면 다른 사람이 싫어하지 않으리라. 땀 냄새 나는 후줄근한 복장으로 대한다면 누구나 멀리하리라. 먹자마자 양치하는 건 자신의 치아 건강을 위해서도 좋지만 입 냄새를 풍기지 않기 위해서도 꼭 필요하다. 먹으면 양치하고 매일 목욕하며 새 옷으로 갈아입는 노력이 너를 매력적인 사람으로 만들 것이다. 처음 얼마간은 노력이겠으나 습관으로 정착하면 자연스러운 일상이 되리라.

운동을 지속해야 한다. 건강에 필수적인 운동은 매력적인 외모를 위해서도 중요하다. 삼십 대까지는 비교적 보기 좋은 몸매를 유지하지만, 나이가 들면 다르다. 젊어서는 기초대사량이 왕성해서 쉽게 살이 찌지 않는다. 사십 대 이후에는 기초대사량이 젊은 이의 절반 이하로 줄어든다. 먹는 양을 줄여야 하지만 습관을 바꾸기가 쉽지 않다. 젊어서부터 운동을 많이 해서 근육을 만든다면 기초대사량이 크게 줄지 않으리라. 오십 대 이후에 생기는 고혈압 고지혈증 당뇨 동맥경화 예방에 큰 도움이 되리라.

운동은 성인병 예방에 좋을 뿐 아니라 체세포를 활성화하여 젊음과 신체 기능을 유지한다. 근력운동이 필수적이다. 근육은 동력이다. 운동선수가 아니라도 보통 정도의 활력을 유지하지 못한다면 행복하지 않으리라. 사소한 감기에도 사람은 의기소침하기 일쑤다. 시청각에 문제가 생기거나 손발이 제 기능을 못 한다면 앞장서기 어렵다. 아니 따라가기에도 버거우리라. 정신보다 몸 건강이 우선이다.

얼굴은 그 사람의 인격이나 건강을 드러내는 척도다. 얼굴은 얼이 드나드는 통로다. 얼의 꼴이다. '얼 꼴'이 얼굴의 어원이라고 한다. 얼굴이 그 사람의 영혼의 생김새라는 말이다. 타고난 골격은 그대로라도 그 사람의 생각에 따라 표정이 달라진다. 살인을 계획하고 있는 사람에게는 살기(殺氣)가, 불편하거나 억울한 일을 당한 사람에게는 분노(忿怒)가, 위기에 처한 사람에게는 긴장과 초조(焦燥)가, 비참한 사람을 돕는 사람에게는 연민(憐憫)과 행복(幸福)이, 사랑에 빠진 사람에게는 희열(喜悅)이, 욕심을 버린 편안한 사람에게는 평화(平和)가 넘쳐 흐른다.

너는 어떤 모습으로 보이기를 바라느냐? 네가 원하는 대로 보이고 싶다면 그에 맞는 정신세계를 만들어야 한다. 링컨은 나이 사십이면 제 얼굴에 책임을 져야 한다고 말했다. 이십 삼십 대에도 얼굴은 자기 책임이다. 운동으로 기름기를 빼고, 지식과 성찰한 바를 표정으로 나타내야 한다. 말과 태도와 행동이 바르더라도 표정이 비루하다면 제대로 평가받지 못하리라. 네 향기로운 영혼을 얼굴에 드러내라.

아내에게 쓰는 편지

꾀

꾀는 삶의 지혜다. 구체적으로는 주어진 상황을 헤쳐나가는 요령, 문제해결 능력이지. 동물이 살아가는 데는 걸림돌이 많다. 열악한 환경과 천적은 늘 생존을 위협하지. 위험천만한 삶의 고비를 넘기고 생존한 게 현재 생태계다. 진화란 기능이나 품성의 향상을 말하지 않는다. 어떤 방식으로든 생존한 종을 일컫지. 강자나 똑똑한 자를 말하는 게 아니라 적응한 자를 뜻한다. 다윈이 말한 진화와 적자생존은 우연히 살아남은 종의 변천 과정을 설명한다.

종이나 개체의 능력보다는 우연이 더 생존을 좌우하였으나, 문제 해결 능력은 살아가는 모든 동물에게 생사를 가름하는 중대한 요소다. 더 나은 삶을 추구하는 인간이 치열한 경쟁에서 이기려면 삶의 지혜는 필수적이지. 어떻게 살아갈 것인가? 만족한 삶을 위하여 얻어야 할 지혜는 무엇이며 어떤 방식으로 구할 것인가?

지식이 앎이라면 지혜는 종합 판단능력이다. 세상과 사물과 자신을 엮어서 살아갈 방식을 찾아내는 것, 그것이 삶의 지혜다. 지혜로운 사람이 되기 위해서는 다양한 지식과 경험이 필요하다. 지식이란 무엇인가? 살아가는 데 필요한 모든 요소다. 첫째, 모든 동물의 삶에 직접적인 영향을 주는 세상의 사물과 작동원리인 자연환경을 알아야 한다. 둘째, 사람이 살아가는데 필요한 요소인 생활환경을 이해해야 한다. 흔히 문사철(文史哲)로 표현하는 인문학에 정통해야 하지. 셋째, 인간의 보편적인 속성과 개인의 성향을 바탕으로 상대가 원하는 바를 읽어내야 한다. 역지사지로 사람의 마음을 이해하는 심리학에 정통해야 하지.

지식은 알아야 하는 모든 요소다. 다양한 분야에 대하여 깊이 알수록 좋지. 특정 분야에 정통한 사람을 전문가라고 한다. 직장을 구하기 위해서는 누구나 전문가가 되어야 한다. 더불어서 행복한 생활을 위하여 골고루 알아야 한다. 사람을 상대하는데 필요한 지식과 태도가 교양이다. 교양은 문화에 대한 폭넓은 지식이다. 사회생활에서 품위를 유지하려면 교양을 쌓아서 말과 태도나 행동으로 드러내야 한다.

자연환경과 인문학, 심리학 지식을 어떻게 얻을 것인가? 방법은 단 하나다. 책을 읽는 것이다. 엄청난 정보가 쏟아지는 사회에서 꼭 필요한 지식을 얻는 건 쉬운 일이 아니다. 가장 좋은 책은 인문학 고전이다. 역사 철학 문학을 통틀어서 인문학이라고 한다. 인류 문화의 정수지. 선사 시대는 문자 이전 시대다. 선사 시대에 대한 정확한 정보는 없지만, 문자로 기록을 남긴 역사시대는 엄청난 정보가 쌓여있다. 개인이 모두 파악할 수는 없는 노릇이므로 취사 선택이 필요하다. 인문학 고전은 인류 삶을 관통하는 지혜의 보고다.

역사는 삶의 기록이다. 국가나 개인의 흥망성쇠를 통하여 시대에 따른 생존방식을 알게 하지. 철학은 인간의 정신세계다. 위대한 철학자의 통찰이 인류 문화를 만들었다. 문학은 역사나 철학의 다른 표현이다. 시나 소설이나 수필은 작가의 정신세계를 글로

아내에게 쓰는 편지

표현한 것이다. 작품 속 주인공이 주장하는 바는 작가의 견해다. 인문학 고전으로 인정받는 역사 철학 문학을 꿰뚫을 때 모든 사람이 주목한다. 그의 말은 생활에 꼭 필요한 금언이 된다. 누가 교양이 풍부한 사람과의 교류를 마다하겠느냐?

지식이 중요하지만 네 삶과 연결하지 않는다면 큰 의미가 없다. 머리로 아는 지식은 몽롱한 관념이다. 실생활에 도움이 안 된다. 지식을 쌓으면서 최대한 경험해야 한다. 지식을 경험할 때 지혜로 바뀐다. 애를 낳아 키워보지 않은 여자는 엄마 마음을 모른다. 모든 남자는 당연히 알 수 없지. 실연당하지 않은 사람은 사랑의 상처를 모른다. 얼마나 아프고 쓰라리며 절망적인지 이해할 수 없지. 많은 사람을 접해야 한다. 다양한 신분이나 직업, 종교, 학자와 교류해야 한다. 지식과 경험이 결합할 때 진정한 삶의 지혜를 얻으리라.

경험에 좋은 방법은 여행이다. 새로운 환경 문화 사람을 접촉할 때 지식이 지혜로 바뀌리라. 모르는 사람보다는 지식인이 낫지만, 현자와는 비교할 수 없다. 역사적으로 젊은 현자는 없다. 지식이 아무리 많아도 경험이 적어서다. 현자는 지식과 경험이 풍부한 사람이다. 끊임없이 성찰하고 탐구하는 사람이다. 현자를 가까이해라. 스스로 현자가 되기 위해서 노력하라. 만약 네가 현자가 된다면 잘산다는 게 부유한 사람이 아니라 현명한 사람이라는 걸 알게 될 것이다. 겉으로는 부자를 추종하지만, 마음으로는 현자를 추앙한다는 걸 알게 되리라.

끼

　끼가 있어야 한다. 흔히 특이한 돌출행동이 잦은 사람에게 끼가 있다고 한다. 연예에 대한 재능이나 소질을 속되게 이르는 말이다. 끼란 다른 사람과 다른 독특한 무엇이다. 하고 싶은 일에 대한 열정이다. 도드라지고 싶은 열망이다. 비범한 사람이고자 하는 참을 수 없는 바람이다. 역사에 이름을 남긴 사람은 강력한 끼를 가졌다. 특이하고 독특하며 평범하지 않다. 말과 태도와 행동 모두 말이다.

　주철환 교수는 다르게 정의했다. 끼란 '하고 싶은 일을 목숨 걸고 하는 것'이라고. 전쟁이 아닌 바에야 목숨 걸 일이 무에 있는가? 실제로 죽음을 무릅쓰라는 말이 아니라 몸과 마음을 다해서 하는 일에 몰입하라는 말이다. 타고난 재능을 모두 소진하라는 말이다. 다른 사람에게 피해를 주지 않는 한 하고 싶은 일에 몰두해야 한다. 네가 하고 싶은 일은 무엇이냐? 그 일을 위해서 최선을 다해야 한다.

　빌 게이츠란 사람이 있다. 마이크로소프트의 창업자로 세계적인 부호다. 어려서부터 타고난 신동으로 유명했으나 공부에 열중한 모범생은 아니었다. 대학을 포기하고 사업에 뛰어들었다. 그만둔 대학이 하버드다. 빌 게이츠가 하버드대학을 무사히 마친다면 그럭저럭 살아가는 데 문제가 없었을 것이다. 빌 게이츠는 참을 수 없었다. 평범하게 사는 것도, 하고 싶은 일을 포기하는 것도.

　　　　　　　　　　　　　　아내에게 쓰는 편지

하고 싶은 일이 아니라 학업을 포기하였다. 도전한 사업에 성공하였다.

스티브 잡스라는 사람이 있다. 그의 삶은 평탄하지 않았다. 태어나자마자 부모에게 버림받아 양부모 밑에서 자랐다. 성격이 착하지도 원만하지도 않았다. 어려서 사귀었던 빌 페르난데스와 스티브 워즈니악이 많은 도움을 주었으나 모두 학교에서는 낙제생이자 독선적인 성격을 가진 외톨이였다. 빌 게이츠처럼 젊어서 대학을 포기하고 사업에 성공하였으나 모순된 성격과 인색함으로 주변 사람에게 외면받았다. 스스로 창업한 회사에서 쫓겨났으나 불굴의 신념으로 아이폰과 아이패드로 인류 삶을 바꾸었다. 암으로 죽을 때까지 인간관계에서는 낙제점이었으나 일에 대한 열망만은 타의 추종을 불허했다.

우리 역사에서 찾는다면 안중근이다. 안중근은 일제강점기에 살았다. 일본이 우리나라를 지배하는 게 마음에 들지 않았다. 안중근이 원하는 건 독립이었다. 조선인이 차별받고 억압받는 게 불만이었다. 안중근은 배움이 모자라거나 가난하지 않았다. 원하였다면 안락하게 살았을 것이다. 안중근의 꿈은 부귀영화가 아니라 대한독립이었다. 그 꿈을 위하여, 하고 싶은 일을 위해서 목숨을 걸었다.

안중근은 총을 들었다. 무력으로 독립을 쟁취하기 위하여 투쟁하였다. 러일전쟁에 승리하고 청일전쟁에서 이겼으며 나중에 중일전쟁을 일으키고 미국과 태평양전쟁까지 벌이는 일본제국을 상대로 소총으로 싸워 이길 수는 없었다. 세계는 이미 조선을 일본 영토라고 인정하였다. 누구도 조선인의 목소리에 귀 기울이지 않았다. 안중근은 당장 독립할 수 없더라도 조선인의 독립 열망을 세계에 알릴 필요가 있다고 생각하였다. 안중근은 거사를 계획했다. 몇몇 동지와 일본 메이지유신 주인공이자 조선 초대 총독이었던 이토 히로부미를 제거할 것을 결심하였다.

안중근은 거사에 성공했다. 하얼빈역에서 이토 히로부미를 사살하였다. 목표를 달성했으나 조선 독립의 꿈을 이룬 건 아니다. 그래도 첫걸음을 떼었다. 전 세계에 조선과 조선인의 꿈이 무엇인지 알렸으며, 조선인에게는 독립의 가능성과 희망을 안겼다. 물론 안중근은 그 결과가 무엇인지 알고 있었다. 일제가 일본의 영웅을 사살한 사람을 살려둘 리 없다. 죽더라도 하고 싶었다. 안중근은 자살한 게 아니다. 어머니와 처자식이 있는 가장이었다. 행복한 인간의 삶을 포기하면서까지 하고 싶은 일을 위하여 목숨을 바친 것이다. 그 안중근의 강렬한 끼가, 그 뜨거운 열망이 느껴지지 않느냐?.

한국의 어머니는 자식 교육에 목숨을 건다. 자식이 다른 사람보다 우월하길 바란다. 아마 자식에 대한 헌신으로만 따지면 세계 최고이리라. 방법까지 훌륭한 건 아니다. 거두절미하고 일등만을 바란다. 물론 학업에서 최고 성적을 거두는 건 훌륭한 일이다. 칭찬받아 마땅하다. 대상자가 백 명이든 천 명이든 만 명이든 일등은 하나다. 어떻게 모두 일등을 하겠는가? 일등을 향한 열망이 아

아내에게 쓰는 편지

이의 숨통을 옥죌 뿐이다.

　유대인은 논란의 민족이다. 역사에서나 현실에서나 늘 논란의 중심에 있다. 현재 이스라엘은 이슬람 무장단체 하마스와 전쟁을 핑계로 많은 민간인을 살상하고 있다. 역사에서는 수난의 대명사였으나 2차 대전 이후 팔레스타인 지방에서 독립한 뒤에는 사정이 다르다. 인구는 한 줌밖에 안 되는 민족이지만 뛰어난 인물을 많이 배출했다. 노벨상을 탄 사람 중에는 유대인이 가장 많다. 현재 세계 최강 미국을 움직이는 가장 큰 힘도 유대인이다. 그 미국을 등에 업고 수십억 무슬림을 압도하고 있다. 수난받던 민족이 지금은 다른 민족을 억압하는데 인류의 시선이 곱지 않다.

　유대인이 능력은 탁월하지만, 그런 이유로 좋아하지 않는다. 교육에서는 배울 점이 많다. 유대인도 다른 민족과 마찬가지로 자녀교육에 관심이 많다. 모든 걸 일등만을 강조하는 한국과는 다르다. 한국에서는 전체일등을 위하여 상대적으로 떨어지는 과목의 성적을 올리기 위하여 노력한다. 유대인은 열등한 과목의 향상보다는 잘하는 과목에 집중한다. 자식의 특별한 재능을 더 특별하게 만드는 데 노력한다. 그 결과 한국인은 전 과목을 평균적으로 잘하는 사람으로 성장하지만, 이스라엘 젊은이는 우월한 분야에서 특출한 자원으로 자란다. 유대인은 자식의 끼를 제대로 살리는 민족이다. 아인슈타인이나 스티븐 스필버그처럼 탁월한 인물을 배출하는 이유다.

　아들아, 너의 강점에 주목해라. 물론 단점을 보완하려는 노력도 중요하다. 하지만 거기에 매몰되어 장점을 발전시키려는 노력을 게을리해서는 안 된다. 아빠는 특별한 재능이 없으나 치열한 투쟁심이 있다. 그나마 나은 끈기로 글을 쓰고 있다. 아빠의 모든 사고와 행동은 글쓰기와 연관되어 있다. 읽는 것도 걷는 것도 더 나은 글을 쓰기 위한 방편이다.

아들아, 너의 타고난 끼는 무엇이냐? 하고 싶은 일에 목숨 걸고 치열하게 사느냐? 성공은 재능과 집념의 결과다. 다른 사람보다 나은 재능을 몇 배로 향상하였을 때 꿈은 이루어지리라. 끼란 하고 싶은 일을 목숨 걸고 하는 것이다. 끼를 제대로 발휘하여 불후의 명예를 얻기를 바란다. 평범한 부모를 넘어서는 청출어람을 이루기 바란다.

깡

남자는 깡이 있어야 한다. 악착같이 버티고 모질게 달려드는 깡다구 말이다. 세상 살기 쉽지 않다. 안락한 삶을 위하여 치열하게 경쟁한다. 높은 위치에서 부귀영화를 누리기 위하여 성공을 갈망한다. 사람은 자신의 이익을 위하여 강자에게 굽히고 약자를 짓밟는다. 강자에게 빼앗긴 걸 약자에게서 벌충하려고 한다. 강자에게 대항하고 약자를 보호하는 것이 정의라는 걸 잘 알지만 그건 고난의 길이다. 강자에게 도전해서 이길 확률이 있는가? 약자를

아내에게 쓰는 편지

돕는다고 이익이 생기는가?

　세상은 공정하거나 정의롭지 않다. 법이 있으나 약자를 보호하기보다는 기득권자의 이익을 지키려는 목적이 크다. 세상의 원리는 이익이다. 물이 아래로 흐르듯 모든 생물은 이익을 추구한다. 그래서 어린이나 노약자, 여자의 삶은 고달프다. 상대적으로 젊은 남자보다 약하기 때문이다. 시비선악을 따지기에 앞서 우선 주먹을 피하는 게 상책이다. 강자에게 도전하는 건 목숨을 거는 일이다. 파탄에 이르기 쉽다. 그래도 늘 굽힐 수는 없다. 최소한의 생존권은 지켜야 하기 때문이다. 강자를 제압할 수 없더라도 맞서 버티는 것, 큰 피해를 감수하면서 약간의 상처를 주기 위하여 달려드는 것이 깡이다.

　남자의 임무는 사냥과 전투다. 먹거리를 얻기 위해서 동물을 사냥하고 맹수와 경쟁해야 한다. 다른 부족이나 남자의 공격으로부터 가족을 보호해야 한다. 그것이 남자의 전통적인 임무다. 그래서 역사에서 주인공은 크고 튼튼했다. 여자는 착하고 잘 생겼으나 연약한 남자보다는 사악하고 못생겼더라도 자신과 자식을 보호할 남자를 원한다. 즐거움보다는 생존이 더 중요하다. 왕이 많은 미녀를 거느린 건 남자의 욕정만이 이유는 아니다. 여자의 선택이 어우러진 결과다. 현재도 마찬가지다. 궁핍한 삶보다는 화려한 세컨드를 원하는 사람이 있는 까닭이다.

　남자는 가난하고 허약하더라도 약함을 드러내서는 안 된다. 단 한 명의 여자도 차지하지 못하리라. 생계유지와 외부 압력을 막아낼 수 있다는 걸 증명해야 한다. 그게 깡이다. 깡이란 악착같이 버티어 나가는 오기다. 주철환 교수는 다르게 정의했다. 깡이란 '하기 싫은 일은 목에 칼이 들어와도 하지 않는 것'이다. 끼가 하고 싶은 일에 목숨 거는 것이라면 깡은 하기 싫은 일은 목에 칼이 들어와도 하지 않는 것이다. 아무리 권력자나 부유한 사람이라도 목숨 걸고 달려드는 사람은 무시할 수 없다. 죽음을 두려워하는 사람은 쉽게 굴복시킬 수 있으나, 초연하게 여기는 사람을 무릎 꿇릴 방법은 없다.

아빠는 일찍이 삼국지에서 세상을 이해하고 꿈을 키웠다. 삼국지는 중국의 역사다. 소설 삼국지는 세계적으로 성경 다음으로 많이 팔린 책이라고 한다. 그만큼 흥미진진하고 거의 모든 종류의 인간이 등장한다. 수많은 영웅호걸과 책사와 미녀가 각자의 꿈을 이루기 위해 중원의 사슴을 쫓는다.

아빠가 가장 감동한 사람은 관운장이다. 나무랄 데 없는 외모와 천하를 떨쳐 울리는 용기와 기백은 남자의 피를 끓게 한다. 관운장은 의리의 화신이요 자부심의 대명사다. 실제 이상으로 자신을 높이 추어올리는 과대망상이 있다. 누구한테도 지지 않고 굴복하지 않는다는 자부심은 관운장의 장점이자 단점이다. 그 자부심으로 끝내 목숨을 잃는다. 촉나라 유비와 형주를 다투던 오나라 왕 손권은 당시 형주를 다스리던 관운장의 딸과 자기 아들의 혼사를 추진한다.

아내에게 쓰는 편지

"어찌 범의 딸을 개의 아들에게 주겠는가?"

이것이 한마디로 거절한 관운장의 변이다. 일개 장수가 왕에게
할 말은 아니다. 물론 자식을 인질 삼아 정략적으로 이용하려는
결혼을 허락할 수는 없을 터다. 화가 난 손권은 관운장이 위나라
와 싸우는 틈을 이용하여 여몽의 계교로 형주를 점령한다. 실지
회복과 탈출을 노리던 관운장의 노력은 무위로 끝나고 오나라에
포로로 잡히고 만다. 조조와 마찬가지로 인물 욕심이 있던 손권
은 관운장을 회유하여 항복을 권한다.

"네 감히 나를 능멸하는가?"

이것이 관운장이 남긴 마지막 말이다. 관운장은 삶의 지혜인 꾀
보다는 다른 사람이 무시하지 못할 깡이 센 사람이었다. 삼국지
위 촉 오의 왕이었던 조조 유비 손권이나, 책사로 이름 높았던 가
후 제갈량 주유 사마의나, 무용으로 이름을 떨친 여포 전위 허저
장비 조운보다 관운장을 흠모하는 사람이 많다. 지금도 조폭은
관운장 앞에서 의리를 맹세하고, 무속인은 신으로 떠받들며, 많
은 중국인이 관왕 혹은 관성대제로 추앙한다. 하기 싫은 일은 죽
어도 하지 않는다는 관운장의 깡이 그렇게 만든 것이다.
　정몽주는 고려말 유학자로 이름을 날린 사람이다. 야심가 이성
계의 아들로 못지않은 야망을 숨긴 이방원이 정몽주를 설득한다.

이런들 어떠하리 저런들 어떠하리

만수산 드렁칡이 얽혀진들 어떠하리

우리도 이같이 얽어져 백 년까지 누리리라

〈이방원, 하여가〉

이 몸이 죽고 죽어 일백 번 고쳐 죽어

백골이 진토(塵土)되어 넋이라도 있고 없고

임 향한 일편단심이야 가실 줄이 있으랴

〈정몽주, 단심가〉

이방원 : 우리 잘살아봅시다.

정몽주 : 싫어!

이방원 : 그러면 너 죽어!

정몽주 : 죽어도 싫어!

이성계의 개국을 위하여 셋째 아들 이방원이 고려의 기둥 정몽주 회유에 나섰지만, 끝까지 거절한다. 그래서 죽었다. 선죽교에서 조영규가 철퇴로 죽였다고 한다. 정몽주는 깡이 센 사람이었다. 머리에 철퇴를 맞아도 하기 싫은 일은 하지 않았다.

수양대군은 나이 어린 조카 단종을 몰아내고 왕위에 등극하였다. 성삼문은 몇몇 동지와 단종복위를 시도하다가 발각되었다. 역

아내에게 쓰는 편지

시 인재를 갈망하는 세조가 회유했으나 끝내 거부하고 형장의 이슬로 사라졌다. 이때 함께 죽었던 박팽년 이개 하위지 유성원 유응부를 사육신(死六臣)이라고 한다.

유능한 집현전 학사였던 신숙주는 일찍이 수양대군과 손을 잡고 문종과 단종을 배반한다. 일찍 죽은 성삼문보다는 장수하면서 많은 업적을 남긴 신숙주가 백성에게는 고마운 존재다. 역사는 달리 평가한다. 업적이 미미한 사육신의 절개는 추앙하지만, 신숙주의 업적을 찬양하지 않는다. 죽어야 할 때 죽은 사람과 죽지 않고 산 사람의 차이다. 살아야 할 때가 있고 죽어야 할 때가 있다. 죽어야 할 때 죽는 게 깡이다.

남자가 하기 싫은 일은 목에 칼이 들어와도 하지 않는다는 깡이 있어야 하지만, 그렇다고 목숨을 소홀히 하라는 말은 아니다. 가장 중요한 게 사람 목숨이다. 그 무엇과도 바꿀 수 없다. 사소한 의리나 이익에 죽는다면 개죽음이다. 한 고조 유방을 도와 천하를 평정한 대장군 한신은 젊었을 때 시정잡배의 가랑이 사이를 통과하는 굴욕을 참는다. 그때 화가 나서 살인하였다면 이후 명예는 없었으리라.

다른 사람이 함부로 할 수 없는 기개는 드러내되 소인배와 사소한 이익 다툼에 목숨을 걸어서는 안 된다. 목숨을 걸어야 할 때는 국가나 사회에 엄청난 해악을 끼치는 것을 막아야 하는 대의명분이 있을 때다. 군인이라면 전쟁에서, 경찰이라면 범죄자로부터 시민을 구하기 위해서 목숨을 걸어야 하리라.

역사에 위인으로 기록된 사람은 두 종류다. 하나는 위대한 업적을 남긴 사람, 다른 하나는 죽어야 할 때 죽은 사람이다. 죽어야 할 때 죽음을 무릅쓴 사람은 보통 사람이 할 수 없다는 데서 많은 사람의 추앙을 받는다. 훌륭한 사람으로 역사에 남기 위해서가 아니라 무시당하지 않기 위해서라도 두려움을 숨기고 결연히 맞서야 한다. 그게 깡이다. 남자의 기개다. 남자는 하기 싫은 일은 목에 칼이 들어와도 해서는 안 된다.

끈

끈은 줄이다. 물건을 묶거나 매거나 꿰거나 하는데 쓰는 가늘고 긴 물건이지. 흔히 줄을 잘 서야 한다는 말이 있다. 뛰어난 사람과 인간관계, 인연을 잘 유지해야 한다는 말이다. 인연이란 무엇인가? 사람 사이에 맺어지는 관계다. 사회적 동물인 인간은 홀로서기를 할 수 없는 존재다. 아무리 산속에서 홀로 수행하는 사람이라도 다른 사람의 도움이 없이 생존할 수는 없다. 사람은 서로 연결된 존재다. 가까운 사람은 서로 알아보는 사이로, 알 수 없는 인류는 사용하는 지식이나 물건으로 연결된다. 우주 차원에서는 모든 존재가 서로 영향을 주고받는다.

인연은 크게 혈연 지연 학연으로 구분한다. 누구에게나 인연은 소중하다. 한국 사회에서는 대체로 부정적인 의미로 통한다. 부정

　　　　　　　　　　　아내에게 쓰는 편지

부패와 부조리가 생기는 발원지이기 때문이다. 기회의 균등과 과정의 공정과 결과의 정의가 이루어지는 게 이상적인 사회다. 동양에서는 잘 이루어지지 않았다. 공자와 맹자의 가까운 사람부터 사랑하라는 주장이 큰 역할을 했다. 묵적의 원근 친소를 따지지 말고 다 같이 사랑하라는 겸애설(兼愛說)이나 양주의 가까운 사람을 사랑하지 말고 오직 나만을 사랑하라는 위아설(爲我設)을 따랐다면 동양문화는 달라졌을 것이다.

묵적의 겸애설이나 양주의 위아설은 인간 본성을 벗어나는 말이다. 사람이 살아가기 위해서는 가까운 사람과 협력하지 않으면 안 되기 때문이다. 사실 가까운 사람과 협력하며 조화롭게 살아가는 게 훌륭한 인간관계다. 가까운 사람을 친애할 때 모르는 불특정 다수를 배제하고, 심하면 배척하거나 말살하려는 게 문제다. 모든 전쟁은 가까운 사람의 이익을 위해서 모르는 사람을 배척하는 과정에서 생겼다. 일본인이나 중국인, 미국인이 우리와 서로 동등하게 여긴다면 갈등이나 전쟁 위험은 사라지리라. 물론 정치인이 이익을 부추기기에 그럴 가능성은 없지만 말이다.

유교 혹은 유학에서 말하는 삼강오륜(三綱五倫)은 전형적인 동양사상이다. 그것이 삶의 철학이었다. 삼강(三綱)이란 무엇인가? 신하는 임금을 섬기는 게 근본이다(君爲臣綱), 자식은 부모를 섬기는 게 근본이다(父爲子綱), 아내는 남편을 섬기는 게 근본이라고(夫爲婦綱) 주장한다. 언뜻 보면 당연한 말처럼 보이나 질서 유지를 위한 완전한 신분제, 계급제, 남녀차별을 옹호하는 말이다. 왕의 자식이 왕이 되는 게 아니라 누구나 대통령이 가능한 현재와는 맞지 않는 사상이다.

오륜(五倫)이란 무엇인가? 부모와 자식 사이에는 친함이 있어야 한다는 부자유친(父子有親), 임금과 신하 사이에는 의로움이 있어야 한다는 군신유의(君臣有義), 부부 사이에는 구별이 있어야 한다는 부부유별(夫婦有別), 어른과 아이 사이에는 차례와 질서가 있어야 한다는 장유유서(長幼有序), 벗 사이에는 믿음이 있어야 한다는 붕우유신(朋友有信)이 그것이다. 모두 당연한 말 같지만 실제로는 엄청난 차별이 포함된 사상이다. 군신과 부자와 부부와 어른과 아이 사이에는 넘을 수 없는 벽이 있다.

더 큰 문제는 삼강오륜에 나오는 사람은 모두 주변인이라는 것이다. 군신, 부자, 부부, 친구는 가장 가까운 사람이다. 살아가는 데 없어서는 안 될 사람이다. 그런 사람과 친하지 않고서는 살아갈 수 없으리라. 친한 것은 좋다. 끼리끼리 결탁하는 게 문제다. 사적인 모임이라면 문제가 아니라 오히려 권장해야 할 문화다. 공적인 일에 연계하는 게 문제다. 친척을 취업시키거나, 동네 사람에게 일감을 몰아주거나, 후배의 진급을 위해서 애쓰는 건 기회의 균등이나 과정의 공정이나 결과의 정의가 아니다. 이것이 한국 사회의 병폐다.

그렇다면 인연으로 통틀어지는 혈연과 지연과 학연은 배척하고 없애야 할 문화인가? 그렇지 않다. 만약 인연이 사라진다면 인간이 아니고, 인류가 존속할 수조차 없으리라. 인연은 모두 소중하다. 혈연과 지연과 학연은 특히 그렇다. 다만 소중한 인간관계는 공공의 지위나 직책이 아니라 순수한 개인의 노력으로 이루어야 한다. 공인의 처지에서는 혈연 지연 학연을 배제하되 사적으로 최대한 유지 발전해야 하는 것이 인연이다.

인연이 소중한 이유는 이익이 아니다. 이해 관계없이 만나서 웃고 즐길 수 있는 사람이다. 혈연 지연 학연은 대체로 가족과 친구다. 그 사람이 없다면 무슨 재미가 있겠는가? 성공해도 기뻐할 사람이 없다면, 명예를 축하할 사람이 없다면, 부를 나눌 사람이 없다면 어떤 즐거움이 있을 것인가? 훌륭한 업적을 남기는 위대한 사람뿐 아니라 평범한 사람으로 살아가기 위해서도 인연을 이어 나가야 한다.

행복한 사람은 인간관계가 훌륭한 사람이다. 큰 성취를 이루더라도 주변 사람이 호응하지 않는다면 불행하리라. 아무리 부와 명예와 권력을 움켜쥐었더라도 가족과 친구가 멀리한다면 행복하지 않으리라. 행복은 자신에게 달려 있다. 자신의 말과 태도와 행동이 인간관계를 결정한다. 끈은 인간관계다. 인간에게 인간보다 중요한 게 있는가? 행복을 위해서는 반드시 타인이 필요하다. 그 사람을 소중히 여겨라.

아들아, 너에게 소중한 사람은 누구냐? 네가 좋아하고 사랑하는 사람은? 그 사람만 중요한 게 아니다. 너를 좋아하고 사랑하는 사람을 꼽아보아라. 네가 사랑하는 사람, 너를 사랑하는 사람 모두 중요하다. 그에게 필요한 사람이 되어라. 그를 칭찬하고 위로해

라. 때에 따라서는 고마움과 사랑을 표현해라. 네 성취를 주변 사람 모두가 응원할 때 행복하리라. 행복은 마음의 상태지만 그 마음은 주변 사람의 태도에 달려 있다.

지금 당장 해야 할 일

성공이란 삶의 목적을 이루는 것이다. 스스로 원하는 삶을 살아가는 것이다. 성공은 사람마다 다 다르다. 아들아, 네가 원하는 삶은 무엇이냐? 그게 무엇이든 이루기 위해서는 뜻을 세워서 땀 흘려 노력하며 때를 기다려야 한다. 구체적인 방법은 꿈, 꼴, 꾀, 끼, 깡, 끈을 갖추는 것이다.

꿈을 정했다면 꼴과 꾀를 준비해야 한다. 끼, 깡, 끈은 준비해서 될 일이 아니다. 끼와 깡은 매일 명상과 성찰을 통하여 의지를 굳게 다져야 하며, 끈은 만나는 모든 사람에게 관용과 우정을 펼쳐야 한다. 몸과 마음의 모양인 꼴과 삶의 지혜인 꾀를 갖추기 위하여 당장 할 일은 무엇인가?

아빠가 보기에 가장 필요한 건 운동이다. 어려서부터 아토피로 제대로 먹지 못해서인지 항상 몸이 허약하였다. 친구와 운동을 제대로 하지 못했지. 부익부 빈익빈이다. 튼튼한 몸을 가진 자는 자신 있는 운동에 적극적이어서 더 튼튼해지고 빈약한 몸을 가진 사람은 자꾸 빠지는 바람에 더 약해진다. 네가 원래 약하기도 했

아내에게 쓰는 편지

지만, 운동에 참여하지 않았기에 더 약해진 것이다.

영화 〈록키〉와 〈터미네이터〉의 아놀드 슈워제네거는 오스트리아에서 살던 고등학생 때 키 180cm가 넘는데도 몸무게는 50kg에 불과한 말라깽이였다. 살기 위해서는 운동이 필요하다고 생각해서 목숨 걸고 운동했다. 그 말라깽이가 미스터 유니버스 대회에서 우승하고 영화배우가 되었다. 이후 활동은 네가 익히 아는 바다.

선천적으로 몸이 약해서 혹은 재능이 없어서라는 말은 핑계에 불과하다. 물론 한계는 있다. 지능이 낮은 사람이 천재적인 물리학자가 되는 건 도저히 불가능하리라. 하지만 보통보다 뛰어난 정도는 누구나 이룰 수 있다. 수영 선수 박태환이 천식으로 몸이 허약해서 수영을 시작했다는 건 잘 알려진 사실이다. 아놀드 슈워제네거와 마찬가지로 자신의 단점을 보완하기 위해서 시작한 운동이 세계적인 선수로 만든 것이다. 네가 운동으로 성공하기에는 너무 늦었다. 세계에서 최고 선수가 되라는 게 아니라 보통의 건강한 사람으로 살아가라는 말이다.

대학교 졸업 이후 살이 붙기 시작해서 이제 겉으로 보기에는 평범한 사람이 되었다. 아빠가 보기에는 체력이 모자란다. 보기 좋은 몸이 아니라 튼튼한 몸이 중요하다. 키와 몸무게는 보통일지 몰라도 근력이 떨어진다. 살 빼는 유산소 운동보다 근육을 크게 하는 근력운동이 필요하다. 근육은 쉽게 만들어지지 않는다. 적어도 5년 이상 지속해야 탄탄한 몸이 된다. 10년 이상 계속한다면 누구보다 더 아름답고 단단한 몸을 갖게 되리라.

우수한 두뇌나 탁월한 재능은 자신감을 만든다. 자신감은 그냥 생기는 게 아니다. 부딪쳐서 타인을 압도할 때 생기는 감정이다. 관념이 아닌 경험이 중요한 역할을 하지. 두뇌나 재능보다는 튼튼한 몸이 더 자신감을 만든다. 사냥과 전투가 본성인 남자는 특히 그렇다. 공부 잘하는 사람보다는 싸움 잘하는 사람이 학창시절을 지배하는 이유다. 갈등 해결을 모색하다가 최후에 시도하는 것이 물리적 충돌이다. 국가 간에는 전쟁이요, 개인 간에는 주먹다짐이다. 전쟁이나 싸움은 해서는 안 되는 행위지만 뒤처지지 않는 체력은 사람을 당당하게 한다. 상대가 함부로 도발하지 못하리라.

첫째가 운동이라면 둘째는 독서다. 독서는 세 개의 쌍디귿과 여섯 개의 쌍기역을 갖추기 위한 바탕이다. 모든 건 앎에서 출발한다. 물론 이후에 종합하고 분석해서 실천이 뒤따라야 하지만 일단 알아야 한다. 지식을 얻는 가장 효과적인 방법은 인문학 고전을 끊임없이 탐독하는 것이다. 이미 살았던 사람의 행적을 통하여 위대한 사람과 사악한 자를 구분해야 한다. 거기서 네가 살아갈 방식을 찾을 수 있으리라. 삶의 멘토를 따라갈 수 있으리라.

엄마는 취직 공부를 하라고 성화지만 아빠가 보기에는 취직보다 급한 게 평생 가는 좋은 습관을 만드는 일이다. 지금은 쉰 살만 사는 시대가 아니다. 백 살까지 각오해야 한다. 당장 앞서는 건 중요하지 않다. 삼십 년, 오십 년 후에 이룰 성취를 위하여 준비가 필요하다. 좋은 습관을 만들고 좋지 않은 버릇을 버려야 한다. 다

　　　　　　　　　　아내에게 쓰는 편지

행히 너는 음주와 흡연 버릇이 없다. 그건 계속 유지해라. 지금 열중하는 게임보다는 독서로 습관을 바꾸어라. 매일 블로그에 무언가를 기록하는 게 좋다. 읽고 쓰는 건 너의 영혼과 삶의 자세를 바꾸리라. 독서는 영혼을 살찌게 하고 운동은 몸을 튼튼하게 하리라.

아들아, 훌륭하게 자라주어 고맙다. 건전한 정신과 건강한 몸이 고맙다. 사람의 욕심은 끝이 없다. 나는 아들이 빛나는 삶을 살기를 바란다. 당장 할 일은 좋은 습관을 만드는 것이다. 독서와 운동과 여행으로 '뜻, 땀, 때'와 '꿈, 꼴, 꾀, 끼, 깡, 끈'을 실천하기 바란다. 우뚝 서서 찬란하게 빛나기를 바란다. 아들아, 사랑한다. 생일 축하해!

2024. 9.

29.5주년 결혼기념일

오늘은 결혼 29.5주년이다. 내년 4월 15일이 결혼 30주년 기념일이므로 정확히 6개월 전인 10월 15일 오늘이 29.5주년 기념일인 셈이다. 내 삶은 파란만장하였다. 힘든 세월을 넘기고 편안한 삶을 즐기는 오늘은 아내의 공이 크다. 나이 서른에 결혼했으므로 인생의 절반을 아내와 함께 보낸 셈이다.

아내를 만나기 전까지는 고난의 연속이었다. 끼니 잇기가 쉽지 않았다. 어머니의 헌신과 희생이 없었다면 우리 형제는 아마 생존조차 어려웠을 것이다. 중학교 고등학교 진학 희망자 조사에서 손을 들 수 없었다. 형과 누나가 진학하지 않았기 때문이다. 가정 살림살이가 나아져서가 아니라 농어촌 중학교 무료 제도와 공짜 고등학교 대학교가 생겨서 학업을 이어갈 수 있었다. 나는 불우하였으나 불행하지 않았다. 어처구니없는 망상 때문이다. 꿈을 이루리라 확신하였기에 불편한 삶이 싫지 않았다.

젊은 날은 비참하였으나 결혼한 이후에는 평범한 삶을 살았다. 공군 대위 계급장을 달았기에 생계에 지장이 없었다. 결혼으로 쓸데없이 이성을 구하려는 에너지 낭비할 이유가 사라졌다. 아이가

아내에게 쓰는 편지

생겼다. 부모 형제는 가난하였으나 나는 겉으로 보기에 평범한 수준이었고, 실제로도 만족하였다.

첫딸 돌보미가 마음에 들지 않아 전업주부를 선언한 아내는 그야말로 현모양처다. 세 아이에게는 현명한 어머니요, 나에게는 어진 아내다. 부모에게는 효녀 효부이기도 하다. 늘 시끄럽고 문제가 많은 집안이나 나는 부대 일에 전념할 수 있었다. 아내가 전업주부가 될 때 한 약속대로 집안일을 모두 책임졌기 때문이다. 나는 국가를 위하여 이 한 몸 바친다는 핑계로 가정에 소홀했다.

지나고 보니 어처구니없는 삶이었다. 내가 비범하지도 위대하지도 않다는 사실을 깨달은 순간 좌절하였으나, 비로소 현실이 제대로 보였다. 나는 비범한 게 아니라 최대한 노력해야 겨우 평범한 사람이다. 허튼 꿈을 이어간 건 전적으로 아내의 내조 덕이다. 아내가 모든 일을 처리하였기에 나는 부대에 집중하여 겨우 살아남았다. 내가 살아서 이룬 게 있다면 모두가 아내의 공이리라.

살아오면서 힘들 때도 있었으나 지금은 아내와 편안하게, 행복하게 산다. 일주일에 한두 번 가장 경치 좋은 산을 찾아 떠나고, 매일 동네 한 바퀴 산책한다. 나는 전업 작가를 자처하지만, 그냥 취미 수준이다. 아내는 아직도 전업주부 역할에 충실하다. 집에 돌아온 두 아이와 내 뒤치다꺼리하느라 밤낮 분주하다.

그런 아내가 늘 고맙다. 결혼 25주년에는 해외여행을 계획하였다. 하필이면 그해 2월에 등산 중 아내의 발목 인대가 파열하는 사고가 났다. 거동이 불편한 아내와 어떤 여행도 할 수 없었다. 내년이면 30주년이다. 30주년에 무얼 할까 고민하다가 29.5주년을 기념하자는 생각이 떠올랐다. 올해 초 일이다. 달력 10월 15일에 29.5주년 표시를 했다. 오늘이 10월 15일이다. 어젯밤 일이다.

"내일이 우리 결혼 29.5주년 기념일인데 뭐 맛있는 거 먹을까?"

"29.5주년요? 그게 뭔데요?"

"내년 4월 15일이 결혼 30주년이잖아. 딱 6개월 전이니 29.5주년이지. 어디 가서 맛있는 거나 먹읍시다."

"없어요, 먹고 싶은 거 없어요."

이게 문제다. 나는 젓갈하고 추어탕 빼면 모든 음식이 맛있는데 아내는 음식 취향이 특이하다. 많은 사람이 좋아하는 고기나 회, 비싼 대게나 일식 요리를 좋아하지 않는다. 술도 마시지 않는다. 좋아하는 음식은 그저 찌개나 나물류다. 그건 식당에서 먹는 것보다 아내가 해 주는 게 더 맛있다. 그러니 집에서 먹을 수 있는 음식을 비싼 돈 주고 먹으려고 하겠는가?

"거 참, 사람하고는. 그러면 말 나온 김에 요양병원에 계신 장모님 모시고 점심 식사나 합시다. 진영에 있는 처남이랑 처형도 볼겸."

"그럴까요? 한 번 언니하고 얘기해 볼게요."

아내에게 쓰는 편지

장모님과 식사하자는 말에 반색한다. 엊그제 어머니를 사천에 있는 요양병원으로 옮겼기에 이제 자주 진영에 갈 수 없는 처지다. 장모도 매달 찾아오던 셋째 딸을 자주 볼 수 없다는 데 적이 실망하는 눈치다. 말하지 않아서 그렇지 아내 맘도 똑같지 않겠는가? 그래서 우리 29.5주년 결혼기념일 행사는 진영에서 처가 식구와 점심 식사가 되었다. 장모를 모시러 요양병원에 들르자 반색을 한다.

"어이구, 우리 조 서방 덕분에 바깥바람을 쐬겠네."
"오늘이 결혼 29.5주년 기념일이래요. 이 사람 덕분에 오게 되었어요."

모처럼 만난 모녀가 장단을 맞춘다. 좋아하는 모녀를 보니 덩달아 기분이 유쾌해진다. 작은 처남과 처형 부부와 함께 '진짜 순대'를 먹었다. 기념일 음식치고는 소박하다. 비싼 걸 좋아하지 않는 데야 어쩌겠는가? 비싼 음식은 아니었으나 맛있었다. 모두가 즐겁게 실컷 먹었다. 음식 맛은 기분이나 분위기에 따라 달라진다. 가까운 가족끼리 오순도순 즐겁게 먹는 데 맛이 없을 리 없다. 반주로 소주 한잔하면 금상첨화겠지만 부정맥으로 절주해야 하는 처지가 아쉬웠다.

처형 부부는 진영에서 꽃 농사를 한다. 비닐하우스 주변에 온갖 채소와 과일을 가꾼다. 갈 때마다 먹거리를 한 아름씩 안긴다. 오늘도 단감 한 상자와 애호박, 상추, 호박잎, 열무, 부추 등속을 여러 꾸러미 챙겨주었다. 아내와 나이 차는 많지 않은데 마치 친정어머니같이 챙긴다. 시골에서 시부모를 모시고 살아서 배려가 몸에 밴 듯하다. 점심은 우리가 계산하였지만 받은 채소를 따지면 우리가 얻어먹은 것과 마찬가지다.

결혼 29.5주년 기념일은 즐거웠다. 30주년에는 무얼 할 것인가? 해외여행을 가자고 하니 형편이 안 돼서 곤란하다고 한다. 해외여행이 안 되면 설악산이나 한라산에라도 가야 하나? 아내는 젊어서부터 운동으로 단련된 몸으로 건강하고 등산에 일가견이 있었으나 오십 대에 들어서면서 영 시원찮다. 차츰 체력이 떨어지는 게 눈에 보인다. 나는 아내와 히말라야나 알프스 트레킹이 소원이었으나 이미 물 건너간 듯하다. 하고 싶은 걸 뒤로 미뤄서는 안 된다. 시간과 돈이 허락해도 몸이 허락하지 않는다. 백두산에 간다면 딱 좋은데, 설악산을 갈까 한라산을 갈까, 무엇이 아내에게 가장 좋은 선물이 될까?

2024. 10.

아내에게 쓰는 편지

큰딸 생일 축하 편지

몸에 관하여

가장 중요한 것이 무엇인가? 네 몸이다. 세상 만물 중 중요하지 않은 게 없지만 너 자신보다 소중한 건 없다. 사랑하는 딸아, 네가 최고다, 네가 최우선이다. 네가 없다면 세상도 없다. 구체적으로는 네 몸이다. 네 존재의 근원, 네 세상의 근본은 네 몸이다.

자신의 존재를 과대 망상한 일부 철학자가 지나치게 형이상학에 몰입한 나머지 육체보다 정신이 더 우월한 존재라는 허튼소리를 하였으나, 몸은 실재하나 영혼은 실체가 없는 개념이다. 영원 불멸하는 영혼은 없다.

내가 영혼이 존재하지 않는다는 걸 증명할 수는 없다. 논리적으로 설명은 가능하다. 존재하는 모든 건 크기와 무게가 있다. 크기와 무게가 없는 건 인간의 상상 속에나 존재하는 개념뿐이다. 국가, 우정, 사랑, 법률, 관습, 문화 따위는 정의할 수 있으나 실체를 확인할 수 없다. 크기와 무게가 없으므로 형태도 색깔도 없다.

영혼이란 무엇인가? 생명의 진화에 따라 단세포에서 다세포로 바뀌자 세포 간 소통이 필요해졌다. 공간에서 활동하는 동물은 생존과 먹이활동을 위해서 더 정교한 소통체계가 요구되었다. 수억 혹은 수십억 년 동안 진화로 세포 사이에 만들어진 의사교환 시스템이 우리가 말하는 영혼이다. 당연히 모든 동물에게 있으며, 식물도 초보 수준의 영혼이 존재하리라. 뇌를 중심으로 인간의 몸을 구성하는 100조 개의 체세포가 협업하도록 만들어진 소통체계가 영혼이다.

당연한 말로 몸이 죽으면 영혼도 사라진다. 몸이 살아 있어도 영혼이 먼저 죽을 수도 있다. 뇌 혹은 중추신경의 손상으로 식물인간이 된 사람이나 스스로 인지하지 못하는 치매 환자는 영혼이 반쯤 죽은 것이다. 완전한 치매와 뇌사 상태는 정확히 같다. 영혼이 망가진 상태다. 작동하지 않는 컴퓨터와 같다.

지식과 지혜는 영혼의 영역이다. 그 정신 활동이 인간의 특성을 좌우하는 중요한 요소지만 몸이 먼저다. 건강한 몸에 건전한 정신이 깃든다는 말은 진리다. 몸이 불편하면 정신 활동을 제대로 할 수 없다. 모든 감각은 불편한 몸에 집중한다. 몸은 자신을 이루는 토대이므로 몸의 이상은 생존과 직결된다. 생존에 위협을 받는다면 다른 모든 일은 부수적이다. 건강에 위험신호가 켜지면 모든 감각과 정신이 그곳에 집중하는 까닭이다.

몸이 우선이지만 위대한 인간임을 증명하는 건 뛰어난 지혜다. 인간이 영혼을 더 중요하게 여기는 이유다. 몸은 그 영혼이 거주하는 집이다. 몸이 건강하고 활력이 넘친다면 영혼은 더없이 맑고

아내에게 쓰는 편지

드높아질 것이다. 영혼에 악취가 아니라 매혹적인 향기가 나게 하려면 우선 네 몸을 최상의 상태로 만들어야 한다.

어떻게 건강한 몸에 향기로운 영혼이 깃들게 할 것인가? 운동과 명상이다. 운동은 체세포에 더 많은 양분과 산소를 요구한다. 호흡기계통은 더 많은 산소를 공급하기 위하여, 간과 소화기계통은 더 많은 혈당을 공급하기 위하여, 심장은 산소와 양분을 모든 체세포에 전달하기 위하여 더 힘차게 박동한다. 몸 전체가 활성화한다.

몸이 정신 형성에 막대한 영향을 주지만, 정신도 몸에 같은 수준의 영향을 끼친다. 몸과 정신은 하나다. 해결할 수 없는 난제로 극심한 스트레스를 받는다면 몸에는 활성산소가 넘쳐나리라. 활성산소는 몸의 매연이다. 인간을 빠르게 노화시키고 병들게 한다. 마음이 편안해야 몸 건강에 좋다. 급격한 감정의 기복을 가라앉히는 데는 명상이 최고다. 명상은 마음을 평온하게 하는 가장 좋은 방법이다. 운동과 명상은 네 몸을 건강하게 하리라.

사랑하는 딸아, 네가 경험하였듯이 무기력한 상태에서 빠져나온 비결은 바로 운동이다. 무기력과 혼돈에서 벗어나는 첩경이 운동이지만, 건강해진 몸을 유지하는 데도 운동은 필수다. 사는데 바빠서 운동할 시간이 없다는 건 변명이다. 바빠도 세 끼 식사는 하지 않느냐? 적절한 운동은 식사와 마찬가지다. 시간 날 때 하는 게 아니라 시간을 내서 해야 한다. 아름다운 삶을 위하여 운동과 명상으로 살아가라.

음식과 요리에 관하여

세상에서 가장 중요한 건 먹거리다. 더 중요한 게 태양이나 산소나 물이지만 무한정 얻을 수 있고 사용할 수 있으므로 소중함을 깨닫기 어렵다. 사람은 먹어야 산다. 동물과 마찬가지지. 하루나 이틀 굶는 것조차 참기 힘든 고통이다. 고통은 동물의 가장 강력한 생존 기제다. 생명에 위협을 느끼는 순간 강렬한 통증을 수반한다.

인류의 역사는 곧 음식의 역사다. 먹거리의 양에 따라 사람 숫자가 오르내렸다. 자연재해는 먹거리 획득을 어렵게 하여 민족 이동을 부르고 전쟁으로 이어졌다. 수렵 채집 활동에서 농업혁명과 산업혁명으로 이어진 결과는 인구 폭증이다. 먹거리가 획기적으로 증가한 게다.

대한민국은 좋은 나라다. 입시와 취업에 시달리고 연애, 결혼, 출산이 만만찮은 현실에 젊은이가 만족하기에 쉽지 않겠지만 말이다. 대한민국은 비록 늦었으나 산업화 민주화 정보화에 성공한 나라다. 그 기간이 지나치게 짧아서 변화를 따라잡느라 국민이 겪은 스트레스는 엄청나지만, 모두가 부러워하는 선진국이 되었다. 속된 말로 개천에서 용 난 격이다.

대한민국은 먹거리 걱정이 없는 나라다. 국민 모두 무언가로 고뇌에 빠져 있을 테지만 굶주림은 아니다. 인류 역사에서 가장 큰 문제였던 식량난에서 해방된 게다. 아무리 가난한 사람이라도 쌀

아내에게 쓰는 편지

값에 배부르게 먹을 수 있다. 굶주림이 아니라 비만이 문제다. 마음껏 먹을 수 있으니 맛있는 것만 골라 먹는다. 맛있는 건 대체로 몸에 해롭다. 무엇을 먹어야 할 것인가?

음식이 너를 만든다. 건강에 가장 중요한 건 운동이지만 음식도 못지않다. 오히려 더 중요한 것인지도 모른다. 음식에 따라서 네 몸의 성분이 달라진다. 몸이 요구하는 적절한 음식 섭취가 건강 여부의 바로미터다. 맛있는 것만 먹을 게 아니라 몸에 좋은 음식을 골라 먹어야 한다.

현대인의 가장 큰 걱정은 비만이요, 문제는 과식이다. 특히 패스트푸드와 가공식품이 문제다. 패스트푸드와 가공식품은 정제 탄수화물과 설탕, 포화지방 범벅이다. 성인병을 유발하는 주범이다. 아무리 맛있고 먹기 편하더라도 몸에 해로운 음식을 먹어서는 안 된다. 역사에서 비만은 부유한 사람의 전유물이었고, 비쩍 마른 몸은 비렁뱅이의 상징이었으나, 지금은 정확히 반대다. 가난한 후진국 국민은 비만이고 부유한 선진국 사람은 날씬하다. 부유한 사람이 몸에 좋은 음식만 적당히 가려먹은 결과다. 몸에 좋은 음식이 무엇인가를 숙고해서 실천하길 바란다.

음식의 역사는 요리의 역사이기도 하다. 동물은 자연에서 얻은 그대로 섭취한다. 먹거리 환경에 따라 진화의 방향이 결정되었지. 인간과 동물의 가장 큰 차이는 음식이다. 정확하게는 요리다. 자연 그대로 섭취하면 효율이 떨어진다. 훨씬 더 많은 시간을 먹는 데 할애해야 한다. 인간은 요리를 통하여 먹는 시간을 획기적으로 줄였다.

인간은 엄청나게 강하거나 똑똑한 존재가 아니다. 호랑이나 사자나 들소보다 약하고 말이나 개나 돼지와 지능에 큰 차이가 없다. 인간이 만물의 영장이 된 까닭은 소통 능력이다. 거의 유일한 장점인 다양한 소리를 내는 성대로 집단지성을 이루었다. 한 번 발견한 불은 삽시간에 전 인류에 전파되었고, 불의 사용은 인류 문명을 탄생시켰다. 가장 획기적인 사건이 불을 이용한 요리다. 요리는 인류 발전의 원동력이다.

요리는 비용과 시간과 정성을 요구한다. 출퇴근과 업무에 시달리는 현대인에게 쉽지 않은 일이지. 패스트푸드와 가공식품이 범람하는 이유다. 나라를 지키는 건 군인이지만 가정을 지키는 건 엄마다. 전통적으로 엄마의 가장 중요한 역할은 식구에게 음식을 제공하는 일이었다. 일 순위가 요리였지. 가족 건강은 엄마의 요리 솜씨에 달렸다고 해도 과언이 아니다. 너희가 지금 몸이 건강하다면 엄마에게 감사해야 한다. 몸에 좋지 않은 패스트푸드나 가공식품을 먹지 않게 하려고 요리에 심혈을 기울인 결과다.

요즘 젊은 여자는 결혼을 원하지 않는 사람이 많다. 가장 큰 이유는 육아와 요리다. 육아와 요리가 어려운 건 쉴 틈이 없다는 거다. 명절 때도 휴가 때도 먹어야 한다. 모두가 즐길 때 누군가는 음식을 준비해야 한다. 대체로 여자, 엄마의 몫이었지. 그래서 젊은 여성이 결혼을 싫어하는 거다. 늘 바쁘고 힘들게 생활하는 엄마의 모습이 마음에 들지 않는 게지.

아내에게 쓰는 편지

보이는 게 전부가 아니다. 물론 엄마의 역할은 힘들다. 반면에 커다란 보람을 얻지. 편하다고 행복한 게 아니다. 주변 사람에게 영향력을 끼치고 사랑과 존중을 받는 게 중요하다. 가정에서 가장 영향력이 큰 사람이 누구인가? 누가 가장 사랑받는가? 엄마다. 왜 엄마가 사랑받겠느냐? 모두에게 가장 중요한 음식을 제공하기 때문이다. 엄마는 가족에 대한 사랑과 헌신으로 신격이 되었다.

지금은 여자가 가정일을 전담하는 시대가 아니다. 남녀의 역할이 바뀌기도 하지. 그래도 자녀에게 가장 중요한 건 엄마다. 생리학적으로 육아는 엄마에게 유리하다. 가사도 육아와 병행하는 게 효율적이지. 여자는 직장생활을 하더라도 가정에 소홀하기 힘들다. 불공평하지만 사람 힘으로 바꿀 수 없는 운명은 수용할 수밖에 없다. 사랑하는 딸은 엄마의 역할을 기쁘게 받아들이기 바란다.

언제 결혼할지 모르겠지만, 요리를 배워두는 게 좋다. 아니 요리는 결혼과 무관하게 중요한 일이다. 네가 언제까지나 엄마와 함께 살 수는 없다. 언젠가는 헤어져야 하지. 그때를 위해서라도 틈나는 대로 엄마에게 요리를 배워라. 나중에 사랑하는 사람과 살게 되면 음식 맛이 사랑의 농도를 결정하리라. 맛없는 음식은 만든 이를 멋없는 사람으로 만든다. 멀어지게 하지. 아빠는 딸이 사랑받으며 행복하게 살기를 바란다. 설령 남편이 가정적이어서 육아와 요리를 돕는다고 해도 네가 만든 음식으로 식구가 행복하기를 바란다. 네 노력으로 가족의 건강을 지키길 바란다.

기쁠 때나 슬플 때, 즐거울 때나 절망에 빠졌을 때 남녀노소가 찾는 엄마, 사람에게 영원한 마음의 고향은 늘 엄마다. 훌륭한 엄마는 여자나 아내보다 위대하다. 나는 딸이 위대한 존재가 되기를 바란다. 아빠가 경험할 수 없는 엄마가 되어 모두의 사랑과 존경을 한 몸에 받기를 바란다.

글쓰기에 관하여

인간의 특성이 무엇인가? 어떻게 인류는 만물의 영장이 되었는가? 세상의 주인공은 사람이다. 무기물과 동식물 모두 나름대로 우주의 한 귀퉁이를 차지하여 역할을 하고 있지만, 주인공 하나를 꼽는다면 단연 사람이다. 사람은 다른 생명체와 비교하여 어떤 점이 뛰어났기에 엄청난 문명과 문화를 일구어냈는가?

인간의 가장 큰 특징은 언어다. 다른 동물도 최소한의 소통은 하리라. 소리나 몸짓으로 먹을 걸 구하고 위기에서 벗어난다. 600만 년 전 원시인도 큰 차이가 없었다. 살아가는 데 아주 취약한 종이었으나 각자 경험을 공유하는 작은 차이가 시간이 흐르자 큰 차이가 되었다. 사람은 신체적으로 강하고 두뇌가 우수해서가 아니라 집단지성의 힘으로 문명과 문화를 창달하였다.

사람의 특징은 소통 능력이다. 기본은 말하기다. 현재는 글이다. 미래는 텔레파시가 될지도 모른다. 600만 년의 긴 세월 인간은 대화로 느리게 진보하였다. 그것이 선사 시대다. 인간 사회 규모가 커지고 복잡해지자 대화만으로 소통이 곤란하였다. 그래서 만들어진 게 문자다. 문자는 인류 문명을 폭발시켰다. 인류 4대 문명의 공통점은 문자의 존재다. 문자는 동시대 많은 사람과 소통을 쉽게 하였을 뿐 아니라, 후세와 대화도 가능하게 하였다. 개인의 경험을 말로 전달하던 데 비하여 문자로 기록을 남긴 건 혁명과도 같은 변화를 불렀다.

문자는 인류의 최대 무기다. 모든 지식은 문자로 이어진다. 긴 역사나 복잡한 수학 공식이나 물리학을 말로 설명할 수는 없다. 뛰어난 학자가 서술한 책을 통하여 스스로 깨쳐야 한다. 기록된 모든 내용을 이해할 수는 없다. 동시대 가장 탁월한 몇몇이 겨우 터득하거나 어쩌면 아무도 이해하지 못할 수도 있다. 다음 세대 누군가 그 지식을 이어받아 새로운 지식을 창출하리라.

일상은 대화로 이루어지지만 중요한 일은 대체로 서류에 의존한다. 말은 법적 구속력이 약하다. 증명하기에 쉽지 않다. 서명이 담긴 기록은 명명백백하다. 사람은 말하기와 더불어 글쓰기를 잘해야 한다. 짧고 정확하게 의사 표현을 하고 기록할 능력이 있어야 한다. 역사에서 위대한 사람은 종종 신체 능력이 탁월한 사람이었고, 현재도 뛰어난 운동선수가 부와 명예를 거머쥐지만, 모두가 추앙하는 지도자나 현자보다는 못하다. 현재 강자는 말하기와 글쓰기가 뛰어난 사람이다.

네가 타고난 재능이 뛰어나다는 건 자랑할 만한 일이다. 살아가기에 훨씬 수월하리라. 천성만으로는 부족하다. 사람은 모두 부와 명예와 권력을 갈망한다. 속세에 찌들어서가 아니라 그것이 생명의 본성인 생존과 번식을 쉽게 하기 때문이다. 모두가 원하기에 경쟁이 치열하다. 어떻게 성공할 것인가? 답은 간단하다. 말하기와 글쓰기 능력을 키우는 거다.

살아가는 데 가장 중요한 습관은 운동과 독서와 글쓰기다. 운동은 건강을 위해서, 독서와 글쓰기는 지혜를 위해서 필요하다. 독서와 글쓰기를 생활화해야 한다. 예전에는 주로 일기에 의존했다. 일기는 반성과 성찰에 더해 글쓰기 능력을 향상하는 데 좋은 방법이다. 바쁜 일상에서 일기 쓰는 건 쉽지 않다. 다른 사람에게 공개하지 않는다는 데서 실력이 느는 속도가 느리다. 반성과 성찰과 더불어 글쓰기 능력을 향상하려면 블로그를 운영하는 게 좋다.

블로그에 올린 글은 타인의 평가를 받는다. 글의 내용이나 수준에 따라 조회 수가 달라진다. 자신의 글솜씨나 의견에 대해서 다른 사람의 반응을 살필 수 있다. 혼자 쓰는 일기와 비교하여 사고를 확장하고 공감대를 형성하기에 유리하다. 자신의 글을 통해서 다른 사람의 마음을 가늠할 수 있다. 사회적 동물인 사람이 살아가는 데 다른 사람의 마음을 이해하는 것은 중요한 일이다. 타인의 심리를 꿰뚫을 때 큰 성취를 이루리라.

사는 데 피곤하고 바쁘더라도 글쓰기를 생활화해라. 긴 시간을 들일 필요는 없다. 하루 30분이면 족하다. 매일 시간을 내기가 곤란하다면 중요한 일이 생길 때마다 기록해도 좋다. 가장 기쁘거나

　　　　　　　　　　　아내에게 쓰는 편지

억울한 일, 너무 슬프거나 즐거운 일을 기록해라. 감정이 크게 오르내릴 때 느낌과 원인과 결과를 남겨라.

사람은 경험한 걸 기억한다. 정확한 건 아니다. 시간이 지나면 유리하거나 자신의 가치관에 부합한 방향으로 왜곡하거나 편집한다. 네가 산 삶에 대한 기억은 정확한 게 아니다. 글이라면 다르다. 일부러 수정하지 않는 이상 글은 그대로다. 당시 상황이 그대로 드러나리라. 남긴 글은 그대로 너의 역사다. 정체성을 바로잡는 데 큰 도움이 된다. 사람은 사유를 통해서 성장한다. 글은 사고력을 극대화한다.

아빠는 작가로서 소설가 한강의 노벨문학상 수상이 뛸 듯이 기뻤다. 마음속 응어리가 풀어지는 느낌이다. 화학, 물리학, 의학, 경제학이 선진국의 전유물이라고 해도 문학만큼은 다르다. 얼마든지 후진국에서도 수상할 수 있다. 노벨문학상 수상 소식이 몇 차례 풍문으로 떠돌았으나, 결론은 버밍엄이었다. 한강의 수상은 개인의 영광일 뿐 아니라 나라의 경사다. 한국어로 쓰인 소설이 번역을 통하여 노벨문학상을 탄 건 의미가 크다. 한글과 한국문학의 세계화에 크게 공헌하리라. 연세대 대학동문으로서 네 기분은 남다르리라. 그 뿌듯한 느낌을 너도 다른 사람에게 줄 수 있다. 노벨문학상이 아니더라도 좋은 글은 스스로 성장하고 삶을 빛나게 하리라.

서른 살이 되기까지 딸의 삶은 훌륭했다. 현재도 잘살고 있다. 아빠는 네가 30년 50년 뒤에도 남부럽지 않게 살아가기를 바란다.

나이가 들수록 늙어가는 게 아니라 익어가기를 바란다. 과거를 돌아보고 오늘을 반성하며 내일을 꿈꾸는 데 가장 좋은 방법은 글쓰기다. 생각을 정리해서 네 정체를 만들어가는 것, 그것이 매일 할 일이다. 글쓰기는 너를 현명하고 아름답게 만들어 가리라.

습관에 관하여

습관은 인생의 성패를 가름한다. 성공한 사람이나 실패한 사람을 분석하면 그 원인이 재능이나 환경에 있는 것이 아니라 그의 생활 태도에 있다. 자수성가한 사람이라면 습관의 영향이 더 두드러진다. 학생 때는 성적이 최고라고 교육받지만, 인생에서 가장 중요한 건 습관이다. 좋은 습관을 들이면 성공할 것이요, 나쁜 습관에 빠지면 실패하리라.

세 살 버릇 여든까지 간다는 속담이 있다. 몸에 밴 습관을 고치기가 어렵다는 말이다. 좋은 습관이든 나쁜 버릇이든 한 번 길들면 고치기에 쉽지 않다. 처음 직장생활을 시작할 때 좋은 쪽으로 길들여야 한다. 아빠한테도 좋은 습관과 나쁜 버릇이 있었다. 은퇴한 지금도 여전히 진행 중이다. 막 직장생활을 한 지금 자신을 돌아보길 바란다. 죽을 때까지 유지해도 좋은 습관인지 숙고할 필요가 있다.

아빠가 군 생활할 때 좋은 습관은 일찍 일어나는 것이었다. 처

아내에게 쓰는 편지

음부터 그랬던 건 아니다. 수업 시간이 불규칙한 대학 다닐 때 늦잠 자던 버릇이 그대로 있었다. 공군에는 조출(早出)이 있다. 비행 시간 두 시간 전에 출근하여 이륙 준비를 해야 한다. 소위 때 몇 차례 늦은 적이 있다. 선배 장교에게 된통 꾸지람을 들었다. 이후 다시는 늦지 않는다는 각오와 함께 비행단 근무할 때 다섯 시 기상을 목표로 하여 지켰다.

일찍 일어나면 당연히 지각할 이유가 없다. 상관에게 쓸데없이 욕먹을 일이 없을 뿐 아니라 장점이 많다. 아빠가 대대장 할 때는 여섯 시에 사무실에 출근하여 일과부터 확인했다. 대대 일정만이 아니다. 참모총장을 비롯한 직속상관 일정부터 살폈다. 공군 인트라넷에서 확인하였다.

내 할 일만 알아서 충분한 건 아니다. 참모총장이나 작전사령관 일정이 대대장과 직접 연관은 없으나 단장이나 전대장 일정에는 영향이 미친다. 단장이 참모총장과 화상회의를 한다면 전대장은 여유시간이 있다는 의미다. 반대로 단장이 부내 행사가 있다면 전대장이 동행한다. 직속상관의 하루 일정을 꿰찰 때 내 일정이 명확해진다. 직속상관이 혹시 부대 일정을 모른다면 참모 조언할 수도 있다.

상관 일정을 확인한 뒤 대대 일정을 살폈다. 중대별 주요 행사가 무엇인지, 일과 후 내무반에 특별한 일이 있는지 확인한다. 비로소 대대장 일과가 결정된다. 하루 동선이 그려지는 것이다. 시간대별로 있어야 할 장소가 정해진다. 대대장 때 신조는 '대대원이 있는 곳이라면 어디든 간다.'였다. 주요 임무나 사건·사고 현장, 각종 경연대회, 일과 후나 휴무일 영내자 행사에도 반드시 참여했다. 중대별 단합대회 때도 특별한 일이 없다면 참석했다. 내 일을 할 수 있는 시간은 일과 전 여섯 시부터 여덟 시까지 두 시간이 거의 전부였다.

일과가 명료하면 당황할 일이 없다. 미리 준비하므로 실수하지 않는다. 아빠는 재능이나 기억력이 뛰어난 편이 아니다. 매일 일과 시작 전에 계획하고 준비함으로써 낭패를 줄였다. 진급에는 실패하였으나 임무에 실패한 적은 없다. 예천 무장대대장 시절 2년 연속 비행단 최우수부대에 선정되었다. 아빠가 가장 찬란하게 빛나던 때다. 일찍 출근하는 습관이 가져온 행운의 결과다.

엄마는 내게 귀인(貴人)이다. 내 삶을 지탱해준 버팀목이다. 네게 편지를 쓰다 보니 생각났다. '엄마는 왜 그렇게 나와 가족에게 헌신했는가?' 미처 생각하지 못했던 대목이다. 천성이 부지런하고 어질어서일 것이나 아빠의 삶에 대한 치열한 태도가 영향을 주었으리라고 생각한다. 거의 매일 야근이든 회식이든 귀가 시간은 밤 열두 시였다. 새벽 다섯 시에 일어나서 식사하고 여섯 시 전에 사무실에 출근했다. 하루이틀이 아니다. 군 생활 내내 그랬다. 결연한 마음으로 새벽마다 출근하는 내 태도가 엄마의 힘든 일상에 힘이 되었으리라.

좋지 않은 버릇은 술과 담배와 커피였다. 아빠는 애주가다. 집안 내력이 술에 센 편이고, 궁핍하게 살던 시절 마음먹은 대로 이루어지던 게 없었기에 술은 사기 앙양에 좋은 수단이었다. 술은 힘든 현실을 망각하게 한다. 호탕하게 하고 황홀한 환각의 세계로 이끈다. 적당한 음주는 사회생활에 도움이 된다. 적당히 할 수 없다는 게 문제다. 술은 술을 부른다. 취하기 전보다 취한 후에 더 갈망한다. 만취하면 실수가 뒤따른다. 술은 아빠가 가장 사랑하는 친구이자 아킬레스건이었다.

처음부터 담배를 피운 건 아니다. 대학 1학년 때 기숙사에서 같은 방을 썼던 세 동료가 모두 골초라는 게 문제였다. 담배 연기에 괴로워하다가 함께 피면 낫다는 말에 배웠다. 배우기는 쉬웠으나 끊기가 어려웠다. 이런저런 이유로 끊으려고 하였으나 실패하였다. 겨우 끊은 건 2018년 후두암이 의심된다며 조직검사를 해야 한다는 의사의 진단 이후다.

커피는 담배와 궁합이 맞다. 담배 맛이 써서였을까? 담배를 피울 때면 달착지근한 커피믹스가 당겼다. 한 시간에 한 번 쉴 때마다 왼손에는 종이컵, 오른손에는 담배가 기본이었다. 하루에 열 잔 이상 마셨다. 최근 부정맥으로 술과 담배와 커피가 해로우니 끊으라는 의사 말에 커피는 딱 끊었고 술은 확 줄였다. 의사는 저승사자다. 목숨이 위험하다는 말에 끊을 수밖에 없다. 의사의 협박이 없다면 쉽게 버릇을 버리지 못하리라.

그 의사의 말에도 술은 완전히 끊지 못하였다. 그래도 몸에 좋지 않다고 하니 매일 밤 자기 전에 마시는 술은 끊으려고 한다. 모임에 나가서도 취하지 않을 정도로 마실 작정이다. 버릇이 이렇게 무섭다. 몸에 해롭고 목숨에 관계된다는 말에도 선뜻 끊지 못할 정도다.

사랑하는 딸아, 너는 어떠냐? 좋은 습관은 무엇이고 나쁜 버릇은 무엇이냐? 아마 내가 말하지 않아도 스스로 잘 알고 있을 터, 좋은 습관은 확실하게 길들이고 나쁜 버릇은 일찍 버려라. 습관이 무서운 건 시간과 비례한다는 것이다. 출발할 때는 차이가 없어도 30년 후에는 엄청난 격차가 된다. 지금 나쁜 버릇이 늦잠과 게으름이라면 일찍 일어나기와 운동으로 바꿔라. 운동과 독서와 글쓰기가 취미 혹은 습관으로 굳는다면 모두가 우러르게 되리라, 삶이 찬란하게 빛나리라.

예뻐 보이는 이유

요즘 딸이 예쁘다. 듣기 좋으라고 하는 말이 아니라 실제로 그렇다. 아빠가 30년 가까이 지켜봤지만, 지금이 가장 예쁘다. 성형수술 하지도 않았는데 왜 갑자기 예뻐졌을까? 몸에 활력이 넘치고 마음이 편안해서다. 삶을 사랑해서다. 내일을 향한 희망이 있어서다.

사람에겐 꿈이 있어야 한다는 말은 그냥 하는 말이 아니다. 아무리 풍족하고 만족하는 사람이라도 더 나은 내일에 대한 희망이 없다면 행복하지 않다. 오늘 아무리 기쁨이 충만하더라도 내일을

　　　　　　　　　아내에게 쓰는 편지

기대할 수 없다면 마냥 즐거워할 수 없으리라. 현재가 가장 중요하지만, 미래도 못지않다. 네가 오늘 밝게 빛나는 건 오늘을 욕망하고 내일을 꿈꾼다는 증거다.

불과 몇 년 전 의기소침한 딸의 모습에 마음이 아팠던 기억이 난다. 삶에는 오르막과 내리막이 번갈아 오기 마련이지. 누구나 마찬가지다. 아무리 팔자 좋은 사람도 늘 맑은 날일 수만은 없다. 가끔 비가 내리거나 폭풍우가 몰아치기도 하지. 그 어려움을 잘 견뎌야 한다. 기쁨이 항상 하지 않는 것처럼 고난도 오래 이어지는 건 아니니까. 앞으로도 그럴 거야. 어려운 일이 있을 때마다 아픔을 털어버리고 용기를 내서 앞으로 나아가렴.

네가 힘들 때 벗어난 동기는 운동이다. 운동 효과는 첫째, 건강해지는 것이지만 보기에도 좋다. 몸은 날씬해지고 표정은 생기가 돌지. 건강한 사람은 다른 사람에게도 좋은 기운을 불어넣는다. 네가 명랑하게 말하고 행동하면 다른 사람의 마음도 상쾌해진다. 슬픔과 분노가 그렇듯이 기쁨과 즐거움도 전염된다. 네 몸과 마음의 건강으로 주변 사람이 행복해진다면 그보다 좋은 일은 없겠지?

나이 서른이면 생각이 많아질 때다. 부모에게 의지하여 자랄 때와는 다르지. 밝은 미래를 꿈꾸기도 하지만 여러 가지 걱정이 앞설 거다. 목표에 따른 계획은 필요하지만, 미리 걱정할 일은 아니다. 오늘을 충실히 살아라. 문제는 살아가는 한 뒤따르기 마련이지. 인간의 사고는 문제 해결 위주로 작동한다. 가장 급한 문제를 해결하면 다음 문제를 찾아내지. 미리 걱정할 일이 아니다. 문제 인식은 인간이 생존하기 위한 본능이야.

복잡하게 생각하지 말고 오늘을 즐기길 바란다. 열심히 일하면서도 최대한 즐겨야 해. 한번 지나간 청춘은 다시 오지 않거든. 사랑하고 함께 기뻐해야 해. 너를 사랑하지 않는 사람을 사랑할 필요는 없지만, 너를 싫어하거나 욕한다고 굳이 받은 대로 되돌려 줄 필요는 없어. 누군가를 험담하면 상처받는 건 그가 아니라 너다. 용서하는 건 무척 어려운 일이지만 마음에 맺힌 무거운 돌덩이를 걷어내면 웃게 되는 건 너다. 관용과 사랑은 네 마음을 밝게 하고 스스로 행복해지는 지름길이야. 그것을 실천하렴.

행복은 만족에서 온다. 감사하는 데서 오기도 하지. 네게 주어진 삶에 대해서 만족하고 감사한다면 늘 행복할 거야. 행복은 쟁취하는 게 아니라 마음에서 찾는 것이거든. 부자든 가난뱅이든 누구나 행복은 가지고 있다. 불행한 사람은 그걸 찾지 못할 뿐이지. 현명한 딸은 매일 매 순간 행복을 찾아내길 바란다. 어떤 상황에도 만족하고, 누구에게나 감사한 점을 발견하길 바란다. 사랑한다, 서른 생일 축하해! 오늘도 행복한 하루~

2024. 12.

아내에게 쓰는 편지

2025

결혼 30주년 아내에게 쓰는 편지

결혼에 관하여

'행복한 가정은 모두 비슷한 이유로 행복하지만, 불행한 가정은 저마다의 이유로 불행하다.' 세계 문학사에서 가장 유명한 첫 문장으로 꼽히는 레프 톨스토이의 장편소설 『안나 카레니나』의 첫 문장이오.

사실 그렇소. 단 하나의 이유로 행복할 수 있는 게 인간이지만 그 감정을 지속하기는 어렵소. 오랜 시간 행복하기 위해서는 많은 조건이 필요하오. 행복한 가정은 가족의 건강, 사랑과 신뢰, 부모의 존재, 굶주리지 않을 정도의 경제력을 갖게 마련이오. 이중 무엇이 빠져도 불행해지리다. 행복한 가정은 비슷하지만, 불행한 가정은 다 이유가 다르다는 톨스토이의 통찰은 정확한 것이오.

나는 가난한 농부의 아들로 태어났소. 사랑과 행복이라는 걸 받지도 느끼지도 못하면서 자랐소. 가족 간 화목하지 않았고 끼니를 해결할 수 없을 정도로 궁핍했소. 부모로부터 사랑한다는 말을 들어본 적이 없소. 어렸을 때 우리 가족이 추구한 건 행복이 아니라 배부른 거였소. 물론 충분히 먹었다면 또 다른 걸 원했으리다. 행복하기에는 부족한 게 너무 많았소.

불우한 삶이었으나 나는 불행하지 않았소. 망상 때문이오. 초등학교 2학년 때 읽은 삼국지는 내게 큰 꿈을 심어주었소. 내 삶이 시골의 무지렁이 농부가 아니라 세상에 우뚝 서서 찬란하게 빛나는 존재여야 한다는 걸 자각한 거요. 나는 관운장의 기백과 조자룡의 무용에 감동하였소. 수십 번 반복해서 삼국지를 읽을 때마다 꿈과 자신감은 확고해졌소.

내 꿈은 단순했소. 대한민국의 영광과 번영을 내 힘으로 이끄는 거요. 그 첫 번째가 분단된 조국 통일이었고, 그러기 위해서는 공산당과 괴뢰군을 말살해야 했소. 그래서 장래희망은 군인이었고, 얼마 후 대통령으로 바꾸었소. 초등학교 때부터 내 꿈은 유능한 장군과 탁월한 지도자였소.

인간은 꿈을 가져야 하오. 설령 영원히 이루지 못하더라도 말이오. 나는 꿈이 있어서 불행하지 않았소. 모든 게 부족하였으나 주어진 시련은 나중에 얻을 영광을 더 빛나게 하려는 신의 배려라고 확신하였소. 장군이나 대통령이 된다는 데 일말의 의심도 하지 않았던 거요.

싯다르타나 쇼펜하우어의 말대로 인생은 고해요 삶은 고통의 연속이라는 말이 맞을 거요. 행복한 결말을 확신했던 나는 아니오. 불우한 처지에서도 나는 불행하지 않았소. 삼십 년이나 적어도 오십 년 뒤 우뚝 선 내 모습이 그려졌기 때문이오.

중학생이 된 뒤로는 생리적인 목적으로 여자가 필요하였소. 거창한 꿈에 비해서는 여자에 대한 소망은 소박하였소. 나는 단 한 명의 여자가 필요했소. 카사노바의 삶이 부럽지 않은 바는 아니었으나 위대한 국가 지도자가 우선이었소. 여러 여자와 노닥거릴 시간이 없었던 거요. 나는 연애를 원하지 않았소. 다만 아내가 필요했을 뿐이오. 그 단순한 소망이 쉽게 이루어지지는 않더이다. 물론 그 한 명의 여자가 절세 미녀라야 한다는 까다로운 조건이었지만 말이오.

결혼 전 수많은 여성을 소개받았으나 길게 사귄 적은 없소. 첫째, 세상에서 으뜸가는 미녀를 만난 적이 없고, 둘째, 교제할 비용이 부족했고, 셋째, 결혼하지 않을 여자에게 시간을 낭비할 마음이 전혀 없었소. 부끄럽지만 당신과 만나기 전에는 여자를 제대로 몰랐소. 사귄 적이 없으니 당연한 일이오. 외모가 마음에 드는 여자에게 수없이 도전하였으나 모두 실패하였소.

당신을 처음 만났을 때는 한 여자에게 알 수 없는 감정의 과잉과 폭주로 방황하다가 막 벗어나던 때였소. 내가 여자 문제로 죽고 싶은 마음이 들리라고는 상상조차 하지 않았소. 비로소 내 지식이 보잘것없다는 사실을 깨달았소. 흔들림 없으리라 확신했던 자아는 허구였소. 굳건했던 신념과 가치관이 그렇게 쉽게 허물어질 수 있다는 게 믿기지 않았소.

허튼 꿈에 대한 망상은 사라지지 않았으나 적어도 여자에 대한 환상은 깨졌소. 약간 현실로 돌아왔을 때 당신을 만난 거요. 첫

아내에게 쓰는 편지

만남 이후 오랫동안 숙고했소. 아내의 조건에 대해서 고민했소. 단 한 명의 여자가 어떤 사람이어야 하는지 깊이 통찰한 거요. 가정이 행복해지려면 훌륭한 아내뿐 아니라 현명한 어머니, 자상한 며느리, 형제와 조화를 이루는 사람이 필요하다는 걸 터득했소.

두 번째 만남에서 프러포즈한 것은 즉흥적인 게 아니라 긴 시간 고심과 당신을 관찰한 결과요. 단 두 번의 만남에서 모든 걸 파악했다는 게 믿기지 않겠지만, 미리 심사숙고한다면 주고받은 몇 마디에 대강을 짐작할 수 있소. 배우자로 적당한 사람은 외모에 문제가 없다면 올바른 가치관을 가진 사람이요. 가정불화의 원인이 될 수 있는 종교가 같았고, 가족과 자녀에 관한 생각이 같았소. 거기다가 등산과 영화관람 등 취미도 일치하였소. 나로서는 더 망설일 까닭이 없었소.

전광석화같이 이루어진 결혼과 출산으로 우리 삶은 극적으로 변했소. 특히 도도한 처녀로만 살던 당신은 한순간에 아내로, 다시 엄마로 바뀌었소. 처녀나 아내나 엄마는 여자라는 점에서는 같지만, 사실은 상전벽해 같은 변화요. 여자와 엄마는 같지 않소. 여자라도 엄마로 살아보지 않은 사람은 세상을 제대로 이해할 수 없으리다. 그 엄청난 변화를 당신은 모두 받아냈소. 내 눈이 틀리지 않았던 거요.

양가 부모님을 지극 정성으로 모셨고, 형제 사이 불화에 현명하게 대처했소. 어처구니없는 망상으로 가정에 등한시한 남편을 두었음에도 세 아이를 건전하고 건강하게 키워냈소. 심지어 모두가 부러워하는 명문대에 진학할 정도로 말이오. 현재 평화롭고 안락한 건 전적으로 당신 공로요. 나에게 공이 있다면 당신을 아내로 선택한 것뿐이오.

최근 가족 관련 책을 두루 읽었소. 당신에게 쓸 결혼 30주년 기념 편지를 위해서요. 불행한 가정사가 압도적으로 많았소. 원인은 주로 가장의 무능력이나 방탕에서 비롯하였으나, 통제하지 못한 아내의 잘못도 있었소. 가족 전체가 비참한 지경에 처하더이다. 책에서 얻은 건 가족이 행복하기 위해서는 엄마의 역할이 가장 중요하다는 사실이었소.

내가 방탕하지는 않았으나 자상한 남편이나 인자한 아버지 역할을 하지 않은 건 사실이오. 조국의 영광과 번영을 위하여 헌신한다는 명목으로 할 일을 모두 당신에게 미뤘소. 당신은 내 몫까지 완벽하게 해냈소. 책에서 역설한 행복한 가정의 조건을 당신 혼자서 만든 거요. 당신은 위대하오. 한 여자로서는 평범할지 모르나 아내나 엄마로서는 만점이오. 엄마가 왜 신격으로 추앙받는지 묻는다면 우리 세 아이가 자신 있게 답하리다.

나는 꿈을 이루지 못했으나 지금 행복하오. 꿈이야 잘못된 것이었으니 그렇다 치고, 스스로 성취에는 자신이 있었으나 행복한 가정에 대해서는 미지수였소. 장차 아내와 자식을 알 수 없기 때문이오. 나는 현재 우리 가족에 대해서 만족하오. 누구도 우리 삶을 탓하지 않으리다. 그 모든 걸 이룬 당신의 노력에 찬사를 보내는 바요.

아내에게 쓰는 편지

사랑하는 내 아내 삼숙 씨, 태어나줘서 고맙고 나에게 와줘서 감사합니다. 죽을 때까지 당신의 은혜를 잊지 않고 우리 행복을 위해서 노력하리다. 가족의 행복은 엄마에게 달렸소. 앞으로도 그럴 것이오. 스스로 공치사한다면 자식에게 직접 사랑을 드러내지 않았으나, 당신을 무한 신뢰하고 존중한 점이오. 당신 마음이 편안해야 아이가 행복하리라 생각했소. 우리 가족의 행복을 위하여 앞으로도 당신에게 최선을 다할 거요. 고맙소, 감사하오, 사랑합니다.

행복에 관하여

행복이 최고의 선(善)이라고 한 아리스토텔레스의 말에 따르지 않더라도 누구나 행복을 추구하는 건 사실이오. 사람이 가장 기분 좋은 상태일 테니 말이오. 아무도 불쾌하거나 고통스러운 상황을 원하지는 않으리다. 종교가 없는 나는 내세를 믿지 않소. 오직 살아가는 동안 행복하기를 바랄 뿐이오.

사람은 저마다의 방식으로 행복을 추구하오. 각자 행복한 상황은 다 다르오. 그런데도 삶의 방식은 유사하오. 교묘하게 만들어진 자본주의 사회 체제 때문이오. 모든 사람이 하나의 목적으로 경쟁하는 시스템이 가진 자에게 유리하오. 모두가 부와 명예와 권력을 추구할 때 기득권자가 최대한 누릴 수 있을 거요. 현재는 그런 상태요. 경쟁하는 다수는 불행하고 소수의 기득권자만 행복을 누리는 거요.

아무리 경쟁해도 모두가 획득할 수 없는 게 부와 명예와 권력이오. 그건 절대적인 것이 아니라 상대적이기 때문에 그렇소. 아무리 돈을 많이 벌어도 더 많은 재산을 가진 사람에게 위축되리라. 더 우월한 상태가 행복이라면 모두가 도달할 방법은 없는 셈이오.

아무리 원해도 모두가 이룰 수 없다면 행복의 개념이나 본질을 달리 생각해야 할 거요. 여러 철학자가 행복을 탐구하였지만 가장 훌륭한 통찰은 쾌락주의 철학자로 알려진 고대 그리스의 에피쿠로스요. 에피쿠로스가 말한 쾌락은 감각적인 것을 의미하는 게 아니오. 사람에게 좋은 것을 쾌락이라고 칭했을 뿐이오.

에피쿠로스는 욕망을 크게 세 가지로 나누었소. 꼭 필요한 의식주를 말하는 필수적인 욕망, 맛있는 음식이나 아름다운 옷이나 쾌적한 집 등 필요하지만 필수적이지 않은 욕망, 대중의 인기나 사회적 명성 같은 허망한 욕망이 그것이오.

필수적이지 않고 허망한 욕망을 채우기 위해서는 노력이 필요하오. 그런데도 쾌락에 이르지는 못하리. 채워질수록 기대 수준이 점점 더 높아져 이룰 수가 없기 때문이오. 우리가 추구해야 할 건 필수적 욕망뿐이오. 그것은 엄청난 노력이 필요하지 않을 뿐만 아니라 일단 채워지면 고통으로 이어지지 않소. 당장 굶주리지 않는 사람은 쾌락의 요건을 충족한 셈이오.

나는 에피쿠로스의 주장에 전적으로 동감하오. 채우기가 힘들

아내에게 쓰는 편지

뿐만 아니라 채울 수 없는 욕망을 추구한다면 그 결과가 뭐겠소. 아까운 시간과 비용과 정력을 낭비하는 결과가 되다. 필수적인 욕망을 충족하였다면 진정으로 하고 싶은 걸 해야 하오. 아리스토텔레스가 말한 대로 타인에게 칭송받을 만한 고결하고 가치 있는 삶을 구현하는 거요.

나는 일찍이 행복을 외부에서 찾았소. 어쩌면 행복이 아니라 공자가 말한 입신양명과 부귀영화가 목적이었을 거요. 공자는 기득권자의 대변인이오. 신분제와 남녀 차별을 주장한 사람이오. 그가 말한 성취를 위하여 전력을 기울였으나 어느 날 부질없는 짓이라는 걸 깨달았소. 어렵게 이룬 성취가 칭송받는 게 아니라 혐오와 비난을 부른다면 굳이 이루어야 할 까닭이 무엇이겠소. 나는 다른 사람에게 욕먹는 것을 싫어하오. 설령 아홉 명이 칭찬하더라도 단 한 명이라도 원망한다면 하고 싶지 않소.

대중이 원하는 대통령이나 검사, 기자, 정치인은 칭찬보다는 비난을 받는 편이오. 그런데도 많은 이가 원하는 건 권력과 부정한 재산을 노리기 때문이오. 물론 결과는 거의 치욕으로 끝나지만, 순간의 쾌락을 포기하지 못하는 게 보통 사람이오. 나는 그런 사람을 원하지 않소. 강제로 대통령을 시키더라도 하지 않으리다. 대통령으로서 완벽하게 일할 수 없을 뿐 아니라, 큰 잘못이 없더라도 절반 혹은 그 이상의 국민이 미워하고 원망할 거요. 열심히 일하고도 비난받는 어리석은 짓을 할 수는 없소.

사실 돈이야 더 필요한 게 사실이지만 그 한계가 없을 뿐만 아니라, 아리스토텔레스가 말한 고결하고 가치 있는 삶이 아니기에 선택하지 않았소. 남은 삶이 30년이라도 내게는 너무 짧기 때문이오. 그래서 남 보기에 쓸데없는 프리랜서 작가를 고집하는 거요. 부귀영화는 누리지 못하더라도 적어도 욕먹는 일은 없으리다.

나는 책을 읽고 글을 쓰며 시골에서 텃밭이나 일구면서 작지만 확실한 행복을 느끼며 살고 싶소. 남진이 노래한 「님과 함께」처럼 저 푸른 초원 위에 그림 같은 집을 짓고 사랑하는 당신과 오래오래 살고 싶소. 돈이 부족하여 텃밭을 구하지 못하였으나, 언젠가 가능하다면 할 작정이오.

쇼펜하우어의 삶은 고통이라는 말은 훌륭한 통찰이오. 붓다가 말한 열반이나 에피쿠로스의 아타락시아는 인간이 가질 수 있는 최상의 상태요. 그건 격렬한 쾌락의 연속이 아니라 마음이 불안하거나 불편하지 않고, 몸의 고통이 없는 상태요. 보통 사람이 지루하다고 느낄 때가 바로 가장 행복한 상태인 셈이오.

행복은 외부에서 구하거나 쟁취하는 게 아니라 마음을 통제해서 얻어야 한다는 게 붓다와 에피쿠로스와 쇼펜하우어의 주장이오. 나도 그렇게 생각하오. 내 목적은 가족의 평안과 행복이오. 나뿐 아니라 가족한테 행복하게 사는 법을 깨닫게 하고, 가능하다면 세상 사람한테도 알리고 싶소. 내가 쓰는 글은 그것이 바탕이 되리다.

열심히 살아온 사랑하는 당신, 당신과 함께 행복하게 살고 싶어요. 가능한 한 오래오래 말이오. 그러기 위해서 마음속 필수적이지 않은 욕망과 허망한 욕망을 버립시다. 부질없는 욕망을 추구하려고 아까운 청춘을 허비하지 말아요. 당신과 함께하는 소풍이 내게는 가장 행복한 시간이오. 매주 산에 올라 아름다운 풍광을 내려다보면서 당신이 정성스레 준비한 도시락을 까먹는 재미 말이오.

천상병 시인은 인생 자체가 소풍이라고 노래했소. 나도 남은 기간 당신과 함께 소풍 같은 삶을 살고 싶소. 우리의 행복만을 목적으로 살아가고 싶소. 사랑합니다. 당신의 행복이 곧 내 행복입니다. 내 행복을 위해서라도 건강한 몸과 마음으로 오래오래 행복하게 살아가길 바라오.

부모의 역할

자식이 없는 부모나 독거노인이 불쌍하지만, 부모 없는 아이만큼은 아니오. 세상에서 가장 불행한 건 부모 없이 살아가는 고아요. 나는 부모가 있었지만, 가정이 행복했던 건 아니오. 아버지는 가정적인 사람이 아니었소. 경제적으로 무능하였으나 가정을 지배하는 폭군이었소. 아버지가 어머니를 때리는 모습을 보고 울분에 차 다짐했던 말이 생각나오.

'사나이 조자룡은 무슨 일이 있더라도 장가가지 않는다. 만에

하나 결혼하더라도 절대로 아내를 때리거나 아내에게 욕하지 않는다.'

　오죽했으면 열두 살짜리 초등학생이 이런 맹세를 했겠소. 아이에게 부모는 신이나 다름없소. 부모의 말을 믿고 따르지 않는다면 당장 삶이 괴롭고, 훌륭하게 자라기 쉽지 않을 것이오. 그래서 대부분 아이는 부모를 무한 신뢰하오. 그런 부모가 역할을 제대로 하지 않는다면 아이의 앞날은 암담하리다. 내가 결혼하면서 가졌던 최우선은 자녀 양육 문제였던 듯하오.

　부모가 해야 할 일은 무수하지만 네 가지가 가장 중요하오. 첫째는 아이가 굶주리지 않게 하는 일이요, 둘째는 몸과 마음이 건강하게 자라게 하는 것이며, 셋째는 평생을 유지할 좋은 습관을 들이는 것이요, 넷째는 타고난 재능과 관심 영역을 찾아서 바람직한 삶의 목적을 갖게 하는 것이리다.

　사람에게 가장 중요한 일은 먹고사는 거요. 아무리 훌륭한 정신으로 이상을 추구하는 사람도 며칠 굶으면 눈에 뵈는 게 없으리다. 사람은 성장 기간이 깁니다. 동물은 불과 몇 시간 혹은 몇 달이면 혼자서 살아갈 능력을 갖추지만, 사람은 최소한 십여 년이 필요하고 경쟁이 치열한 요즘은 이십 년 이상을 보살펴야 하는 게 현실이오. 그동안 누군가 먹고사는 일을 책임져야 할 거요. 그것이 바로 부모의 첫 번째 책무요.

　생계유지나 소득을 위하여 직업군인이 된 건 아니나 결과적으로 내 선택은 적절했던 셈이오. 먹고사는 일이나 경제관념에 문외한이었던 내가 가족이 굶주림에 처하게 하지는 않았으니 말이오. 군 생활이 평탄한 것만은 아니었으나 누구든 살아가는 데 그 정도 고초는 있으리다. 당신이 모든 집안일을 도맡아 처리하였기에 가능했을 거요. 덕분에 나는 최소한의 노력으로 부모 역할을 해낼 수 있었소.

둘째는 건전한 정신과 건강한 몸으로 자라게 하는 거요. 아무리 재능이 탁월하고 유능한 사람이라도 사악한 마음을 가진 사람이 추앙받진 못할 거요. 엄청난 능력으로 탁월한 업적을 쌓더라도 병약하다면 충분히 누리지 못하리다. 건전한 정신은 부모의 태도에서 발현하리다. 특히 거의 24시간을 함께하는 엄마의 습관이나 생활 자세는 아이에게 그대로 전해질 거요. 대의명분보다 이익을 추구한다면 아이가 따라 할 것이요, 개인보다 공동체의 이익을 우선한다면 아이도 그리하리다. 엄마의 말과 행동이 아이의 정신세계를 만드는 거요. 세 아이가 건전하게 자란 것은 모두 당신 덕분이오.

엄마의 태도가 아이의 정신을 만든다면 음식은 아이의 몸을 만드는 요소요. 당신은 맛있으면서도 건강하게 하는 음식을 만드는 데 골몰하였소. 체구가 작았던 큰딸을 크게 하는 데 고심하였고, 태어날 때부터 아토피 피부병이 있던 아들을 위해서 직접 만들어야 했소. 가공식품이나 식당 음식은 못 먹는 게 너무 많았기 때문이오. 무엇이든 잘 먹어서 우량아로 자란 막내딸에게는 편식하지 않도록 식단을 짜야 했소. 지금 세 아이는 모두 건강하오. 세 아이의 건강한 몸은 당신이 만든 거요. 아마 죽을 때까지 고마워하리다.

셋째는 습관이오. 세 살 적 버릇 여든까지 간다는 속담이 있듯이 어려서의 습관은 평생을 가오. 좋은 것이든 나쁜 것이든 바꾸기는 좀처럼 어렵소. 어쩌면 가정교육이나 학교 교육보다 좋은 습관을 들이는 게 더 중요할지도 모르오. 나와 당신은 책 읽기를 즐겨 하였소. 덕분에 세 아이 모두 일찍 글을 깨우쳤고 독서가 습관이 되었소. 그 점은 내가 그나마 도움이 된 듯하오.

아이를 키우는 일은 어렵소. 좋은 습관을 들여서 훌륭하게 자라게 하는 일은 더 어려운 일이오. 우리가 노력하지 않은 바는 아니지만, 세 아이의 습관이 모두 훌륭한 건 아닐 거요. 철저하게 계획을 세워 실천하는 건 당신의 습관이요, 한번 시작한 일은 끝장을 볼 각오로 물고 늘어지는 게 내 버릇이건만 아이들은 따라 하지 않았소. 철저하게 계획을 세우는 것 같지도 않고 최선을 다해 노력하지도 않는 듯하오. 안타깝지만 앞으로 우리가 더 노력해야 할 것 같소. 우리가 죽을 때까지 솔선수범한다면 언젠가는 따라 하리라 믿는 바요.

넷째는 바람직한 장래희망과 직업을 갖게 하는 거요. 부모의 눈이 가장 정확하다고 하오. 아마 가장 관심이 많아서일 거요. 일찍부터 학업 성적이 뛰어났던 큰딸이나 그림 그리기 재능이 탁월하여 각종 대회에서 입상하였던 막내딸과는 달리 아들의 재능은 늦

아내에게 쓰는 편지

게야 알았소. 그것도 본인이 하는 말에서 말이오. 세 아이 모두 자기 재능을 찾아 노력하고 당신이 철저하게 지원한 결과 모두 훌륭한 대학에 진학하였소.

좋은 대학에 가는 건 재능만으로는 안 되오. 할아버지의 경제력과 엄마의 정보력이 명문대 입학을 결정한다는 말이 한때 유행하였소. 그만큼 엄마의 역할이 중요하다는 말이겠지. 당신은 완벽하였소. 지나치게 참견하는 것으로 보여 내가 만류할 정도로 말이오. 옆에서 지켜보니 엄마의 자식을 향한 관심과 사랑은 아빠와는 비교조차 할 수 없더이다. 모두 제 잘나서 명문대에 간 것으로 생각하겠지만, 내가 보기에는 당신 공이 절반 이상이오. 아이들이 이미 깨달았거나 언젠가 알게 되리다.

첫째가 공무원이고, 둘째는 취업 준비 중이며, 셋째는 혼자 무언가를 하는 중이지만 나는 걱정하지 않소. 건전한 정신과 건강한 몸으로 무슨 일은 못 하겠소. 아마 머지않아 엄마가 간절히 바라는 좋은 소식, 취업과 결혼과 출산 소식을 전하리다. 당신 덕분에 우리는 부모의 역할을 무사히 마친 듯하오. 지금 마음이 편안한 것도, 생활에 만족하고 행복한 것도 자식 걱정이 없어서요. 나보다 훨씬 더 많이 애쓴 당신께 진심으로 고맙소. 다시 한번 감사하오.

살아갈 방식

올해가 내 나이 예순이고 결혼 30주년이니 당신과 삶의 절반을 함께 보낸 셈이오. 돌이켜 보니 꿈만 같소. 아무것도 모르는 상태에서 생존 본능 하나로 폭풍 질주하던 성장기와 달리 결혼 생활은 내게 전혀 다른 세상이었소. 목표를 향한 치열한 다툼은 여전하였지만, 고심해야 할 게 생겼소. 나보다 더 중요한 가족이 생긴 거요. 가족이 된 당신과 아이들은 깊은 생각과 신중한 행동을 불렀소. 세상은 단순 명쾌한 것에서 복잡다단한 것으로 바뀌었소. 비로소 어른이 된 거요.

인생은 세 단계로 나뉘는 듯하오. 서른 이전의 성장기와 예순까지의 번식기, 예순 이후의 노후 생활이 그것이오. 안타깝지만 우리는 삶의 3분의 2를 이미 보낸 셈이오. 성장기에는 모든 게 부족하고 외로웠으나 결혼 생활은 당신 덕분에 넉넉하고 행복한 시간이었소. 당신 때문에 내가 행복했다면 나보다 당신과 더 많은 시간을 보낸 아이들도 행복했으리다. 나 홀로 지낸 성장기나 당신과 함께한 번식기는 훌륭하게 넘겼소. 지금 건강하고 행복하니 말이오.

살아갈 방식을 고민해 보았소. 대충 다섯 가지로 나뉘더이다. 첫째, 국가를 위해 무엇을 할 것인가, 둘째, 사회를 위해 무엇을 할 것인가, 셋째, 가정을 위해 어떻게 살아갈 것인가, 넷째, 우리의 행복을 위해 어떻게 살 것인가, 다섯째, 자아실현을 위해 어떻게 살 것인지 등이오.

아내에게 쓰는 편지

황당무계한 꿈을 버렸기에 국가를 위해서 할 일은 많지 않소. 그래도 국민의 한 사람으로서 마땅히 할 일은 있으리라. 첫째는 법을 지켜서 사회질서를 어지럽히지 않는 것, 둘째는 절세를 빙자하여 탈세를 추구하지 않는 것, 셋째는 더 좋은 나라로 발전하도록 건전한 비판을 하는 것 정도가 되리다.

첫째와 둘째는 조용히 혼자서 실천하면 될 것이요, 셋째는 직업이 작가이니 책이나 블로그를 통해서 충분히 세상과 소통할 수 있으리다. 당장은 소득이 없고 영향력이 없으나 시간이 흐를수록 더 나아지리라 믿소. 굳이 프리랜서 작가를 고집하는 건 조금이라도 국가 사회에 공헌하고 싶은 마음이 있어서요, 노망이 들지 않는 한 계속해서 일할 수 있기 때문이오. 한때 지도자를 꿈꿨던 사람으로서 건전한 비판은 다소 도움이 되리다.

나에게 주어진 사회는 작가 세계와 지역의 군소 공동체요. 비록 작가를 내세우고 있으나 인지도가 없어서 작가 세계는 앞으로 개척할 분야요. 내가 몸담은 공동체는 산악회와 ROTC 동문회, 무장장교 예비역모임, 초등학교와 고등학교 동창회 정도요. 대략 50명 이내 모임으로 교류 인원은 이백여 명으로 인간관계 형성에 가장 적당한 규모요.

하루가 늘 바쁜 터이므로 앞장서서 활동하기는 어렵소. 그래도 모임에 도움이 되는 사람이 되려고 하오. 행복은 자족이 가장 중요하지만, 다른 사람의 인정과 존중도 필요하니 말이오. 모임에 적극적으로 참여하고 타인의 말을 경청하며 내 주장을 내세우지 않을 거요. 다른 사람을 칭찬하되 험담에는 가세하지 않으리다. 비난이나 험담은 부메랑이 되어서 돌아오기도 하거니와 우선 말하는 순간 스스로 비루해지니 말이오.

나한테 가장 소중한 건 가정이오. 조국의 융성과 영광이라는 소원은 이제 가정의 행복으로 바뀌었소. 가족이 행복해지려면 역지사지가 가장 중요하리다. 아이에게 조금이라도 불만이 있는 건 사실이오. 아이 처지에서 생각하면 충분히 이해할 수 있으리다. 우리가 겪은 궁핍과 속박은 사라졌으나 경쟁이 치열해져서 설 자리는 차츰 좁아지는 추세요. 아마 우리보다 아이 스스로 장래에 대한 고민이 더 크리다. 옆에서 필요할 때 조언하거나 지원하면 충분할 테요.

현재는 취직이나 결혼이 당면 과제일 터이나 곧 새로운 문제가 닥칠 거요. 아이 문제는 우리와 연결되지 않을 수 없소. 아이가 받는 충격은 그대로 우리에게 전달되리다. 쉽게 반응하지 맙시다. 예민하게 감정을 드러내는 대신 시간을 두고 흥분이 가라앉은 뒤에 차분하게 대화하면 더 좋은 방도를 찾으리다. 우리 아이들이 행복하려면 우리가 끝까지 좋은 부모가 되어야 하오. 좋은 장인 장모, 인자한 시부모가 되어야 할 테요.

가장 소중한 건 당신이오. 당신의 행복이 곧 내 행복이오. 인생의 삼분에 이를 치열하게 살았으니 조금은 편안한 마음으로 살아갑시다. 무언가를 더 얻으려고 아등바등해도 크게 얻는 게 없으리다. 장강의 물결처럼 뒤따르는 후배에게 차츰 밀려날 테니 말이

아내에게 쓰는 편지

오. 그저 다른 사람과 비교하지 말고 가진 걸 소중하게 여기는 게 최선이오. 나는 내게 없는 것보다 가진 것이 더 소중하오. 아마 그래서 내 마음이 흡족할 터요.

현재 우리는 잘살고 있소. 다른 사람에게는 초라해 보일 수도 있으나 의식주에 불편하지 않고 마음이 안락하니 더 바랄 게 무엇이겠소. 다른 사람은 인정하지 않을지라도 나는 사실 왕후장상이 부럽지 않소. 읽고 쓰고 운동하는 삶에 만족하오. 매주 한두 번 산에 올라 당신과 함께 먹는 도시락은 학창 시절 소풍에 못지않소. 하고 싶은 일만 하고, 만나고 싶은 사람만 만나며, 매주 사랑하는 사람과 소풍을 다니는 삶이 행복하지 않다면 누가 행복하겠소.

매슬로의 욕구 이론에 따르면 자아실현은 인간의 가장 높은 수준의 욕구라 하오. 이는 모든 게 충족한 뒤 이르는 마지막 단계로 타인으로부터 인정과 존중을 넘어서 스스로 잠재력을 극대화하여 이상을 실현하는 거요. 이상을 꿈꾼다는 게 일견 허무맹랑해 보일 수 있으나 사무엘 울만이 시 「청춘」에서 노래했듯이 열망이 있을 때 청춘이요, 이상을 잃을 때 늙어가는 거요. 세월은 피부의 주름을 늘리지만, 열정을 가진 마음을 시들게 하지는 못할 거요.

내 글이 완성도가 높아져 노벨문학상을 탈 거라고는 생각하지 않소. 그래도 노력하면 오늘보다 십 년 이십 년 뒤에는 더 유려한 글이 되리다. 다른 사람에게 감동을 주지는 못하더라도 우리가 세상을 떠난 뒤 자식이나 후손에게 교훈이 되리라고 믿는 바요. 대중에게 유익한 글을 쓴다면 최상이요 엄청난 명예가 될 터이나, 단 한 명에게라도 도움이 된다면 쓰는 걸 멈추지 않으리다. 아직 도달하지 않은 내 최대치에 끝까지 도전할 테요.

우리가 남은 삶을 살아갈 방식은 자식에게 모범이 되는 길이오. 선택하기 어려운 갈림길에서 자식이 지켜보고 있다고 생각하면 쉽게 답이 보입니다. 아무리 사악한 사람이라도 자식이 원치 않는 길을 선택하지는 않을 터요. 본인은 어쩔 수 없이 사악하게 살아갈망정 자식마저 자신의 길을 따르는 걸 원치는 않을 테니 말이오.

남겨야 할 것

현대는 자본주의 사회요. 자본주의 사회에서는 돈이 최고요. 돈으로 모든 걸 해결할 수는 없어도 문제를 해결하는 데 결정적인 역할을 합디다. 환경이나 정서적으로 부족한 부분이 있어도 상당 부분 상쇄할 수 있소. 돈은 자본주의 사회에서 만병통치약에 가깝지요. 그러니 모든 사람이 돈에 죽자살자 매달리는 거요.

우리 세대는 행복하였소. 서양이 산업혁명으로 비약적으로 발전했듯이 우리가 자랄 때는 뒤늦은 산업화로 엄청나게 경제가 팽창할 때요. 모든 게 부족하였으나 결핍은 빠르게 채워졌소. 일자리 걱정이 없었소. 다소 힘겨워도 내일은 더 나아지리라고 확신했

아내에게 쓰는 편지

소. 베이비붐 세대가 앞서갔기에 그들이 뚫어놓은 길을 쉽사리 따라갈 수 있었소. 우리 세대 역시 민주화와 정보화, 세계화의 격랑을 뚫고 지나왔지만 적어도 은퇴할 무렵 집 한 채는 장만할 수 있었소.

지금은 불확실성의 시대요. 너무 빨리 변하는 세상은 미래를 짐작조차 할 수 없게 만들었소. 모든 건 인공지능으로 대체 중이요. 현재 직장에 다니는 사람은 언제 실직할지 가늠할 수 없소. 불확실한 시대에 필요한 게 무엇이겠소. 지식이나 기술, 경험은 인공지능이 빠르게 추월하고 있소. 확실한 건 현금밖에 없으리다.

모두가 은퇴 후 유유자적한 삶을 꿈꿀 거요. 남자라면 텃밭이나 일구면서 한가한 노후를 그리는 사람이 많소. 꿈은 꿈일 뿐이오. 은퇴한 또래 중 놀고먹는 사람은 없소. 프리랜서 작가랍시고 남 보기에 한가한 시간을 보내는 내가 오히려 이상할 거요. 모두가 열심히 일합니다. 까닭이야 여러 가지요. 자식 결혼과 주택 마련을 위해서, 손자 학비 준비를 위해서, 더 늙어서 풍요롭게 살기 위해서… 아마 돈을 더 벌어야 하는 이유는 끝이 없을 테고, 죽을 때까지 벌더라도 충분하지 않으리다.

우리는 모아놓은 재산이 없소. 목구멍에 풀칠이야 하겠지만 도저히 세 아이의 결혼이나 주택 마련에 도움을 줄 수 없소. 주변 사람에게는 어쩌면 무책임한 부모로 보일지도 모르오. 내가 아직은 충분히 직장생활 할 체력이 있으니 말이오.

아이에게 정말 필요한 게 무얼까? 현재 고민은 살아서 무엇을 하고 죽을 때 무엇을 남길 것인가 하는 점이오. 가장 좋은 건 물질과 정신적인 유산을 모두 충분히 물려주는 거요. 사람의 능력에는 한계가 있소. 살아갈 시간도 정해져 있소. 모든 걸 완벽하게 이루어 자식에게 물려줄 수는 없소. 해야 할 일과 물려 줄 것을 우리가 정해서 그 방향으로 살아가야 하오.

나는 많은 재산을 물려주는 데 반대하지 않지만, 최선이라고는 여기지는 않소. 첫째, 적당한 규모를 알 수가 없소. 우리 처지에서는 몇천만 원이라도 감지덕지하나, 어떤 사람은 10억이나 100억도 충분하지 않을 수 있소. 둘째, 많은 재산을 물려준다고 자식이 고마워하리라는 보장이 없소. 많은 유산이 형제간 법정투쟁을 부르는 게 다반사요. 내 생각에는 많은 돈을 벌어서 물려주기보다는 가진 재산만 물려주는 게 타당하다고 생각하오.

자식이나 후손에게 물려줄 것은 물질보다는 정신적 유산이 중요하리다. 첫째는 후손에게 떳떳한 조상으로 기억되어야 하오. 이완용이나 전두환 후손보다는 이순신이나 김구의 후손이 떳떳할 테요, 살아가는 데 큰 힘이 되리다. 마음의 자산이 될 거요. 우리가 역사에 기록될 정도로 업적을 남길 수는 없지만 노력한다면 부끄럽지 않을 수준에는 이를 거요. 나는 자식에게 고결한 삶의 태도와 건전한 정신을 남기기를 희망하오. 가능한 한 직접 모범을 보여서 자녀에게 영향을 주고, 손자와 후손이 이어가기를 바라오.

무엇을 남길까를 고민하면서 살아갑시다. 우리가 평균 나이까지 산다면 앞으로도 30년 가까운 세월이 남은 셈이오. 재산을 모

아내에게 쓰는 편지

으기에는 충분하지 않을지 모르지만, 자식에게 교훈을 남기는 데는 모자람이 없으리다. 우리가 진정으로 자식을 사랑한다면 자식과 후손이 살아가기를 바라는 모습으로 살아가야 하오. 충분히 행복을 만끽하면서 말이오.

당신을 사랑하오. 과거에 가정에 최선을 다하지 못한 점을 깊이 뉘우치오. 그래서 내 삶의 우선순위는 당신의 행복이 첫 번째요. 당신과 내 건강이 가장 중요하리다. 둘 중 한 명이 앓아눕거나 죽는다면 삶이 급격히 흔들릴 테니 말이오. 비가 오나, 눈이 오나, 세찬 바람이 불어도 매일 산책합시다. 매주 산에 오릅시다요.

둘째는 새로운 지식과 성찰을 통하여 앞으로의 삶을 모색하는 거요. 현재 행복하고 나무랄 데 없는 삶을 살아간다고 확신하지만, 착각일 가능성을 염두에 둬야 하오. 오류를 발견하면 즉시 고쳐야 하오. 책에서 더 나은 삶을 찾고 글로 살아갈 방식을 다짐하는 거요.

셋째는 바람직한 노후 생활을 자식에게 보여주는 거요. 살면서 두려운 건 김정은이나 푸틴, 시진핑, 트럼프가 아니었소. 그들에게 권력이 있더라도 내가 두려워할 이유는 없소. 그들은 나를 모를 뿐만 아니라 해코지할 까닭이 전혀 없기 때문이오. 내가 진정 두려운 건 자식과 후배, 부하였소. 앞에서는 따르는 척하다가 뒤에서는 욕할까 봐 두려웠소. 내가 사악한 욕망을 억제하였다면 자식과 후배와 부하의 눈초리가 무서워서였을 거요.

지금은 후배와 부하의 눈치를 볼 일은 없소. 만날 일이 거의 없기 때문이오. 이제 나를 감시하는 건 자식뿐이리다. 출세 욕망을 내려놓은 지금 내 목표는 인자한 할아버지로 살다가 죽는 거요. '죽을 때 축하받지 않는 사람이 되자.'는 신조대로 부끄럽지 않은 남편과 아버지로 살고, 주변 사람에게 피해를 주지 않고 욕먹지 않으며 세상을 떠나는 거요. 그것이 나에게 명예로울 뿐 아니라 남는 자에게 누가 되지 않으리다.

특이한 사람을 남편으로 둬서 무척 불편하리다. 하루 세 끼를 집에서 해결하는 삼식(三食)이에 집안일은 전혀 돌보지 않으며 늘 컴퓨터 앞에 죽치고 있으니 말이오. 쉬지 않고 읽고 쓰고 성찰해서 좀 더 나은 사람이 되는 게 그나마 당신이나 아이들에게 도움이 되고, 주변 사람에게 면목이 서리다.

사랑하는 당신, 30년을 한결같이 가족을 위하여 희생하고 봉사한 데 무한한 감사를 드리오. 세 아이 모두 엄마를 깊이 따르는 데는 까닭이 있으리다. 우리가 행복한 삶을 살아가는 범위에서 세상과 후손을 위하여 이바지합시다. 어느 날 홀연히 떠나더라도 후회 없는 삶을 삽시다. 당신과 나의 행복이 아이들과 후손의 행복으로 이어지기를 바라는 바요. 30주년 결혼기념일과 생일을 진심으로 축하합니다. 세상에 오직 하나, 대체 불가능하며 유일한 나의 반쪽 '안삼숙' 님을 영원히 사랑합니다.

2025. 3.